小矮人闯龙穴

XIAOAIRENCHUANGLONGXUE

［英］J.R.R. 托尔金 著

徐 朴 译

新疆文化出版社

图书在版编目(CIP)数据

小矮人闯龙穴 / 文昊, 心晴主编. -- 乌鲁木齐:
新疆文化出版社, 2018.3
ISBN 978-7-5469-9303-4

Ⅰ.①小… Ⅱ.①文… ②心… Ⅲ.①童话 – 英国 –
现代 Ⅳ.①I561.88

中国版本图书馆 CIP 数据核字(2017)第 082431 号

总 主 编:文 昊	责任复审:李贵春
本册主编:心 晴	责任决审:于文胜
责任编辑:王 琴	责任印制:刘伟煜

新美悦读·外国儿童文学佳作文库

小 矮 人 闯 龙 穴

著 者	J.R.R.托尔金〔英〕
译 者	徐 朴
出 版	新疆文化出版社
地 址	乌鲁木齐市沙依巴克区克拉玛依西街 1100 号(邮编 830091)
发 行	全国新华书店
网 购	当当网、京东商城、亚马逊、淘宝网、天猫、读读网、淘宝网·新疆旅游书店
印 刷	三河市燕春印务有限公司
开 本	787 mm×1 092 mm 1/16
印 张	23
字 数	173 千字
版 次	2018 年 3 月第 1 版
印 次	2018 年 5 月第 1 次印刷
书 号	ISBN 978-7-5469-9303-4
定 价	58.00 元

网络出版 读读网(www.dudu-book365.com)

网络书店 淘宝网·新疆旅游书店(http://shop67841187.taobao.com)

冈达尔夫挥一下他的魔杖，划出一道蓝光。

　　不过有一点很清楚，他们画了一张地图，我想知道冈达尔夫是怎么弄到那张地图的。

　　三个高大的人围坐在一大堆山毛榉柴点起的篝火旁，正在用长长的木叉烤羊肉，舔着手指上的油腻。

威廉马上回过头来一把抓住了彼尔博的脖子，没让他来得及躲到树后去。

他们跟随这些脚印上了山，来到一扇隐蔽在树丛里的大石门跟前，里边便是山洞。

　　用力一推，门便开了，他们全都走了进去。里边骨头狼藉满地，空气中有股臭味，许多食物乱七八糟地堆在架子上和地上。

　　他们的心已经奔向更多的冒险，经过埃尔朗德的指点，他们确信沿着这条道路，一定能翻过云雾山脉，到达那边的新天地。

在一块平整的大石头底下坐着一个巨大无比的妖魔，他的头更是大得出奇。

　　只知道他自称戈勒姆，黑得像黑夜一样，只有他那张瘦脸上两只又圆又大的眼睛能发出一些暗淡的光来。他把两只大脚荡在船边，划水的就是他的两只脚，可他从来不掀起一点水波。

　　彼尔博忍着痛站起身来，又把闪出幽光的小剑插进剑鞘，然后小心翼翼地跟上前去。

　　他在树上采集了一些大松球，然后用明亮的绿色火焰点着其中一个，扔到下面一圈狼群中去。

接着只听得一阵咩咩的叫声，在一只大黑公羊的带领下，进来了几只白羊。

　　一只肥肥的蜘蛛说着沿一根丝跑去，在那高枝上一溜儿挂着十二个丝袋。彼尔博大吃一惊，这时他才注意到那些在黑影中荡来荡去的丝袋。

　　他们唱着歌把一个又一个木桶滚下黑暗的洞口，推到几英尺外的冷水中。有的真是空桶，有的里边巧妙地装入了矮神。

　　白色的船桨插入水中溅起水花，他们的船朝北划去，踏上了长途跋涉的最后一段旅程。只有彼尔博一个人一点儿也快活不起来。

　　草地的中央有一块灰色的大石头，彼尔博忧郁地盯着它看，或者是盯着一些大蜗牛看。

　　它躺在那儿，那是一条赤金的龙，正在熟睡，从它的口鼻中发出单调的响声和冒出一缕缕烟来，不过它在酣睡中喷出的火焰还是很低的。

烟味惊醒了酣睡中的蝙蝠，蝙蝠们像一阵旋风似的朝他们纷纷扑来。

　　龙的身子压在整个长湖镇上，它的垂死挣扎又让长湖镇化成了无数迸溅的火花和燃烧的炭块。一股巨大的蒸汽冲天而起，白茫茫一片。

　　这时矮神们也拿来宝库里的竖琴和其他乐器，奏起了音乐，想让索林的情绪好起来。

　　周围非常黑，彼尔博离开新开辟的小路，朝河下游爬去。他终于到了拐弯的
地方，不得不在那里趟过水去，因为他想到对面的营地里去。

　　树精首先发起进攻，他们对妖魔憋着刻骨的仇恨。他们的矛枪和刀剑在阴云密布下闪着寒光，攥紧武器的双手里凝聚着无比的愤怒。

　　他只肯带两个小箱子，一个装满金子，另一个装满银子，这样一匹强壮的短腿马就能驮走。

　　几年以后秋天的一个晚上，彼尔博坐在书房里写回忆录，标题他想用《一个小
矮人的节日重又回来》。

contents

1

小矮人闯龙穴

目录

contents

2

第一章

不速之客的聚会

有一个小矮人住在地下洞穴里。他住的不是里边虫迹斑斑，散发着一股淤泥的腥味的地洞；也不是连坐下来吃饭的地方都没有，干燥而光秃秃的沙土洞。他住的是小矮人的洞穴，那是个很舒服的洞穴。

洞口有扇滴溜滚圆的门，跟船的舷窗一模一样。门漆的是绿漆，正中有个球形黄铜门把手。一进门是管状的大厅，墙上镶着护板，拼花地板上铺有地毯，地毯上摆着几把精致的椅子，椅子旁边有许许多多挂衣帽的钩子，可以看出小矮人十分好客。大厅虽然形状像烟道，却闻不到一点烟味，弯弯曲曲地伸向山坡深处——尽管并不太直，伸向山坡深处这一点却决不会弄错。那是一座小山，方圆几英里的人都叫它小山，并没有一个特殊的名称。管状大厅里开着许多小小的圆门，刚进大厅门都开在一边，再向里面走便开在另一边——小矮人不用登楼：卧室、浴室、酒窖、食品室（数目之多令人吃惊）、藏衣室（贮藏全部衣物绰绰有余）、厨房、餐厅全都在一层楼上，实际上也是在同一条走廊的两旁。上好的房间全在左边（也就是靠近大门的地方），这些房间有深嵌在山坡上的圆窗，向外可以望见小矮人的花园和河边倾斜下去的几片草地。

这是一个十分富裕的小矮人，姓巴京士。巴京士家族不知道从什么时候开始，一直居住在小山附近，当地人都很尊敬他们，不光是因为这个家族的人大多数都很有钱，还因为他们从不冒险，从不做出人意料的事：任何问题你问都不用问便能知道巴京士家的人会回答些什么。这个故事讲的却是一个巴京士家的人的一次冒险，他可能会失去邻居的尊敬，可是他也得到了一些东西。好吧，就让我们来看看他的行为究竟值不值得。

我们先说说故事中那个小矮人的母亲。小矮人究竟是些什么样的人呢？我觉得有必要先对他们描述一番。因为如今小矮人非常稀少，而且对我们"人"（他们是这样称呼我们的）存有戒心。他们是些矮小的人，只有我们一半那么高，比大胡子矮神还要小。小矮人不长胡子。他们当中很少有会大型魔法妖术的，或者根本就没有，但是他们都会一些日常生活中最最平常的魔法。一旦遇到你我这样呆头呆脑的“人”像大象一样一路走来，发出他们一英里开外就能听到的响声，这种魔法便能帮助他们悄悄溜走，很快消失得无影无踪。他们多数大腹便便，穿颜色鲜亮的衣服（主要是绿色和黄色），脚上不穿鞋，脚底天生厚实坚韧，长着跟头上卷发一般浓密的棕毛，保暖性很好。他们长长的棕色手指头又长又灵巧。他们还长着一副好脾气的面容，笑起来深沉又洪亮（特别是吃了饭以后），只要能搞到好吃的，他们一天吃两顿正餐。好了，了解了这些我就可以继续讲下去了。我说的这个小矮人彼尔博·巴京士的母亲，也就是著名的贝拉堂娜·托克，是老托克三个了不起的女儿中的一个。老托克是小矮人中的首领，住在“水”的另一边，也就是流经小山脚下的小河的另一边。别的家族常常传很久以前托克的祖先娶过一个仙女做老婆。说法当然很荒唐，不过托克族人确实跟一般小矮人不完全一样，他们中总有人偶尔会去冒险。这些人神不知鬼不觉地消失了，家族里的人也闭口不提他们。所以尽管他们家族无疑更富裕一点，却并不像巴京士家族那样受人尊敬。

　　并不是说贝拉堂娜·托克成了邦戈·巴京士太太以后曾经冒过险。邦戈，也就是彼尔博的父亲，为她建造了最最豪华的小矮人洞穴（部分用的是她本人的钱），无论从小山下，小山上，还是“水”的那一边，都能看到这个洞穴。他们到最后死去，一直住在那儿。邦戈的独生子彼尔博尽管外表和举止跟他那处事稳健、享福一世的父亲一模一样，性格却依然可能有某些得自托克家族方面的古怪，仿佛总在等待什么机会出去冒冒险。那个机会一直到彼尔博·巴京士长大成人（小矮人大约五十岁才成人）也没有到来，他一直居住在父亲建造的美丽洞穴里（刚才我已经给你描绘过一番），显然已经定下心不想离乡背井了。

很久以前的世界十分平静，到处翠绿一片，绝少有嘈杂的声音，小矮人们还十分兴旺。一天早晨，彼尔博·巴京士吃了早饭，站在门前，抽着烟斗，他那市烟斗奇大无比，长得差点碰到长满毛的脚趾头（毛都刷得干干净净）。也不知怎么那么巧，巧得古怪，冈达尔夫恰好从那儿经过。冈达尔夫！关于他的传说多得很，我只听到过一小部分，不过你要是听到过那一小部分的四分之一，别的故事再好听你也都会觉得稀松平常。他所到之处，种种传说种种冒险故事便会生根发芽开花结果，而且一个比一个离奇曲折。自打老托克死后，小山下这条路他不知多少年没有踏过了，事实上小矮人们连他的模样也差不多忘掉了。他翻过小山越过"水"出去冒险的当年，他们都还只是小男孩和小女孩呢。

从不猜疑别人的彼尔博看到的只是一个老人挂着一根拐杖。他头戴一顶尖尖的蓝帽子，身穿一件长长的灰斗篷，上面披着围巾，长长的白须一直垂到腰部以下，脚上穿着一双奇大无比的黑靴子。

"早上好！"彼尔博说，他说这话也确实是指天气。因为那天阳光明媚，草地一片翠绿。不料冈达尔夫望着彼尔博，他那乱蓬蓬的眉毛从遮阳帽的帽檐下伸出来。

"你指的是什么？"他说，"你是在向我问好呢，还是指这个晴朗的早晨让你觉得很好，或者是这个早晨你过得不错？"

"这些意思全都包括在内，"彼尔博说，"另外还有一个意思，这么好的早晨在门口抽烟斗真不错。你要是身边带着烟斗，就坐下来抽一斗我的烟丝！别急嘛，我们的日子还有得过呢！"于是他在门口的一个座位上坐了下来，交叉着腿，吐出美丽的灰色烟圈，那些烟圈在空中连成一串，袅袅上升，一直飘过小山去。

"妙极了！"冈达尔夫说，"不过今天早晨我没空吐烟圈，我要物色一个人跟我一起去冒险，我正在做筹备工作。物色冒险的人非常困难。"

"我看也是，在这个地方难得很！我们都是些普普通通，安分守己的人。我可不喜欢冒险，冒险令人讨厌，纯粹在给自己找不自在！吃饭也没个准时间！我不知道别人是怎么看的。"我们那位巴京士先生翘起一个大拇指插在背带后面，又吐出一个更大的烟圈，然后掏出早晨收到的信件读了起来，装出一副不再注意老人的样子。他断定那个老人跟他不是同一类人，想让老人走开去。谁知老人没有动，他挂着拐杖站在那儿，一言不发地盯着小矮人。彼尔博感到很不自在，甚至有点生气。

"早上好！"他终于说道，"我们这儿并不需要什么冒险，谢谢你。你可以到小山那头或'水'那边去试试看。"他说这话的意思是表示谈话已经结束。

"你说'早上好'的意思倒真是够多的！"冈达尔夫说，"这会儿你的意思是想摆脱我，也就是说我不走开天气就不会好啰？"

"亲爱的先生，一点也没这个意思！我说，我还不知道你的尊姓大名呢？"

"是啊，是啊，亲爱的先生，不过我却知道你的姓名，彼尔博·巴京士先生。其实你也知道我的姓名，只是跟人对不上号罢了。我是冈达尔夫，冈达尔夫就是我。瞧瞧，我活到这把年纪，竟让贝拉堂娜·托克的儿子跟我说'早上好'，好像我在门口兜售纽扣似的！"

"冈达尔夫，冈达尔夫！天哪！难道你就是那位周游四方的巫师，给过老托克一对有魔法的宝石领扣，那领扣会自己扣上，而且一旦扣上了就再也解不开，只有你开口才能让它们解开？难道你就是那个人，总在聚会上讲稀奇古怪的故事，讲到龙，讲到妖怪，讲到巨人，讲到搭救公主，讲到寡妇的儿子出乎意料交上了好运？难道你就是那个制造焰火顶呱呱的人！我记得真真的！在仲夏①夜老托克都要燃放这种焰火。真是妙极了！它们燃烧的时候像巨大的百合花，像金鱼草，像金链花，五颜六色的，整个晚上

---

① 仲夏即夏至，6月22日左右。

都挂在天空闪闪发光！"你多半已经注意到，巴京士先生的生活并不怎么平淡乏味，像他自己以为的那样，他也非常喜爱花。"天哪！"他又继续说道，"难道你就是冈达尔夫。许许多多少男少女为了疯狂的冒险失魂落魄离家出走，不都是由你来负责的吗？这种事多极了，从爬树访问小精灵开始，最后驾船到对岸去！哎呀，生活向来是相当有——我是说，你每过一段时间总要在这一带把事情弄得乱糟糟的。请你原谅，不过我想不出这里的事跟你还有什么相干？"

"那你说我该到哪里去呢？"巫师说，"尽管如此，我还是很高兴你能记得我的一些事情，你似乎很怀念我的焰火，不管怎么说，光凭这一点，事情就不是没有希望的。说真的，为了你的外祖父托克和可怜的贝拉堂娜，你想要什么我都会给你的。"

"请你原谅，我什么也不曾求过你！"

"不，你求过了！还求过两次！你求我原谅，我都给了你。事实上我不会就此罢休，我还要送给你一次冒险的机会。这次冒险对我来说有很大的乐趣，对你来说有很大的好处，而且多半还有利可图，只要你能挺得过来。"

"抱歉！我不想进行什么冒险，谢谢你。今天先不谈了。早上好！如果你想到我家来喝茶，随时欢迎！明天怎么样？明天来吧！再见！"说着小矮人急忙逃进那扇滴溜溜圆的绿门，迅速把门关上，又不敢显得过于粗暴无礼。对方毕竟是巫师嘛！

"我这是怎么了，竟会邀他来喝茶？"他自言自语着走进了食品室。虽然吃过早饭，但他认为经过这一番惊吓，吃一两个饼喝点什么对他大有好处。

冈达尔夫站在门外笑了好一会儿，不过声音不大。随后他走上前去，用手杖的尖端在小矮人美丽的绿色前门上划了一个古怪的记号，这才走了。那时彼尔博正好吃完第二个饼，他以为自己已经巧妙地逃脱了冒险活动。

第二天他差点忘了邀请冈达尔夫喝茶的事。他的记性不太好，除非他在预约表上记下："冈达尔夫，喝茶，星期三。"可他昨天慌里慌张，哪儿记得做这种事。

直到快喝茶时门铃声大作，他才记起这件事！他急急忙忙放上水壶，端出另一副杯碟，添上一两块饼，这才奔去开门。

"非常抱歉，让你久等了！"他正想开口，却发现站在门前的根本不是冈达尔夫。那是一个矮神，一把蓝胡子塞在金色的皮带里，深绿色的兜帽下有两只非常明亮的眼睛。门一开他就往里闯，仿佛人家早就在等候他的到来。

他把带兜帽的斗篷挂在就近的钩子上，"特伐林听候你的吩咐！"说着他深深鞠了一躬。

"彼尔博听候你的吩咐！"小矮人说，他非常惊奇，一时不知道该问什么才好。接下来两个人一阵沉默，非常尴尬，于是彼尔博又添了一句："我正要煮茶，请来跟我喝些茶。"这句话显得有些生硬，他原本想说得客气一点，可一个不请自来的矮神，不说一句解释的话，就把衣物挂在了你的门厅里，这时你又能做些什么呢？

他们在桌子旁坐下没有多久，事实上他们还没开始吃第三块饼，门铃又响了起来，这回声音比上次还要响。

"请原谅！"彼尔博说了一声便跑去开门。

"你终于来了！"他想对冈达尔夫说这句话。谁知又不是冈达尔夫。台阶上站着的是一个看上去年纪非常大的矮神，白胡子，戴着一顶猩红色的兜帽，门一开他就跳了进来，也好像别人早就邀请他来似的。

"我看他们已经陆续到了。"他看见特伐林的绿兜帽挂在那儿便说了这一句。他把红兜帽挂在了旁边的钩子上。"巴林听候你的吩咐。"他把手掌放在胸口上说。

"谢谢你！"彼尔博感觉气都透不过来了，他的话有些颠三倒四，"他们已经陆续到了"这句话搅得他心慌意乱。他喜欢客人，但他喜欢事先知道他们要来，他十分担心糕饼不够，到时候他什么也拿不出来。作为一个主人，他知道自己的责任是照顾好每一位到访的客人，而且他一向千方百计也要尽到这个责任。

"请进来喝口茶！"他好不容易缓过气来说了一句。

"方便的话，我想喝点啤酒，亲爱的先生，"白胡子巴林说，"我想吃几个饼，不知你有没有种子饼①。"

"有的是!"彼尔博脱口而出,自己也吃了一惊。接着他不假思索地急急忙忙奔到酒窖,盛了一大杯啤酒,又到食品室里抓了两块精美的种子圆饼,那是他昨天下午烤了准备晚饭以后当点心的。

他回来的时候,巴林和特伐林正像老朋友一样谈得起劲(事实上他们原来就是兄弟)。彼尔博刚把啤酒和饼啪的一声放在他们面前,门铃先后又大声响了两回。

"这回准是冈达尔夫了。"他气喘吁吁走过走廊时心里是这么想的,不料来的又是两个矮神,都身穿蓝斗篷,腰系银腰带,长着黄胡子,而且每人带着一个工具袋和一把铲子。门还没有完全拉开,彼尔博还没有来得及惊讶,他们就蹦了进来。

"你们两位有什么事吗?"彼尔博说。

"基里听候你的吩咐!"一个小矮人刚说完,另一个急忙补上一句:"费里问候你!"他俩飞快地取下蓝色兜帽,鞠了一躬。

"你们好,愿你们家里人都好!"彼尔博这时想起了礼貌,连忙说道。

"我看特伐林和巴林已经来了,"基里说,"我们快去凑个热闹。"

"热闹!"彼尔博心想,"我可不喜欢吵闹。我该坐一会儿让头

---

① 由芬芳植物种子做成的饼。

脑冷静冷静，再喝上一杯。"四个矮神围着圆桌谈开了，谈论的话题尽是矿藏呀，金子呀，妖魔作祟呀，龙的掠夺呀，等等，许多事情彼尔博都听不懂，也不想懂，因为听上去都跟冒险有关。他刚在角落里啜了一口茶，门铃又叮咚地响了，挺像淘气的小矮人男孩想把打铃的拉绳扯去一般。

"有人在叫门！"基里说道，眨巴着眼睛。

"听声音多半有四个人，"费里说，"我们刚才看见他们走在后面，也朝这边过来。"

可怜的小矮人彼尔博在门厅里坐了下来，手捧着头，他不知道发生了什么事，还要发生什么事，也不知道他们会不会全都留下来吃晚饭。这时铃声又响了，从来没有这么响过。他不得不跑去开门。门外根本不止四个人，而是五个。他们的名字是多里，诺里，奥里，奥英，葛劳英，不一会儿两个紫兜帽，一个灰兜帽，一个棕兜帽，一个白兜帽全都挂在了衣帽钩上，他们一个个把大手掌插在金色或银色的腰带里跨着大步去跟另外几个碰头了。这厅似乎已经够热闹的了。客人们有的要淡啤酒，有的要黑啤酒，有的要咖啡，而且个个都要吃饼，这一阵子彼尔博忙得不可开交。

一大壶咖啡刚放上炉子，种子饼就吃完了，矮神们吃起黄油烤圆饼来。这时传来一阵响亮的敲门声，来人没有打铃，却在小矮人美丽的绿门上咚咚地敲得起劲，那是在用一根棍子打门！

彼尔博急忙冲到走廊上去，他非常生气，既觉得莫名其妙，又觉得头昏脑涨，从没有过这样尴尬的星期三。他猛地一下把门打开，外面的人纷纷跌了进来，后面的人跌在前面倒下的人的身上。又是一些矮神，竟有四个之多，冈达尔夫挂着拐杖站在后面笑。他在美丽的门上敲出了一个相当大的凹痕，敲掉了头天早上所做的秘密记号。

"留神！留神！"他说，"这可不像你，让朋友们都坐在门口的蹭鞋垫上，开门像开气枪一样！让我来介绍一下，这是彼弗，博弗，邦布尔和大名鼎鼎的索林！"

"听候你的吩咐！"彼弗、博弗、邦布尔站成一排说。他们把两个黄兜帽和一个灰绿兜帽挂起来，同时挂起来的还有一个带长长银色流苏的天蓝兜帽。最后一顶兜帽属于索林，他可是非常重要的矮神，事实上他不是别人，正是了不起的索林·奥根希尔得本人。他跌了个嘴啃泥，又有彼弗、博弗、邦布尔摔在他身上，这让他很不开心。光一个又胖又沉的邦布尔就够他受的，索林原来就非常傲慢，因此没说客套的话，可怜的巴京士先生连连道歉，最后他总算含含糊糊说了"请别放在心上。"巴京士才舒展开了眉结。

"这会儿我们都到齐了！"冈尔达夫说，他看了看一排兜帽，一共十三顶，都是拆卸方便的上等兜帽，为参加聚会特地戴上的，他把自己那顶礼帽也挂在了钩子上。"多愉快的一次聚会！但愿还有些吃喝留给迟到的人！那是什么，茶？不，谢了！我看我还是来点酒吧。"

"我也要红酒。"索林说。

"我要山莓酱和苹果馅饼。"彼弗说。

"我要碎肉馅饼和干酪。"博弗说。

"我要猪肉馅饼和色拉。"邦布尔说。

"再多拿点饼、淡啤酒和咖啡来。"别的矮神朝门外叫。

"再加上几个鸡蛋,这儿有个大肚汉!"彼尔博蹬蹬地走向食品室的时候,冈达尔夫在他身后叫道,"把冷鸡和泡菜也都拿来!"

"看样子他对我贮藏室里的东西比我自己还要清楚!"他真是心慌意乱到了极点,不由得想到一桩最最讨厌的冒险活动会不会已经找上门来了。可有什么办法呢,现在他还得把所有这些刀刀叉叉,杯杯盘盘以及勺子什么的全都放在一个大托盘上,他浑身冒汗,脸色通红,心情烦躁。

"这些矮神光会添乱,让人操心!"他大声地说,"他们干吗就不帮个忙?"哎哟,你瞧!厨房门边站着巴林和特伐林,他们身后还有基里和费里,还没来得及等他说下一句话,他们已经飞快地把两只大托盘和两张小桌子弄到餐厅里去了,桌子上又重新摆上了吃的喝的。

冈达尔夫坐在首席,十三个矮神围在他身边。彼尔博坐在火炉边的一只凳子上细嚼慢咽着一块饼干(他的好胃口已经跑得无影无踪了),一心装出一副镇静自若见怪不怪的样子。那些矮神吃了又吃，谈了又谈，时间在过去。最后他们终于把椅子移后，彼尔博急忙上前收拾杯盘。

"你们全都留下来吃晚饭？"他不紧不慢地用最最礼貌的声调问。

"当然，当然！"索林说，"别忙，聚会不到深夜完不了，我们得先来点音乐，把房间收拾一下！"

于是十二个矮神——索林除外，他是大人物，待在一边跟冈达尔夫谈话——跳起身来，把一样样东西摞起来，叠成了高高的几大摞，也等不及拿托盘，便一手托着一个大盘子，盘子上面顶一只瓶子摇摇晃晃地走了。小矮人跟在后面，吓得差点尖声大叫。"留神，留神！不用劳你们的大驾，我自己能行。"他慌忙说，谁知矮神们却唱开了：

> 凹口杯子，裂缝盘子，
>
> 钝了刀子，弯了叉子，
>
> 砸了瓶子，烧了塞子——
>
> 彼尔博最恨这个样子！
>
> 划开桌布，踩一脚油腻，
>
> 牛奶倒在食品室的地板上，
>
> 骨头丢在卧室的地毯上，
>
> 葡萄酒洒在一扇扇门上！
>
> 砰一下丢进烧开的锅里，

拿棍子邦邦捞起来，

完事了没碎没破，

也全让它们滚出门去。

彼尔博最恨这个样子，

端盘子千万小心，千万小心！

当然这些可怕的事情他们一样也没干，样样东西全都像闪电一样洗干净放好了，小矮人还是不放心，在厨房当中转了一圈又一圈，看他们究竟干得怎么样。

回到餐厅，他们发现索林正把脚架在火炉的围栏上抽烟斗。他吐出一个个大烟圈，随心所欲让它们飘到任何一个角落里去，有的飘上烟囱，有的飘到壁炉架上的座钟后面，有的飘到桌子底下，有的在天花板下绕来绕去。不过不管他的烟圈飘到哪儿，总逃不脱冈达尔夫吐出来的烟圈。噗！冈达尔夫又从短短的陶土烟斗里吐出一个小烟圈，直穿索林的一个个烟雾，然后化作一缕青烟回来盘旋在巫师的头顶上。他的身边早已烟雾缭绕，朦胧之中他看上去更加古怪，一副十足的巫师的模样。彼尔博呆呆地站在那儿看，接着他不由得脸红起来，他想起了昨天早上他吐出烟圈飘过小山的情景，当时他还挺得意呢！

"现在来点音乐！"索林说，"把我的乐器拿出来！"

基里和费里忙去取包，拿回来两把小小的提琴；多里、诺里和奥里从衣袋里取出笛子；邦布尔不知怎么的，从门厅里变出一

面鼓来；彼弗和博弗也出去了，回来带着单簧管，原先他们把单
簧管和手杖放在一起。特伐林和巴林说："对不起，我们把乐器留
在门廊上了！""那就顺便把我的也拿进来！"索林说。回来时他们
拿着两把绿布里的竖琴。那是一把漂亮的金色竖琴，索林一弹它，
音乐会就马上开始了。乐声突如其来，又是那么悦耳动听，顿时
使彼尔博忘记了别的一切，他仿佛被带到了"水"的那边，远离
他那小山下的小矮人洞穴，那儿是一片片黑暗的土地，上面洒满
光怪陆离的月色。

　　黑暗从面朝小山坡的小窗里进入了房间；炉火闪烁着，他们
还在继续演奏，冈达尔夫胡子的影子映在墙上摇摆不定。

　　黑暗笼罩着整个房间，火炉已经熄灭，墙上的影子也都消失
了，他们却还在演奏。突然先是一个，接着又是另一个一边演奏
一边唱了起来，用深沉的嗓音来歌颂世世代代居住在大山深处的
矮神。下面就是这首歌的一个片断，当然这些仅仅是没有音乐伴
奏的歌词：

　　　　　　早早动身天色未亮。
　　　　　　越过雾蒙蒙寒冷的高山，
　　　　　　我们来到古洞深穴，
　　　　　　寻找中了魔法暗淡的宝藏。
　　　　　　昔日矮神本领神通，
　　　　　　山冈底下空旷的岩洞，

响彻咚咚锤声犹如晨钟，

唤醒沉睡千年的宝贝种种。

许许多多闪光的金器细巧，

昔日为小精灵的君王增添荣耀，

却都是矮神精心制造，

包括那剑上镶嵌的玉宝。

银项链串上耀眼星星

金王冠铸入龙火荧荧，

金丝银线又织进——

日月清辉流光不定。

早早动身天色未亮，

越过雾蒙蒙寒冷的高山，

我们来到古洞深穴，

要回久已遗忘的宝藏。

水晶酒杯他们亲手琢雕，

还有那金竖琴分外窈窕。

躺在那里没有一件不是珍宝，

只是不再听见对它们的种种夸耀。

山谷里响起阵阵钟声，

一张张苍白的脸仰天而望，

龙的怒气化作凶焰烈火，

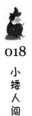

就要烧塌摇摇欲坠的塔楼房屋。

月色下群山烟雾缭绕，

矮神听得厄运脚步声到，

出了门厅逃之夭夭，

借着月光悄悄从它脚下溜掉。

早早起身天色未薨，

越过雾漫漫狰狞的群山

我们来到昏暗的古洞深穴，

要夺回金竖琴和一切宝藏！

他们唱着唱着，小矮人便感觉到一种爱传遍了他的全身，他爱一切用灵巧双手和魔术制造出来的美好东西，那是一种狂热的妒忌的爱，也是矮神心中的欲望。于是他心中某些托克家族遗传的古怪东西抬了头，他希望去看看巍巍群山，听听松涛沙沙和瀑布哗哗声，再去探索一下古洞深穴，他要佩带一把宝剑，而不是手提一根拐杖。他朝窗外望了望，只见几颗星星在树梢上黑暗的天空中眨眼。他马上联想到了矮神黑暗山洞里闪闪发光的宝石。突然"水"那边的树林里跳出一点火光来，可能有人在那里点起了一堆篝火，可是他马上联想到掠夺财宝的凶龙已经降到他那平静的小山上，就要点燃漫山遍野的大火。他打了个寒战，很快又变成了山脚下普普通通窝窝囊囊的巴京士先生了。

他浑身发抖地站起身来。他没有心思去拿灯，更没有心思装出拿灯的样子。他摸索着想锁到酒窖里去躲在啤酒桶后面，打算等所有矮神走光了再出来。突然他发现音乐声和歌声都停了下来，黑暗中有一双双发光的眼睛，他们全在寻找他呢。

"你到哪里去了？"索林说，他说话的腔调似乎表示他猜透了小矮人的全部心思。

"点盏小灯怎么样？"彼尔博带着歉意说。

"我们喜欢黑暗，"所有的矮神齐声说道，"商量秘密需要隐秘！还有好几个小时天才亮呢。"

"那当然！"彼尔博说着慌忙坐下来，黑暗中他没有坐在凳子上，而是坐到了火炉的围栏上，哐啷一声碰倒了拨火棒和铲子。

"嘘！"冈达尔夫说，"让索林说说！"于是索林就讲起来。

"冈达尔夫，矮神们和巴京士先生！今天我们在这幢房子里相聚，房子的主人是我们的朋友和密谋的伙伴，他是最为杰出最具有冒险精神的小矮人，我们愿他脚趾上的毛永不脱落！我们对他的葡萄酒和淡啤酒无不赞赏！"他停下来喘口气，也在等小矮人有所表示，可是可怜的彼尔博·巴京士哪儿顾得上致什么意，他的嘴巴在动，想抗议称他为最富有冒险精神的小矮人，尤其糟糕的是称他为密谋的伙伴，可嘴动了半天，却没发出一点声音来，弄得他十分狼狈。因此索林又说了下去：

"我们相聚在这儿是要讨论我们的计划、路线、手段、策略和设想。天亮以前我们就要出发去长途旅行，我们中有些人甚至我们全休，可能再也不会回来。当然我们的朋友和顾问，足智多谋的巫师冈达尔夫是个例外。这是一个庄严的时刻。我们的目标想必大家都已十分清楚，不过对值得尊敬的巴京士先生和一两位年轻的矮神（我想不妨指名道姓说是基里和费里吧），可能此时此刻有必要作一个小小的简短说明……"

这就是索林的作风，他是个大人物。要是允许的话，他可能会这样一直讲到喘不上气来才肯罢休。但是这回他被突然打断了。可怜的彼尔博再也不能忍受了。听说可能再也回不来，他就开始感到有一个尖锐的声音要冲击他的嗓子眼，很快它果然爆发出来，就像汽笛的尖啸。所有矮神都蹦起来，碰翻了桌子。冈达尔夫挥一下他的魔杖，划出一道蓝光，火光中只见可怜的小矮人跪在火炉前的地毯上，抖得像一块马上要溶化的果子冻。接着他整个身子扑在地板上，一遍又一遍叫个不停"闪电，闪电！"好一会儿他们只听见他说这句话。于是他们把他扶到客厅的沙发上去，在他手边放上一杯酒，又去继续商量他们的秘密勾当。

"容易激动的小家伙，"冈达尔夫说，他们又重新坐了下来。"常常会莫名其妙发作一阵，不过他是好样儿的，好样儿的，凶猛起来就像龙在紧要关头一样。"

你要是见过龙在紧要关头的情形，你就知道这句话用在任何一个小矮人身上，即使用在老托克曾祖父辈那个绰号"气壮如牛"的小矮人身上，也无非只是一种理想化的夸张而已，尽管"气壮如牛"对小矮人说来身材已经非常魁梧,甚至能骑上一匹马。他曾经在绿原战斗中,对一排排格兰姆山的妖魔发起冲锋,用市棍打掉妖魔国王高尔夫英勃尔的头,就这样"气壮如牛"打赢了那场战斗,与此同时也发明了高尔夫球的游戏。

这时那位"气壮如牛"温和的后代正在客厅里逐渐清醒过来。隔了一会儿他喝了几口酒后紧张不安地爬到了餐厅的门口。他只听得葛劳英在说话:"哼!(他这声'哼!'多多少少有点像从鼻子里喷出来的)你们看他会干吗?冈达尔夫说这个小矮人也会凶猛起来,他说这一点有他的道理,不过一时激动,像这样尖叫一声,就足以惊醒凶龙和它所有的亲属把我们全都杀死,我看这个声音听上去不像是激动,更像是恐惧。事实上,要不是门上的记号,我早就断定我们走错了人家。我看见那个小家伙在地毯上又是抽风又是喘气,就不由自主怀疑起来。他活脱像一个杂货商,哪儿有半点盗宝贼的影子!"

于是巴京士先生旋开门把手走了进去。托克家的气质占了上风。他突然感到就算不吃不睡也得让人觉得自己是凶猛的。葛劳英说他躺在地毯上抽风喘气居然使他气得差点发狂。但是这之后仍然有许多次巴京士家的气质让他后悔所做的事情,而且他不止一次对自己过说:"彼尔博,你是个傻瓜,你就这么卷进去会自找麻烦的。"

"请原谅,"他说,"我偷听了你们的说话。你们说的事情或者你们提到的窃贼的事，我不想不懂装懂，不过我看我相信的东西并没有错（他是想说他不做有失身份的事）。你们认为我没有用，这点咱们走着瞧。我没有在我的门上做什么记号，那门一个星期以前刚漆过。我十分肯定你们走错了人家，我一看见你们这些古怪的脸，心里就在纳闷。不过咱们就这么见怪不怪吧。告诉我，你们想干什么，我可以试试，即使不得不从这里走到东方的东方，在最最荒凉的沙漠上跟龙也好虫也好打上一仗。谁让我有个气壮如牛的托克祖先，他……"

"是呀，是呀，那是很久以前的事啦，"葛劳英说，"我现在在讲你的事，我肯定这扇门上有个记号，一个普通的商业记号，通常都是这么做的。一般这个记号可以理解为'窃贼寻找发利市的机会，既要足够的刺激，又要公道的得益。'要是你乐意可以不说窃贼，而说'寻宝专家'。有的人就是这么称呼自己的。对我们来说反正是一回事。冈达尔夫告诉我们这一带有这么一个人要急于寻找发利市的机会，他安排这个星期三喝茶时间举行一次聚会。"

"门上当然有这么一个记号，"冈达尔夫说，"是我做在上面的。我这样做有充分的理由。你请我找十四个人参加你的探险，我选中了巴京士先生。你们谁都可以对我说我选错了人，找错了人家，你们也可以就这么十三个人去探险，碰上种种坏运气自认倒霉的事，就干脆回去挖煤得了。"

他对葛劳英吹胡子瞪眼，那个矮神在椅子上缩成一团。彼尔博想张嘴问什么，冈达尔夫转过身来，朝他板着脸，竖起了两条乱蓬蓬的眉毛，彼尔博急忙紧紧闭住了嘴。"行了，"冈达尔夫说，"咱们再也别争了。我选择了巴京士先生，这一点对我们就全都足够了，要是我说他是个窃贼，那他就是个窃贼，或者到时候他会是个窃贼。他身上有好多东西你们猜也猜不到，这会儿彼尔博我的孩子，去把灯拿来，让我们一起看看这个东西。"

红灯罩的大灯照射下，他在桌子上摊开一张羊皮纸来，像是一张地图。

"索林，这是你祖父斯劳尔画的。"他回答了矮神们急于想知道的问题，"这是一张大山的总图。"

"我看不出这张图对我们有多大帮助，"索林瞥了一眼失望地说，"大山和周围的那些地方我都记得清清楚楚。我知道黑森林在哪里，也知道出生大凶龙的枯石南荒地。"

"大山上有条凶龙，图上标了红色记号，"巴林说，"不过只要我们到了那里，没有这张图找到它也是轻而易举的事。"

"这里有一个箭头你们没有注意到，"巫师说，"那就是秘密入口。你们瞧西边的神秘符号，那只手指的是这个符号，而不是其他的神秘符号！它标出了一条隐秘的通道，通向地下大厅。"

"从前它可能很隐秘，"索林说，"可我们怎么知道它现在依然非常隐秘呢？老斯莫格在那里住了那么久，有关那些洞穴的情况，它什么也不会发现？"

"它是有可能会发现的，不过它不可能利用它，千百年也不行。"

"为什么？"

"因为它太小。那些神秘的符号说：'门高五英尺，三个矮神可以并肩走进去'，这样大小的洞斯莫格爬不进去，就是它年轻时候也不行，吞食了那么多矮神和溪谷居民以后当然更不行了。"

"这个洞对我说来可大得很呢，"彼尔博尖声尖气地说（他对凶龙毫无经验，只对小矮人洞穴有经验）。他又兴奋起来，觉得冒险很有趣，因此忘记要闭上他的嘴。他喜欢地图，他的门厅里就挂着一幅四乡图，凡是他喜欢去散步的小径，他都用红墨水做了标记。"这么大一扇门，除了凶龙，谁都进得去，还能保守什么秘密？"他问（你必须记住他只是一个小小的小矮人）。

"有种种办法，"冈达尔夫说，"不过这个入口用什么方法隐蔽起来，我们没去看以前也说不上来。根据地图我猜有一扇关闭的门，隐蔽得看上去就像大山的山坡。那是矮神通常的手法。我这样想对不对？"

"很对。"索林说。

"还有，"冈达尔夫继续说，"我忘了提起除了地图还有一把钥匙，一把古怪的小钥匙。瞧，就在这儿！"他说着递给索林一把钥匙，上面有一根长长的管子和复杂的齿凹，是用银子打磨成的，"好好保存起来！"

"那还用说，"索林说着把钥匙系在一根细链上，挂在外衣里边的脖子上，"如今事情看来有希望多了，这个消息使事情有了好转。不过到那儿以前究竟干什么我们还没有个明确的目标。我们只考虑到东方去，尽可能悄悄地谨慎行事，到长湖以后再说。这以后就可能有麻烦了……"

"我对到东方去的路清楚得很，没到长湖早就有麻烦了。"冈达尔夫打断他说。

"我们可以从那儿一直沿奔腾河而上，"索林并不注意冈达尔夫的话，继续讲下去，"这样就能到溪谷的旧镇废墟，它在大山背面的山谷里。不过我们谁也不愿意想到前洞口。那条河流经那里，又穿越大山南边的大峭壁——凶龙就在那儿出没，出没的次数非常频繁，除非它改变了以往的习惯。"

"那可不妙，"巫师说，"没有强有力的勇士甚至一位英雄的话，事情就糟了。我曾经想找一个，可勇士们忙于在遥远的国土上相互厮杀，这附近又难找到英雄好汉，简直一个都没有。宝剑多半都已经钝了，斧头光用来砍树，盾牌不是用作摇篮，便是当锅盖使唤；凶龙们在远方逍遥自在，因此更富有传奇色彩。这就是为什么我决定要去偷盗的缘故，何况我还记得有一道边门的存在。再说我们这里还有小小的彼尔博小矮人，他就是窃贼的人选，是我精心挑选的窃贼。所以现在让我们继续讨论下去，订出一些计划来。"

"那么好吧，"索林说，"咱们看看窃贼能手有没有什么新的想法或者建议提供给我们。"他假装很礼貌地回过头去问彼尔博。

"首先我希望对事情有进一步的了解，"小矮人说，他心里有点发抖，乱成了一团，不过到那时为止托克家的气质还支撑着他。"我想了解一下金子、凶龙和所有的事，金子是怎么藏到那里去的，金子属于谁，以及诸如此类的事情。"

"天哪！"索林说，"你不是有一张地图吗？你难道没有听到我们唱的歌？我们难道不是好几个钟头都在谈这些事？"

"尽管这样，我还是希望了解得一清二楚，"他固执地说，一副公事公办的样子（通常有人问他借钱，他总要摆出这副架子来），而且他还想尽量显得又聪明又谨慎，是个行家里手，与冈达尔夫的推荐刚好相称。"我也想了解一些风险的程度，口袋里要掏多少钱去开支，要花费多少时间，有多少报酬，还有另外种种情况，"最后他还想问："我从中究竟能得到什么？还有能不能活着回来？"

"很好，很好，"索林说，"很久以前在我祖父斯劳尔的时代，我们家族被人从遥远的北方赶了出来，带着他们所有的财富和工具到了地图上的大山那个地方，那是我的远祖老斯兰发现的。那时他们就在那里开矿开凿隧道，建造巨大的地下大厅和车间——除此之外我相信他们还发现了大量金子和宝石。不管怎么说，他们有了巨大的财富，也因此出了名，我祖父成为了大山下的国王，住在南边的'人'对他非常崇敬，这些'人'渐渐从奔腾河上游扩展，一直到大山遮蔽的山谷里，他们在那里建造了快乐的溪谷镇。国王们经常派人来请我们的工匠为他们制造器具，就是技术最最差的工匠也能得到最高的报酬。'人'都求我们收他们的儿子做学徒，非常慷慨地给我们付报酬，特别是食物供应方面，使我们根本不必操心种庄稼或自己去寻找食物。所有这些使我们的日子过得非常不错，连最最穷的，也有钱可花，还能借给别人。工匠们空闲下来还能制造一些美丽的东西，那只是为了消愁解闷，那些奇妙得像是魔术般的玩具就别提有多少了，那种玩具当今世界上一个也找不到。我祖父的大厅里放满了各种铠甲、珠宝、雕刻和金杯，溪谷镇的玩具市场也被认为是北方的奇迹。

　　"这无疑就是引来凶龙的原因。你知道，龙一向要偷金子和宝石，一旦它们发现'人'、精灵和矮神谁有这些东西便偷谁的，而且会终身保护它们掠夺去的东西（它们几乎能永远活下去，除非被杀死），却连个铜戒指也不会享用。说实在的，尽管它们通常对通行的市场价值有一个良好的概念，却几乎分辨不出一样小东西的好坏。它们自己不会制造任何东西，身上的鳞甲掉了一片也不会补。当初北方有许多龙，所以矮神不是逃往南方就是被龙所杀，那里的金子就变得稀少起来，总而言之浪费的浪费，破坏的破坏，那些龙使我们的情况越来越糟，其中有一条龙最贪婪，最力大无穷，也最残忍，它叫斯莫格。有一天它飞上天空，来到了南方。

起初我们似乎听到有一股飓风从北边呼呼吹来，大山上的松树都在风中噼里啪啦折断。有几个矮神碰巧出门在外（我当时很走运，因为我是一个喜欢冒险的小家伙，经常到处游荡，想不到因此救了我的命），老远就看到凶龙落在我们的山上，喷出一片火海。这时溪谷里的钟全都敲了起来，勇士们也武装了起来。矮神们冲出大门，谁知凶龙正在那里守候着他们。就这样一个也没有逃脱。这时河沸腾起来，蒸汽冲天，溪谷里雾气弥漫，凶龙从雾中来到他们身边，杀死了差不多所有勇士，这是一个普通的悲惨故事，因为这种情景在当时实在太司空见惯了。后来它又回去，从前洞口爬进去，一路破坏了大厅、隧道、大街小巷、房屋、地窖和走道。这以后里边没有一个小矮神活着留下来，凶龙把他们所有的财富占为己有。这可能就是龙的收藏方式，它把这些财富放在大山深处堆成一大堆，然后当做床睡在上面。后来它经常爬出大洞口，趁着夜色来到溪谷，把人们特别是姑娘带走吃掉，直到把溪谷毁掉为止，人们死的死逃的逃。现在那儿究竟是什么情景我也不大清楚，不过我看如今大山附近一直到长湖北端已经没有什么人迹了。

"只有我们少数几个人坐在外面隐蔽的地方安然无恙，我们一边哭泣，一边诅咒斯莫格，意想不到的是我们在那儿遇到了我的父亲和我的祖父，他们的胡子全都烤焦了。他们看上去很坚强，但是很少说话。我问他们是怎么逃脱的，他们却叫我闭嘴，说将来适当的时候会让我知道的。后来我们就离开了那儿，我们不得不尽一切努力在各地干活糊口，经常找低下的铁匠活甚至挖煤的活。虽然现在大家重新留起一笔不小的财富，日子过得不那么坏，我们也从来没有忘记过被偷掉的财宝。"说到这里索林摸了摸脖子上的金项链，"我们仍然打算把它们要回来，要是可能，还要让我们诅咒斯莫格的话——得到应验。"

"我常常纳闷父亲和祖父是怎么逃出来的。现在我才明白那儿一定有一扇秘密的门，只有他俩才知道。不过有一点很清楚，他们画了一张地图，我想知道冈达尔夫是怎么弄到那张地图的，为什么他们没有给我，我才是理所当然的继承人啊。"

"那张地图不是我弄到的，是人家给我的，"巫师说，"你记得吗，你祖父斯劳尔是在莫里阿矿被妖魔阿绍格杀死的。"

"对，是那个该诅咒的家伙。"索林说。

"你父亲斯兰是四月二十一日出走的，到上星期四就有一百年了，从那以后你就再没见过他。"

"对啊，对啊。"索林说。

"就是你父亲把地图给了我，要我转交给你。你想想我找到你有多麻烦，所以你不该责备我挑选适当的时机以适当的方式把它转交给你。你父亲给我这张纸的时候，他连自己的名字也记不起来，而且他也没有把你的名字告诉我，所以总的说来，我该受到称赞和感谢才是！现在我就把地图交给你。"说着他就把地图交给了索林。

"我还是不大懂。"索林说，彼尔博也想这么说。因为这一番解释完全不像是解释。

"你的祖父，"巫师板着脸慢腾腾地说下去，"他去莫里阿矿之前为了保险起见把地图给了儿子。他被杀死以后，你的父亲带着地图出走也想去碰碰运气，他经历了一连串最最不愉快的冒险，不过他从来没有靠近过大山。我是在大妖术师的地牢里找到他的，他怎么到那儿去我不知道，那时他正被关在里边。"

"你去那儿干什么？"索林一阵战栗，问道。所有的矮神听到那个地方也都瑟瑟发抖。

"那你就别管了。跟往常一样，我发现了一些事情，那是担了天大的风险才进去的。我想救你的父亲，不过太迟了，他已经精神错乱，除了地图和钥匙，几乎什么都忘记了。我冈达尔夫也是九死一生才逃出来的。"

"我们很久以前已经买通了莫里阿的妖魔，"索林说，"大妖术师我们一定得小心对付。"

"别妄想了！这个敌人，即使你能重新召集世界各个角落的矮神，统统加在一起也没法跟他抗衡，力量太悬殊了。你父亲唯一希望的一件事就是他的儿子能看懂这张地图，使用这把钥匙。凶龙跟大山就够你们头疼的了！"

"听我说，听我说！"彼尔博突然大声说道。

"听你说什么？"他们呼地一下都转过头来看着他。他惊慌失措地赶紧说："我也说几句！"

"说什么？"他们问。

"我想说你们应该到东方察看一下，毕竟那儿有个边门嘛，再说我看凶龙也总会有打盹的时候。只要你们站在门口的石级上守候，我敢说到时候你们总能想出办法来的。还有，你们是不是觉得这一个晚上我们已经谈得够多的了，我想说你们好好睡一觉，早早动身怎么样？你们走之前，我可以让你们美美吃顿早饭。"

"你是说在我们走之前？"索林说，"难道你不是窃贼？先别说进那扇门，难道在门口守候不正是你的活吗？不过我同意睡一觉，美美吃顿早饭。动身以前，我吃火腿和六个鸡蛋，要煎的，不要水煮的，要注意别弄破蛋黄。"

其余人全都不说一声请就订下了他们的早饭，这一点使彼尔博很不痛快。订完早饭他们都站起身来，小矮人还得替他们一一安排房间，他们把空的房间全都占满了，直到他们全都安顿下来，小矮人这才上了那张小小的床，人疲倦得要命，一点也高兴不起来。有一点他倒是下了决心，他不想再操那份心，不想早早起来为那些挑三拣四的家伙做早饭。这时托克家族的气质退了潮，他吃不准早晨自己会不会去旅行。

他在床上躺下时，听到隔壁最好的卧室里索林还在低声哼唱：

　　早早动身天光未亮，

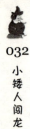

越过雾蒙蒙寒冷的高山，

我们来到古洞深穴，

要回久已遗忘的宝藏。

彼尔博耳畔萦绕着歌声入睡，这使他做了许多颠颠倒倒的噩梦，一直到天大亮他才醒来。

第二章

烤 羊 肉

彼尔博跳下床，穿上晨衣便到餐室里去。那儿一个人都没有，但种种迹象表明他们匆匆忙忙吃了顿早饭，吃了好多东西。餐室里乱得可怕，厨房更是到处燥灰，堆满了没洗的碗。他家里所有的大锅小锅大壶小壶似乎都动用过了。有那么一大堆东西需要洗涮使他垂头丧气到了极点，原先他希望自己做的噩梦跟头天晚上发生的事并不是一回事，这会儿不由得他不相信了。但转念一想，他们全都走了，没邀请他同去，连叫都没有叫醒他（当然连声谢谢都不说未免太不礼貌），对他来说真是舒了一口气，尽管如此他还是情不自禁有些失望。这个念头一出现他自己都感到吃惊。

"别犯傻了，彼尔博·巴京士！"他自言自语地说，"想想凶龙，想想所有这些稀奇古怪无聊的事，在你这个年纪，犯得上去冒险吗？"所以他穿上围裙，生火烧水洗刷了起来。在打扫餐室以前他先在厨房吃了一顿精致的早饭。等到太阳当顶，他把前门打开，让暖洋洋的春风吹进来。彼尔博大声地吹起了口哨，忘掉了头天晚上的事。他打开餐室的窗子，刚在窗边坐下吃第二顿精致的早饭，冈达尔夫走了进来。

"伙计，"他说，"你打算什么时候走？还说什么早早动身！瞧你还在吃早饭，十点半才吃，这还能算是早饭吗？他们等不及，给你留了信。"

"什么信？"可怜的巴京士先生完全不知所措了。

"我的天哪！"冈达尔夫说，"今天早晨你完全变了个人，你竟然没有给壁炉架掸灰？"

"跟给壁炉架掸灰又有什么关系呢？给十四个人洗洗涮涮就够我忙的了！"

"你要是给壁炉架掸灰，你就会发现压在座钟下的东西了。"冈达尔夫说着递给彼尔博一张便条（当然，那是用彼尔博自己的便条纸写的）。

上面写道：

索林及其伙伴向窃贼彼尔博致意！对你的殷勤好客我们表示衷

心的感谢，对你提供的职业援助我们表示欣然接受。条件是现金支付，如有得益，可达到并不超过全部得益的十四分之一；所有旅费开支在任何情况下均有保证；如发生意外或偶然事故遭到不幸，丧葬费用由我们或我们的代表支付。

考虑到没有必要打扰你宝贵的休息，我们已经去着手准备必要的工作，我们将在"水"边的绿龙客店恭候你的大驾，上午十一点整。相信你一定会准时前来。

对你怀有深切敬意的索林及其伙伴

"你还有十分钟。你不得不跑步前去。"冈达尔夫说。

"可是……"彼尔博说。

"没时间考虑别的了。"巫师说。

"可是……"彼尔博又说。

"这也没时间考虑了！你快去吧！"

彼尔博到死也记不起来，他当时是怎么出去的，不戴帽子，不拿手杖，不带钱，不带他通常出门必不可少的一切东西；他撂下吃了一半的第二顿早饭，嘴也不抹手也不洗，把自己的一串钥匙往冈达尔夫手里一塞，就抬起毛皮的脚拼命奔过小路，经过大磨坊，越过"水"，向一英里以外的绿龙客店飞快跑去。等他上气不接下气赶到那里，钟刚好敲了十一下，这时他才发现自己连一条手帕也没有带！

"好极了！"巴林说，他正站在客店门口朝外张望。

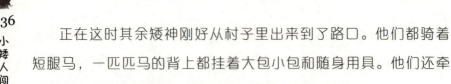

正在这时其余矮神刚好从村子里出来到了路口。他们都骑着短腿马，一匹匹马的背上都挂着大包小包和随身用具。他们还牵着一匹非常小的短腿马，那显然是为彼尔博预备的。

"你俩快上马，我们这就出发！"索林说。

"我非常抱歉，"彼尔博说，"我没戴帽子就来了，连手帕也忘在家里，再说我一钱也没有。准确地说我十点四十五分才看到你们留下的便条。"

"没有必要说得那么详细，"特伐林说，"你放心！没有手帕跟别的一大堆东西，你也能应付，到得了旅途的终点。至于帽子嘛，我的行李中有多余的兜帽和斗篷。"

就这样，在快到五月的一个晴朗的早晨，他们全体骑着驮满行李的短腿马缓缓地从客店出发了。彼尔博头戴一顶深绿色的兜帽，身穿一件深绿色的斗篷，那都是特伐林借给他的，都太大，使他看上去有点滑稽。彼尔博唯一感到宽慰的是人家不会误以为他是矮神，因为他没有胡子。

他们骑出去没有多远就碰到了冈达尔夫，他骑在一匹白马上，非常神气。他带来了许多手帕，还有彼尔博的烟斗和烟丝。因此后来这伙人路上十分快活，骑在马上讲故事的讲故事，唱歌的唱歌，当然他们也停下来吃过几顿饭。尽管那时彼尔博还没有到会喜欢他们的份上，但他已经开始觉得这次冒险也许并不坏。

起初他们穿过的尽是小矮人的世界，那儿地势开阔，风景秀丽，住着一些体面的人，道路不平坦，不时有一两家客店，偶尔也能遇到一两个矮神或者农夫骑马缓缓而行出门去办事。后来他们所到地方人们说话的口音便有些古怪，唱的歌彼尔博从来没有听过。再后来他们越走越远，进入了人烟稀少的地区，那儿不见人影，没有客店，道路也越来越坏。不远的前方是一些令人生厌的山头，一座比一座高。上面长满了树木，看上去黑压压的。有几座山头上还有模样狰狞的古堡，仿佛是古代一些凶神恶煞所建。一切都显得那样阴郁，因为那天天气突然变坏。起先天气一直很好，就跟快乐的故事中所描写的五月天气一样，可这会儿变得又冷又潮，过去矮神也曾经在这片人烟稀少的土地上被迫扎过营，不过那时至少天气是干燥的。

"瞧瞧，都快到了六月还遇上这种鬼天气。"彼尔博跟着别人啪嗒啪嗒走在一条泥泞不堪的小路上，那时已过了喝茶时间，天下起倾盆大雨，而且下个不停；他的兜帽在滴水，滴在他的眼睛里，他的斗篷也早已湿透；短腿马疲倦乏力，常在石头上磕磕绊绊，其他人也都憋着一肚子气不想说话。"我看十有八九雨水已经打湿了干衣服和食品袋，"彼尔博心想，"盗窃跟那一揽子事情全都讨厌透了！现在在家里该有多好，我那舒舒服服的洞穴里有火炉，炉子上的水壶唱起歌来那才美呢！"他不止一次向往着舒适的家！

矮神们依然缓缓行进，也从来不回过头来关心关心小矮人。躲在乌云后面的太阳不知在什么时候落了山。因为天渐渐黑了下去，他们走进了一个深谷，底下流淌着一条河。这时风刮了起来，两岸的杨柳都在弯腰叹息。幸亏那条路上有一座古老的石桥。再过一会儿小河涨满了雨水，就会从北边的大山小山里直冲下去。

他们越过小河差不多已经到了晚上。风吹散了乌云，一轮朦胧的月出现在小山头飘动的残云之间。于是他们停了下来，索林提到了吃晚饭的事，"可我们到哪儿去找个干燥的地方过夜呢？"

这时他们才发现冈达尔夫不见了。一路上他一直跟他们在一起，不过从来没有说过他也参加这次冒险或仅仅只是送他们一程。他一路上吃吃喝喝说说笑笑，可现在他压根儿连影子都不见了。

"偏偏最派用场的时候巫师不见了。"多里和诺里哼哼道（他们跟小矮人的意见相同，吃饭要按时，吃得多，吃得勤）。

最后他们决定就在那儿扎营。他们转移到一丛树林里，尽管树丛底下比较干燥，可一阵风刮来，树叶上的雨水滴滴答答掉下来也是十分恼人的，而且生火也出了怪。矮神差不多在何地方用任何东西，不管有风没风都能生着火，可那天晚上他们就是生不着，连最擅长生火的奥英和格劳英也不行。

这时一匹短腿马无缘无故受了惊尥起蹶子来，他们还没抓住它，它就掉进了河里，费里和基里差点被淹死，才把它弄上岸来，可它驮的行李全让河水冲走了。偏偏不巧它驮的多半又是食物，这样一来，剩下让他们吃的晚饭大大减少，让他们明天早晨吃的早饭那就更少了。

他们一个个愁眉苦脸，浑身湿淋淋地坐在那里咕咕哝哝。奥英和葛劳英又去想办法生火，还为生火的事吵了起来。彼尔博正伤心地想到种种冒险都是在五月阳光下的骑马远行。正在这时一向是他们瞭望哨的巴林忽然说道："那儿有火光。"不远处有一座小山，山上有树木，有的地方还很密。在那黑乎乎的树影中，他们看见一团闪烁的火光，红红的，看上去很舒服，可能是一堆篝火，也可能是一些火把。

他们朝火光看了一会儿，接着便争论起来。有的说这，有的说那。有的说不妨去看看，总比晚饭吃不饱、早饭吃得少，穿着湿衣服过一整夜强。

另一些却说："这个地方我们什么也不了解，又太靠近那些高山峻岭，旅行的人很少到这里来。那些旧地图全都不管用. 情况越来越糟，路上极不安全。咱们甚至很难听到附近国王的消息，再说路上少打听，也可以免招是非清静一些。"还有的说："我们毕竟有十四个，怕什么？"另一些说："冈达尔夫到哪里去了？"这句话人人都在问。这时雨越下越大，奥英和葛劳英打了起来。

最后他们终于说妥了："毕竟我们还带着个窃贼，怕什么。"他们这样说了以后，便牵着短腿马离开了树丛，朝火光的方向走去（当然他们全都非常小心）。他们朝山那边走去，很快进了树林。接着他们上了山，可是那儿找不到一条能通到一幢房子或一个农场的小路，他们在一片漆黑中穿林而行，越是着急，越是弄出一片噼里啪啦的响声，还不断发出抱怨和诅咒的声音。

突然一道明亮的红光从不远处的树丛中闪射出来。

"这下该轮到窃贼了，"他们这是在说彼尔博，"你得去看看这火光究竟是怎么一回事，它是干吗的，是太平无事，还是有什么诡计。"索林对小矮人说，"要是太平无事，就快去快回，要是有什么事，你也要想尽办法回来。回不来，你装两声猫头鹰叫，一声仓鹗叫，我们再见机行事。"

彼尔博硬着头皮向前走去，也来不及向他们解释他什么鹰叫都学不来，也不会像蝙蝠一样飞来飞去。不过不管怎么说小矮人总还能在树林里悄悄移动，不发出一点声响。那是小矮人们值得自豪的地方。彼尔博不止一次对矮神发出的响声嗤之以鼻，其实哪怕他们整整一队人马在月黑风高的夜晚打你我面前走过去，哪怕只相距两英尺距离，我看我们也不会有所觉察。至于彼尔博小心翼翼向红光走去，那更是连一只黄鼠都不会动一根胡子。所以说他径直走向那堆篝火，丝毫没有惊动什么人。下面就是他在篝火旁见到的情形。

三个高大的人围坐在一大堆山毛榉柴点起的篝火旁，正在用长长的市叉烤羊肉，舔着手指上的油腻。空气中散发着一股烤羊肉的香味。他们手边还有一桶好酒，他们正在用大壶喝酒。这些都是巨人，一眼就能看得出来。即使一向不出门的彼尔博也看得出来。他们的脸又大又厚实，他们的身量，他们的腿都说明了他们的身份，更别提他们说的话了，那种话跟客厅里的时髦话可相差了十万八千里。

"昨天羊肉，今天羊肉，明天要还是羊肉，可真是要了我的命。"其中一个巨人说。

"好久没尝过一口该死的人肉，"第二个巨人说，"威廉真混蛋，亏他想得出，把我们带到这个鬼地方，可要了我的命。如今酒也不多了，真是雪上加霜。"他说着用胳膊肘撞撞威廉，那叫威廉的正捧着壶咕嘟咕嘟喝酒。

威廉呛住了。"闭上你的臭嘴！"他好不容易缓过一口气就骂了起来，"你总不能指望人乖乖地待在这里让你和伯特去吃。自打我们下山以来，你们俩就吃了一个半村庄的人。你们还想吃多少？也该是时候了，说一声'谢谢威廉'，给你们吃上一顿这样肥肥的山羊已经不错了。"他从烤羊腿上撕下一大块肉，用袖子擦了擦嘴。是啊，只怕那些巨人的所作所为就是这个模样。彼尔博听到这一番话应该当机立断，要么悄悄回去警告朋友，说那儿有三个相当大的巨人，刚好嘴馋得要命，想吃吃烤矮神甚至短腿马换换口味；要么他露一手，做个快手窃贼。一个真正第一流的和传奇般的窃贼，在这个时候就会去掏巨人的口袋，把他们肉叉上的烤羊肉弄到手，还会偷一些啤酒，再趁他们不注意溜走，另外有些比较切实可行的做法，不过在盗窃这个行当上便没有什么值得夸耀了，他可以趁他们不注意，把匕首插进他们的胸膛里。这样一来那个晚上便会过得很快活。

彼尔博知道这些，他在书上读到过许多从未见过或从未做过的事情。他非常惊慌，也非常厌恶，希望自己远在百里以外，然而不知怎么的，他不愿意就这么两手空空地回到索林跟他的伙伴那儿去。所以他站在隐蔽的地方犹豫不决，他过去听到过种种偷窃的勾当，看来看去掏巨人的口袋困难最少，所以最后他爬到了威廉身后的一棵树上。

伯特和汤姆到酒桶那边去了，威廉又捧起壶喝酒。彼尔博鼓起勇气，把小手伸进了威廉的大袋。里边有一只钱包，对彼尔博来说，那只钱包犹如一只大口袋。"哈哈！"他小心翼翼地把钱包掏出，不免对自己的新工作有点沾沾自喜，"这只是一个开头！"

开头是开头，可巨人的钱包照例很淘气，这一只也不例外。"唉，你是谁？"当它离开口袋时，竟尖叫了一声。威廉马上回过头来一把抓住了彼尔博的脖子，没让他来得及躲到树后去。

"汤姆，伯特，快来看我抓到什么了！"威廉说。

"抓到什么了？"那两个巨人走了过来。

"鬼知道是什么！你是谁？"

"彼尔博·巴京士，一个窃——矮人。"可怜的彼尔博说，他浑身发抖，正想趁他们还没掐死他，赶紧学学猫头鹰的叫声。

"一个窃矮人跟我的口袋有什么相干，你倒说说看！"威廉说。

"能把他烧来吃吗？"汤姆问。

"那就试试呗。"伯特说着，拿起了一根烤肉叉。

"一口都不够。"威廉说，他刚饱饱地吃了一顿晚饭，"去皮去骨怕只能塞塞牙缝。"

"说不定附近还有许多像他那样的东西，我们可以做一个馅儿饼，"伯特说，"听着，你这个鬼崽子，你还有没有同类偷偷摸摸躲在树林里?"他说着看了看小矮人的毛皮脚，一把抓住了脚趾头，把小矮人倒拎起来摇晃着。

"是，有许多，"彼尔博话刚出口，才记起来不能出卖朋友，"不，一个也没有。"他连忙补了一句。

"你这话是什么意思?"伯特说，这回他又倒过来抓住小矮人的头发提在空中。

"我是说，"彼尔博气喘吁吁地说，"好先生们，请不要把我当菜烧。我是一个烧菜的好手，烧得出比烧我更好的菜，你懂我的意思吗? 我能替你们烧美味可口的菜，替你们烧一顿非常出色的早餐，只要你们别把我当晚饭吃了。"

"可怜的小家伙，"威廉说，他晚饭吃得饱得不能再饱，还喝了许许多多的啤酒，"可怜的小家伙! 放掉他吧!"

"先得让他说清楚，一会儿说许多，一会儿说一个也没有是什么意思。我可不想睡觉的时候给人割断喉咙! 把他的脚放在火上烤烤，让他说实话!"

"我可不干，"威廉说，"反正我已经抓住他了。"

"你是个呆子，威廉，"伯特说，"这话我以前就说过。"

"你是个笨蛋！"

"你敢骂我。"伯特说着一拳打在威廉的眼睛上。

于是他们大吵起来。彼尔博要是头脑清醒的话，就会想到趁伯特把他丢在地上，两人狗一样厮打起来，指名道姓对骂的时候，就从他们的脚边爬了开去。不久他们俩果然扭在一起，又打又踢，滚到了篝火旁，汤姆拿一根树枝狠狠打他俩，想让他们头脑清醒过来，当然这个举动只能使他们更加疯狂。

这期间有足够的时间让彼尔博逃跑。可是他的小脚让伯特的大爪子捏得好痛，他喘不上气来，脑子也不管用，所以他只好躺在火光的外圈连连喘气。

就在他们打得热闹的时候，巴林来了。矮神们远远听见吵闹的声音，等来等去不见彼尔博回来，又没有听见他学猫头鹰叫，于是就一个个悄悄朝火光爬去。这时汤姆已经看到巴林走进了火光，他立即大叫起来。巨人一看到矮神就受不了（当然不是煮熟的矮神）。伯特和威廉马上停止了打架，忙不迭叫："汤姆，快，拿个口袋来！"巴林还没弄清彼尔博出了什么乱子，一个口袋已经套到了他的头上。

"恐怕还会过来些什么呢，"汤姆说，"准错不了。说什么有许多又一个也没有，"他说，"没有窃矮人，却有一大堆矮神。一看模样就知道是矮神！"

"我想你是对的，"伯特说，"我们最好躲到火光照不到的地方去。"

他们就这样做了，手里都拿着口袋，守候在黑暗里。那些口袋他们平日用来装羊肉和掠夺来的其他东西。矮神一个个地走到篝火旁来看，正冲着狼藉满地的杯盘和羊肉发愣，噗的一声，一只臭气熏天的口袋罩到了他的头上，让他跌进了口袋。不久特伐林躺在了巴林身边，接着费里和基里被兜在了一起，多里、诺里和奥里挤成一堆，奥英、葛劳英、彼弗、博弗、邦布尔也都摞在了篝火旁，好不舒服。

"这下可以教训他们了。"汤姆说。原来彼弗和博弗给他们添了不少麻烦，矮神们被逼急了总要疯狂地挣扎一番。

索林最后一个到来，他也一点不知道情况。他来看看出了什么乱子，他看到自己朋友的脚都戳出在口袋外面，便知道事情有些不妙。他站在黑暗里，隔开一段路说："出了什么事？谁在打我的朋友？"

"那是一些巨人！"彼尔博躲在一棵树后说。巨人们早就把他忘得一干二净。"他们带着口袋躲在树丛里。"

"噢，是吗？"索林说着蹦到了篝火前，趁巨人没跳过来，抓起了一根烧旺的大树枝，伯特没来得及躲闪，眼睛上给燎了一下。这使他不得不暂时退出战斗。彼尔博也拼了命，他抱住了汤姆的腿，那腿粗得像棵不大不小的树，谁知汤姆一脚踢过来，踢得他眼睛直冒火星，身子也给踢到了树顶上。

索林手中的树枝打在了汤姆的牙齿上，打断了他的一颗门牙，痛得他哇哇叫。可就在这时威廉从后面扑上来，噗的一下一只口袋正套在索林的头上，一直罩到了他的脚趾头。这下战斗结束了。他们全都七颠八倒躺在口袋里，袋口系得死死的，还有三个怒气冲天的巨人（两个对烫伤和打掉门牙还记忆犹新）坐在旁边，正在争论把他们慢慢用火烤呢，还是剁成碎块煮呢，还是轮流坐在他们身上把他们压成肉酱。彼尔博还在树顶上，衣服和皮肉全都撕破了，却一动也不敢动，生怕被他们听到。

正在这时冈达尔夫回来了。不过谁也没有看见他，巨人们刚刚决定先把矮神烤好了留着以后吃。那是伯特的主意，经过好一番争论，另外两个总算表示了同意。

"现在就烤可不好，那得烤整整一夜。"有一个声音说。伯特以为是威廉在说话。

"别再重新争论了，威廉，"伯特说，"争论一个晚上也争不出个名堂来。"

"谁在争论？"威廉说，他以为刚才说话的是伯特。

"不是你是谁，威廉。"

"你在扯谎。"威廉说，于是争论又从头开始。最后他们决定把矮神剁碎用水煮。他们拿来了一口大黑锅，拿起了刀子。

"用水煮不好！我们没有水，到井边去打水又太远。"又有一个声音说。伯特和威廉以为是汤姆在说话。

"闭嘴!"他们说,"要不然我们什么也干不了。你还多嘴多舌,再说话就让你去打水。"

"闭上你的嘴!"汤姆说,他以为那是威廉的说话声,"除了你,谁在争论,你倒说说看。"

"你是个笨蛋。"威廉说。

"你才是笨蛋!"汤姆说。

因此争论又卷土重来,争得比以前更激烈,争到最后决定他们轮流坐在口袋上把矮神压成肉酱,以后煮着吃。

"那我们先坐在哪个矮神身上呢?"那个声音又说。

"自然先坐在最后一个矮神身上啰。"伯特说,他的眼睛给索林烧伤,急于报仇。他以为是汤姆在说话。

"别背着人嘀嘀咕咕!"汤姆说,"你想坐在最后一个矮神身上,你就坐呗。是哪一个?"

"穿黄袜子的那个。"伯特说。

"瞎说,是穿灰袜子的那个。"很像是威廉的一个声音说。

"我敢断定他穿的是黄袜子。"伯特说。

"是黄袜子。"威廉说。

"那你干吗说是灰袜子呢?"伯特说。

"我从没有说过,那是汤姆说的。"

"我才没有说过呢!"汤姆说,"是你说的。"

"咱们二对一，闭上你的嘴吧！"伯特说。

"你这是在跟谁说话？"威廉说。

"别说了！"汤姆和伯特一起说，"夜深了，天又亮得早。让我们赶紧动手干吧！"

"曙光照在你们身上，让你们一个个变成石头人！"一个很像是威廉的声音说。正在这时山上射下一道光来，接着树枝间传来了响亮的鸟叫声。威廉没有开过口，他弯腰曲背站在那儿成了石像，伯特和汤姆也变成了石头，眼睛直勾勾地望着他。这一整天除非鸟停在他们头上，否则他们就得这么呆呆地站着。因为巨人，你们或许早已知道，必须在黎明以前回到地下或者回到他们凿出来的山洞里去，否则那一天他们就动弹不了了。伯特、汤姆和威廉遇到的正是这种情形。

"好极了！"冈达尔夫说着从一棵树背后蹿出来，他帮彼尔博从一丛荆棘中爬下来。这时彼尔博才明白，原来是巫师的声音使巨人争吵得不可开交，一直吵到曙光射来让他们倒霉。

接下来便是解开袋口放矮神出来。他们一个个差点儿没被闷死吓死，躺在那儿听巨人们计划用火烤他们，把他们压成肉酱，剁成碎块，压根儿就不是滋味。他们听彼尔博详详细细把事情经过说了两遍，才稍稍明白。

"我们要的是火和食物，"邦布尔说，"你却去偷什么东西，掏什么口袋，真是傻透了！"

"这倒正是你们的做法，你们难道不了解，巨人们在附近必定挖了个地洞或山洞，要不然他们去哪儿躲避太阳？我们得找找他们的洞。"

　　他们便搜索起来，不久便发现了巨人的石鞋在树林里留下的脚印。他们跟随这些脚印上了山，来到一扇隐藏在树丛里的大石门跟前，里边便是山洞。但是不管他们如何使劲，也不管冈达夫如何念咒语，那门就是开不了。

　　"看看这个有没有用？"当他们一个个精疲力尽气鼓鼓的时候，彼尔博开口问道，"这是我在巨人们打架的地方找到的。"他递过来一把较大的钥匙，不过在巨人威廉眼里这是一把挺小挺不起眼的钥匙呢。很走运，在他没有化成石头以前，这把钥匙刚好从他口袋里掉了下来。

　　"你干吗不早说呢？"他们全都叫了起来。冈达尔夫一把抓去，把钥匙插进钥匙孔。用力一推，门便开了，他们全都走了进去。里边骨头狼藉满地，空气中有股臭味，许多食物乱七八糟地堆在架子上和地上，角落里有一大堆掠夺来的东西，杂乱无章，从铜纽扣到金币什么都有。墙壁四周还挂着许多衣服，看上去都太小，不是巨人而是那些受害者的。衣服里边还夹杂着一些宝剑，大小不同，形状不同，做工也有好有坏。其中两把特别显眼，有美丽的刀鞘和镶嵌宝石的剑柄。冈达尔夫和索林一人拿了一把，彼尔博拿了一把套在皮套里的刀，这把刀对巨人说来只能算是一把随身

第二章

049

携带的折刀，但对小矮人说来作短剑却正合适。

"看上去都是一些好剑。"巫师说着，抽出一半剑身仔细察看了一番，"它们不是巨人打出来的，也不是附近的铁匠打出来的。哪天我们读得懂上面的神秘符号，就能了解这些剑的来历了。"

"我们赶快出去，这里的气味太难闻了！"费里说。于是他们拿了一罐金币，拿了一些巨人没有碰过看上去还能对付着吃的食物，还拿了一口桶淡啤酒。这时他们饿极了，急着要吃东西。巨人山洞里贮藏的肉他们也不嗤之以鼻了。他们自己带的口粮已经少得可怜。如今他们有了面包，有了干酪，有了大量淡啤酒，还能在没熄灭的火堆里烤火腿吃呢！

吃完早饭他们便去睡觉，弥补一夜纷扰带来的损失，因此下午以前他们什么也没干。之后他们牵来短腿马，把一罐罐金币运到离小路不远的河边悄悄地埋藏起来，在上面念了许多咒语，以便一旦他们有机会回来再重新挖掘出来，这桩事做完以后，他们便都骑上马，又缓缓地沿着小路朝东方进发了。

"我想问问你到哪里去了？"路上索林问冈达尔夫说。

"前面探路去了。"冈达尔夫说。

"那是什么使你在紧要关头又回来的呢？"

"回来看看呗。"冈达尔夫说。

"是吗？"索林说，"你能不能说得清楚一些？"

"我一直在前面探路。前面很快就会变得十分危险，困难重重。我也急于补充我们并不充足的给养。不过我并没有走得太远，我碰到了两个从里温但尔来的朋友。"

"那是什么地方？"彼尔博问。

"别插嘴！"冈达尔夫说，"我们要是走运的话，没几天就能到得了那儿，到时候你们就什么都清楚了。我刚才说我遇到了两个埃尔朗德的人。他们走得很急，生怕碰到巨人，就是他们告诉我，有三个巨人下了高山，安顿在离大路不远的林子里，他们吓跑了这个地区的人，还在那里伏击过路的外乡人。

"我立刻想到我应该回去看看。我回头一看，看到远处有火光，便朝火光走去。这下你们总明白了吧，下回请你们多加小心，要不然我们什么地方也到不了！"

"谢谢你！"索林说。

第三章

短暂的休息

尽管天气已经转晴，他们一整天既不唱歌也不讲故事，第二天第三天也仍然如此，他们已经感觉到危险就在不远的地方。他们在星星下扎营，他们的马吃得比他们多，那儿有的是青草，他们口袋里的口粮却不多，在巨人的山洞里补充了一些也无济于事。一天早晨，他们在一个宽阔的浅滩上涉水过河，河水流经大片卵石，喧哗之声不绝于耳。对岸离得很远，又陡又滑，当他们牵着马爬上岸时，只见大山群就在前面不远的地方。他们觉得山脚下的路程不必紧赶。群山看上去黑乎乎的十分阴郁，尽管褐色的山坡上有一片片阳光，山脊上也有一个个耸立的雪峰在闪亮。

"那就是大山吗？"彼尔德问，声音显得很庄重，他正睁圆了眼睛在凝视群山。他还从来没见过这样的庞然大物。

"当然不是！"巴林说，"这只是云雾山脉的起点，我们还得翻山越岭穿过这个山脉才能到那头的大荒地，即使到了那头，距离斯莫格躺在我们财宝上的东方孤山还有许许多多路呢。"

"噢！"彼尔博感到自己从来没有这么疲倦过。他再一次想起了他的小矮人洞穴，他那心爱的客厅，他那张火炉边舒适的椅子。这种思念老在他心中萦绕！

这时冈达尔夫来到前面领起路来。"我们说什么也不能走错路，要不然准完蛋。"他说，"我们需要食物，这是头等大事，还要有相当安全的休息场所。要走正确的路，休息也是十分必要的，要不你们就会在云雾山中迷路，走了好几天又回到起点上，我这说的还是没遇到危险的情况。"

他们问他打算先到哪儿，他回答说："你们就要到荒山野岭的边缘了。也许你们有几个人已经知道，有一个美丽的山谷隐藏在我们前面某个地方，名叫里温但尔，埃尔朗德就住在那里，他家被称为最后一个宾客如归山庄。我已经派我的朋友去报信，他正等着我们呢。"

这个消息听上去很令人鼓舞，可是他们还没有到达那里呢，而且根据刚才巫师的话，在西山群里找到这最后一个宾客如归山庄也不是一件容易的事。这个地方没有树，没有山谷，前面连个冒出地面的小小山也没有，光是一些宽阔的山坡缓缓上升，一直伸展到最近一座大山的山脚下。这儿虽然地势开阔，却只有一些碎石沙砾，碎石上有一块块青草和一条条青苔留下的颜色，说明这里曾经有过水流。

现在是下午，这片寂寞荒凉的地方依然看不到一点有人烟的迹象。他们越来越着急，明知道那幢房子就隐藏在他们到大山脚下的路上，却就是看不见。他们出乎意料地到了一个山谷上面，那个山谷非常狭窄，两旁都是陡峭的山坡，因此山下的一切豁然展现在他们的脚下，他们惊奇地朝下看，只见那里树市葱茏，谷底还有一条奔腾的河流。那儿有许多溪谷，他们几乎可以跳过去，只是因为有瀑布的缘故，河水都非常深。那儿还有些黑暗的沟壑，既不能跳越也无法爬下去。还有一些泥塘，看上去绿得很讨人喜欢，塘边长着一些又高又鲜艳的花，然而一匹驮重的短腿马下去了就再也别想出来。

从涉水过河的地方到大山脚下确实荒凉得很，那是你怎么也猜不到的。彼尔博非常惊愕。唯一的小路用一些白石做标记，有些石头非常小，有些石头覆盖着青苔。沿着这种小路走，只能走得很慢很慢，即使有非常熟悉这条路的冈达尔夫做向导也无法加快速度。

他在寻找石头标记时头和胡子都在摇来晃去，他们全都跟在他后面，天开始渐渐暗下去，他们觉得离有个结果还远着呢。喝茶的时间早就过去了，看来晚饭的时间也会很快过去。周围有许多蛾子扑来扑去，月亮还没有升起，光线已经十分暗淡。彼尔博的短腿马开始在树根和石头间磕磕绊绊。他们突然来到一个陡直的坡边，冈达尔夫的马差点滑溜下去。

"总算到了！"他大声叫道，其余人都围在了他身边，从坡旁往下眺望。只见远处有一个山谷，听得见那边河床里溪水匆匆流过的哗哗声，闻得到空气中树木的芬芳，溪水对面的山谷上还有灯光在闪烁。

他们在暮色蒙眬中沿着蜿蜒曲折的小路下去进入了神秘的里温但尔山谷，一路上脚下不断地哧溜，那情景彼尔博永远也不会忘记。他们越往下，空气越暖和，松树的气味弄得彼尔博昏昏沉沉，他打起瞌睡来，差点没摔下去，鼻子时常撞在马的脖子上。不过再往下，他们的精神就越来越好了。下面的树木已换成了山毛榉和橡树，在昏暗的暮色中给人一种舒服的感觉。最后野草的绿色也模糊成一片，他们终于到了一片开阔的林间空地上，离河岸并不远。

"怎么有股小精灵的气味！"彼尔博心里想着抬头望了望天上的星星。星星蓝晶晶的显得格外明亮。正在这时，林子里突然传来一阵像是唱歌，又像是哈哈大笑的声音：

　　　　喔，你们在干什么，

你们要到哪里去？

你们的马要钉马掌了！

河水在流淌，

喔！忒啦——啦——啦——啦哩，

流到了山谷下！

喔，你们要寻找什么，

你们要上哪里去？

柴火堆在冒烟，

燕麦饼已经烤上！

喔，忒啦——啦——啦——啦哩，

山谷在欢腾，

哈，哈！

喔，你们要到哪里去，

胡子晃个不停？

不知道是什么风，

什么风把巴京士先生，

还有那巴林和特伐林，

吹到了六月的山谷里，

哈！哈！

喔，你们要留下来，

还是马上就走？

你们的马走迷了路，

太阳已经下山！

马上就走未免太傻，

留下来有多开心，

听我们一直唱到天亮，

哈！哈！

他们在树林里又笑又唱，也许你会认为这么笑这么唱一点意思也没有。可他们才不在乎呢，要是你把自己的想法告诉他们，他们只会笑得更加厉害。当然他们都是小精灵。不久暮色更浓，彼尔博瞥见了他们，尽管他难得遇见他们，却很喜欢他们，不过他也有些怕他们。矮神却跟他们相处得不太好。甚至有身份的索林和他的朋友们认为他们很愚蠢（当然这样想是十分愚蠢的），很使他们恼火。因为有的小精灵时常捉弄矮神们，取笑他们，而且多半是冲着他们的胡子来的。

"嘿，嘿！"有一个声音说，"你们瞧！小矮人彼尔博骑在马上，我的天哪！这真逗！"

"简直妙极了！"

于是他们又唱起了另一首歌，跟刚才我全文录下来的歌一样滑稽。最后有个高个子的年轻人从林子里走出来，向冈达尔夫和索林鞠躬。

"欢迎光临山谷！"他说。

"谢谢。"索林的话有些生硬，但冈达尔夫早已飞身下马，在小精灵中间有说有笑起来。

"你们要是打算到山庄去，只有过河那一条路，你们有点走偏了，"那个小精灵说，"我们会让你们找到那条路的，不过你们最好下马步行，过了桥再上马。你们打算留下来跟我们一起唱会儿歌呢，还是马上上路？晚饭已经准备好了，"他说，"我闻到了烧饭的烟味。"

彼尔博疲倦得很，很想留下歇一会儿。不管你喜欢与否，六月星光下小精灵的歌声总不能不听吧？他也想跟他们说几句悄悄话，尽管以前他从没有见到过他们，但他们似乎不光知道他的名字，还知道他的一切。他认为听他们说说关于自己冒险的事一定很有趣。小精灵们懂得很多，而且消息特别灵通，这块土地上人们之间发生的一切他们都知道，知道的速度比河水流得还快。

可矮神们一心一意要赶到山庄去吃晚饭，不肯留下来歇脚。他们牵着马出发，被带上了一条好路，因此总算到了河边。那儿的小溪特别湍急特别喧闹，一般夏天晚上山里的河流都是如此，因为高山顶上的雪让太阳晒了一整天融化了，水都汇到了河里。那儿只有一座窄窄的石桥，连栏杆也没有，一匹短腿马勉强能过去，他们只得牵着缰绳，一个个放慢脚步小心翼翼地走过去。小精灵们站在岸边，带来了明亮的灯笼，当这队人马过桥的时候，他们唱着快活的歌。

"别把你的胡子浸在波浪的泡沫里，老爹！"他们又叫道，"他现在就胖得够呛，没法穿过锁孔去了！"

"嘘，嘘！好人们！祝你们晚安！"冈达尔夫走在最后说，"山谷有耳朵，有的小精灵嘴又特别快。晚安！"

终于他们全都到了最后一个宾客如归山庄，发现山庄的门一扇扇都已敞开。

世界上的事就是怪，遇上了好事，日子过得开心，倒没什么好说的，说出来也没什么好听；而遇到一些令人不安，甚至令人感到可怕、心突突跳的事反倒有许多话可讲，讲出来便是一个好故事。他们在宾客如归山庄里耽搁了两个星期之久，还跟它难舍难分。彼尔博更是如此，就是在那儿住一辈子他也乐意，尽管有时他也希望不久就有什么麻烦直接把他送回他那个小矮人洞穴里去。如是这样，他们在山庄里的生活并没有什么好讲的。

山庄的主人是一个小精灵朋友。早在历史开始以前，也就是凶恶的妖魔跟小精灵以及北方最初的人类进行战争以前，就有一些奇怪的传说提到过他的父辈。我们叙述的当年，也还存在着这类人，他们既是小精灵，又是北方祖先中的英雄，山庄的主人埃尔朗德便是这些人的首领。

他俨然是小精灵贵族，样子十分高贵，脸又长得漂亮。他还像武士一样强壮，像巫师一样聪明，像矮神国王一样令人肃然起敬，像春天一样温和善良。许多传说都提到过他，但在彼尔博了不起的历险故事中，他只是一个很重要的小角色，要是你从头看到底的话，就会发现这一点。无论你喜欢吃东西，喜欢睡觉，喜欢工作，喜欢讲故事，喜欢唱歌或是坐着想一些美事，或这些乐趣你全都喜欢，你都不难发现他的山庄是最最完美无缺的地方，邪恶的东西进不了这个山谷。

可惜时间不允许我讲他们在山庄里听到的故事和歌曲。总而言之，只在那儿待了几天，他们和他们的短腿马全都精神饱满体力充沛起来。他们的衣服全都补好了，伤口已经痊愈，心情又重新开朗，希望又重新升起。他们的袋里装满了食物，给养虽然不重，但让他们翻山越岭到达目的地已经绰绰有余。他们的计划由于听了精灵们的金玉良言也作了一些改进。因此仲夏夜来临之际，他们准备一大清早又重新出发了。

埃尔朗德懂各种各样的神秘符号。那天他看了他们从巨人洞里带来的宝剑，便说："这些都不是巨人打的剑。它们是古剑，非常古老的剑，属于我的家族，西方高原的小精灵。那是在冈朵林为了跟妖魔打仗制造的。它们一定来自凶龙的藏宝地或者妖魔的掠夺物，因为凶龙和妖魔在好几世纪以前已经毁灭了那个城市。索林的这把名叫奥克列斯特，在古代冈朵林语言中意思是劈妖剑，以刀刃锋利出名。冈达尔夫，你这把叫格拉姆屈林，意思是复仇剑，那是以前冈朵林国王佩带的宝剑。你们要好好保存这两把剑！"

"奇怪，巨人是从哪儿得到这两把剑的？"索林怀着新的兴趣又仔细看了看自己的宝剑。

　　"我也说不好，"埃尔朗德说，"不过可以这么猜测，巨人掠夺了其他掠夺者，或者得自某一古山洞里强盗留下来的遗物。我听说自从矮神与妖魔战争以后，莫里阿矿的大山洞虽然已经荒废，但依然有许多被人遗忘的宝藏。"

　　索林把这些话琢磨了一番。"我会把这把剑留作纪念的，"他说，"说不定很快会用它来再次劈妖的！"

　　"看样子在那些高山峻岭里这个愿望很快就会实现，"埃尔朗德说，"你把地图给我看看。"

　　他把地图拿去，细细看了好久，然后摇了摇头，尽管他并不赞成矮神爱金子的癖好，他也憎恨凶龙和它们凶残的恶行，但想起溪谷镇毁于一旦，它那快活的钟声从此消失，欢快的奔腾河两岸熊熊燃烧，他的心里就十分难过。这时一轮圆月就像一个巨大的银盘从天空泻下明亮的清辉。他举起地图，白色的月光照得地图通明透亮。"那是什么？"他说，"原来除了普通的符号'门高五尺，三人可以并肩进去'之外，旁边还有一些月亮字母。"

　　"什么是月亮字母？"小矮人激动万分地问。前面已经说过他爱地图，另外他还爱神秘符号、神秘字母和巧妙的办法，尽管他写的字太细，像蚁脚一样。

　　"月亮字母是一种神秘的字母，你看不见它们，"埃尔朗德说，

"我是说你直接看是看不见的，只有月亮照在上面才能看见。不仅如此，它巧妙就巧妙在只有月亮的大小、出现的季节和日期跟当初写下来的时间完全相符才能看见。矮神发明了它们，用银笔把它们写了下来，这点你的朋友都可以告诉你。这些字母是很久以前在仲夏之夜满月的时候写下来的。"

"上面说些什么？"冈达尔夫和索林不约而同地问道。尽管实际上以前他们从没有机会弄清这一点，而且天知道以后还有没有这种机会，他们对埃尔朗德竟然头一个发现这个秘密未免有点恼火。

"站在灰色石头旁，等到鸫鸟啄树，"埃尔朗德读道，"多林日落日最后一道余晖照在钥匙孔上。"

"多林，多林！"索林说，"他是我们最最古老的矮神家族第一代老祖宗，人称长胡子，也是我最早的祖先。我是他的继承人。"

"什么是多林日呢？"埃尔朗德问。

"矮神新年的元旦，"索林说，"谁都知道那是冬天来临之际秋天最后月圆的头一天。我们现在仍然把秋天最后一个月亮和太阳同时在天空中出现的那一天叫做多林日。不过这一点恐怕帮不了我们什么忙，因为今天我们没能耐猜测这个时刻什么时候重新到来。"

"这一点留待以后再说吧，"冈达尔夫说，"上面还写些什么？"

"在今天的月光下再也看不出什么来了。"埃尔朗德说着，把地图还给了索林，于是他们走到河边去看小精灵在仲夏之夜唱歌和跳舞。

　　第二天是仲夏的早晨，多么美好多么清新的早晨，只怕梦中才会有这样的早晨：蓝蓝的天空万里无云，阳光在水面上欢快地跳舞。他们在告别的歌声中骑马而去，渐渐加快了速度。他们的心已经奔向更多的冒险，经过埃尔朗德的指点，他们确信沿着这条道路，一定能翻过云雾山脉，到达那边的新天地。

第四章

山上和山底下

通向崇山峻岭的小路许许多多，有许多也确实能翻越过去，但这些路十有八九会让人上当受骗，最后让你哪儿也到不了，或者让你遭到不测。而且这些路上多半有种种害人的妖魔经常出没，充满着种种凶险。矮神们和小矮人由于有埃尔朗德的忠告相助，又有经验丰富和记忆犹新的冈达尔夫做向导，所以走的是正确的大路和小道。

他们爬出山谷，将最后一个宾客如归的山庄留在几英里以外。已经走了好几天的路，可他们依然在向上爬啊爬。路非常难走，非常危险，蜿蜒曲折而且荒凉漫长。这时他们回头眺望他们离开的那片土地，像是玩具一样展现在下面的远方，再往遥远的西方看去，只有一些淡淡的蓝色影子，彼尔博知道那里有他的故乡，有种种怡人的风光和他那小小的小矮人洞穴。他打了个寒噤。这里天越来越冷，风在山岩里呼啸。由于中午太阳照在雪上，雪开始融化，一些巨大的山石松动了，时常沿着山坡崩落下来，有的从他们身边隆隆滚过去，有的在他们头顶上飞过去，好不吓人。夜晚寒气袭人，更不舒服，他们不敢唱歌不敢大声说话，生怕回声会暴露他们，而且寂静也似乎不乐意被人打破——除非是哗哗的流水声，呼呼的风声和石头开裂的噼啪声。

"山下正是夏天，"彼尔博心想，"现在正在收割野草和举行野餐，接着他们就要收割作物，采摘黑莓，可照这个速度，到那时我们甚至还没有翻过山，开始走下山路呢。"其余人心里也同样是一些闷闷不乐的念头，尽管仲夏那天早晨他们跟埃尔朗德告别时怀着满腔的希望，兴高采烈地说起高山间的通道，说起快马加鞭越过山那边的一片片土地。他们曾经想过在秋天头一个圆月的时候到达孤山，来到秘密门前。他们还说："说不定刚好碰到多林日。"当时只有冈达尔夫摇了摇头，什么也不说。矮神们已经多年没有走过这条路，冈达尔夫则不然，他知道凶险正在临近，特别是到了大荒地，因为凶龙把人从这片土地上赶走，而莫里阿矿战争以后，妖魔已经暗中扩大了他们的地盘。当你动身前往荒地边缘冒险的时候，即使是足智多谋的巫师冈达尔夫和好朋友埃尔朗德也难免有犯错误的时候，哪怕冈达尔夫是个聪明过人的巫师。

他知道可能会发生一些意想不到的事，他甚至不敢希望在这个没有国王统治的地区里，越过这山峰孤立峡谷荒凉的巍巍群山会是一次有惊无险的旅行。矮神们却不这样认为。一路上还算顺利，可有一天他们遇到了一场雷暴雨，那何止是一场雷暴雨，简直是一场雷电大战。你们不知道在旷野上、河谷里下起一场雷暴雨来会有多么可怕，特别是两大片雷暴雨云互相冲撞的时候。至于在夜晚的大山中，一片雨云从东而来，一片雨云从西而来，交上了火，雷电交加，那个情景就更惊心动魄了。闪电打在山峰上，岩石全都在发抖，巨大的爆裂声在空中四处散开，隆隆地打着滚闯入每一个空穴和山洞，黑暗中充满了压倒一切的响声和突如其来的闪亮。

这种场面彼尔博别说是从未见过，过去连想都想象不到。他们被固在一个又高又窄的地方，边上就有可怕的瀑布泻入暗淡模糊的山谷，他们躲在一块倒悬下来的大石头底下过夜，彼尔博躺在毯子里还是浑身发抖。他探头张望，只见山谷对面石巨人已经出来，正在互相掷着石块做游戏，还抓住对方，把对方抛入黑暗，在远处的树林里跌得粉身碎骨，发出砰砰的响声。这时忽然刮起风，风鞭打着雨，四面八方都响起了它的呼啸声，倒悬下来的大石再也不能挡雨。矮神们和小矮人很快浑身湿透，他们的短腿马也都垂着头夹着尾巴站在那儿，有几匹恐怖地嘶鸣起来。他们能听到巨人在山坡上狂叫狂笑。

"这样下去说什么也不行！"索林说，"风不把我们吹走，雨也会把我们淋死；雷电不把我们打死，巨人也会把我们当做球，踢到半空中去。"

"那么，你知道什么好地方，就带我们去吧！"冈达尔夫没好气地说，他想到巨人心里也在发毛。

争论的结果他们派费里和基里去寻找遮风挡雨的好地方。费里和基里眼睛特别尖，比其余的矮神要年轻好几个五十岁，所以这种差使通常都落到他们头上（矮神们全都明白派彼尔博去根本是没用的）。寻找东西就像索林吩咐两个年轻的矮神去寻找躲雨的地方一样，马虎与不马虎大不相同。你找到的东西往往并不是想要的东西。这次也正好证实了这一点。

不久费里和基里便在风中抓住石头爬了回来。"我们发现了一个干燥的山洞，"他们说，"离下一个拐角处不远，我们跟短腿马全都进得去。"

"你们有没有彻底勘察过？"巫师问，他明白山上的山洞很少没有被占领的。

"当然，当然！"他们说是这样说，可大家知道他们并没有在勘察上花很多时间，他们回来得那么快，"那洞一点儿也不远。"

当然，山洞还有许多危险因素，且不说不知道他们回来的路究竟有多远，也不知道山洞通向何方，里边有什么在等着他们。

可现在费里和基里带来的消息似乎挺不错，所以他们全都站起身来准备挪个地方。风在怒吼，雷声依然隆隆，他们好不容易牵着马过去。果然不远，不一会儿他们便来到一块突出的小路边的大石旁。退后几步的话，你会发现山坡上有一个低矮的圆拱。他们把马背上的东西和马鞍卸掉，短腿马才能勉强挤过去。他们从圆拱底下进去以后，高兴地听到风声和雨声果然挡在了外面，那里还有能躲避巨人和巨人的石块，非常安全。巫师却从不冒险行事，他点亮了他的魔杖，你们记得吗，那天他在彼尔博的餐厅里也点亮过他的魔杖，这好像已经是好久以前的事了。凭着这个火光他们把山洞从头至尾彻底勘察了一番。

这个山洞相当宽敞，但并不太大，也无神秘可言，里边很干燥，还有一些很舒适的凹角。里头容纳所有的短腿马还绰绰有余，它们不再受风吹雨打也很高兴，身上冒着热气站在那儿把头伸进挂在脖子上的草料袋里大口地嚼着草料。奥英和葛劳英想在洞口点起一堆篝火烘干衣服，冈达尔夫不肯答应。所以他们把湿衣服摊在地上，把包裹里的干衣服取出来换上。然后舒舒服服地躺在毯子上，取出烟斗，吐起烟圈来。冈达尔夫使烟圈变幻出不同的颜色，在山洞顶上袅袅起舞，让他们高兴高兴。矮神们谈着谈着，忘掉了雷暴雨，讨论起将来每个人分到财宝以后干什么（那当然是指他们得到财宝以后，当时他们觉得得到财宝并不是不可能）。说着说着他们一个个地睡着了。谁也没想到这是他们最后一次使用短腿马、大包小包工具和其他随身带来的物品。

那天晚上发生的事足以说明他们把小矮人带来毕竟是件好事。因为不知怎么搞的，小矮人久久不能入睡，好不容易睡着了，又做了许多噩梦。他梦见洞的尽头开出一条裂缝来。而且越开越大，成了一个很大很大的洞门，他害怕极了，叫也叫不出来，光躺在那儿看。后来他又梦见地上也开了口，他滑了下去，开始往下坠落，落呀落呀，天晓得要落到什么地方去。

这个惊吓让他突然醒了过来，这时他发现有些事情并不是做梦，山洞尽头已经开出一条宽阔的通道，他只来得及瞥见最后一匹短腿马尾巴一晃消失在通道里，他大叫了一声，声音之大以小矮人的力量而言，简直不可思议。

还来不及开口，便看见跳出来好多奇丑的大妖魔。还没来得及眨眨眼，至少有六七个妖魔已经扑向一个个矮神，有两个扑向了彼尔博，七手八脚把他们抓住塞进了通道里。冈达尔夫没被抓住，因为彼尔博那一声叫得正是时候，一下子惊醒了冈达尔夫，几个妖魔刚过去抓他，只见洞里亮起一道可怕的闪电，随之发出一种火药般的气味，其中几个妖魔便倒在地上死了。

那个洞门嘭地一下关上了，彼尔博和矮神们都被关在了里边！冈达尔夫到哪里去了？这个问题他们和妖魔们一点儿也不知道，妖魔们也不想留下来弄明白。他们抓住了彼尔博和矮神们，催促他们向前走。通道里很黑很黑，只有生活在大山底下的妖魔才能看清路。坑道纵横交错，通向四面八方，妖魔们却不会弄错，跟你不会弄错最近一个邮局在哪里一样，这里的坑道都一个劲儿地往下伸展，而且全都闷得可怕。妖魔们十分粗暴，死命地扭他们，不是咯咯地笑便是哈哈大笑，声音瓮声瓮气听起来十分可怕。彼尔博觉得比上次巨人抓住他的脚趾头倒拎起来更不好受。他一次又一次希望自己能回到舒适敞亮的小矮人洞穴里去，他目前不会摆脱这个念头呢！

这时他们的前面传来一道微弱的红光。妖魔们唱了起来，不过多半像乌鸦的呱呱叫，他们一边用平平的脚掌在石头上打着拍子，一边摇晃着他们的俘虏。

嘎啦啦，啪啦啦黑洞裂开，

捉呀，抓呀，扭呀，逮呀，

快走，快走，伙计乖乖，

下去，下去，快去妖魔大寨！

铁锤钳子叮叮当当，

门环铜锣咂啷咂啷，

地下远处呼呼声响

嚯嚯伙计迈步跟上。

鞭子嗖嗖噼啪痛打，

又哭又叫，眼泪滴答，

干活偷懒重重罚他。

妖魔痛饮笑声哈哈，

伙计，地下坑道尽是分岔，

叫爹喊妈也是白搭！

　　那声音确实可怕极了。洞壁四处响起的回声尤其让人胆战心惊，嘎啦啦啪啦啦，叮叮当当咣啷咣啷的声音不绝于耳。还有那"嚯嚯，伙计"的丑恶笑声！那支歌的意思是明摆着的，只见妖魔拿出鞭子，便在他们身上噼噼啪啪抽打起来，让他们没命地跑，不止一个矮神抽抽噎噎哀声哭泣起来。这时他们磕磕绊绊来到了一个大山洞。

　　山洞中央燃着一大堆红火，洞壁上有一个个火把，山洞里尽是妖魔。他们全都笑着，跺着脚，拍着手，矮神奔跑进去，妖魔在后面举着鞭子噼噼啪啪打下来（可怜的彼尔博跑在最后，离鞭子最近）。短腿马在一个角落里挤成一团，大包小包全撒在地而且被撕破了，妖魔们正在彻底检查，一边用鼻子闻用手摸，一边还在争论不休。

　　恐怕妖魔以前从来没有见过这么出色的小短腿马，其中一匹非常健壮的小白马是埃尔朗德借给冈达尔大的，因为冈达尔夫原来的马不适合走路。妖魔们吃马，也吃短腿马和驴子，尤其可怕的是，他们老是没个吃饱的时候。俘虏们因此不免担忧自己的命运。妖魔们在他们的双手上锁了锁链，把他们串成一行，拉他们到大山洞的尽头去，小彼尔博被拖在排尾。

在一块平整的大石头底下坐着一个巨大无比的妖魔，他的头更是大得出奇。妖魔们有的拿斧子，有的拿着弯刀，簇拥在他的周围。妖魔全都又残忍又邪恶，心肠一个比一个坏。他们从不制造美好的东西，不过他们有时也制造一些灵巧的东西。只要他们不怕麻烦，他们开矿打洞不比谁差，大概只比技术最高超的矮神略逊一筹，只是他们通常都是邋里邋遢的。铁锤、斧头、刀剑、匕首、镐头、钳子和刑具他们都制造得很出色。即使他们自己不制造，也能让人按照他们的设计制造。他们的俘虏和奴隶都得为他们干活，一直干到缺少空气和阳光死去为止。尽管他们一向喜欢轮子、发动机、炸药和一般不必亲自动手干活的机器，却并没有发明那种后来搅得世界不得安宁的机械，特别是那种巧妙得能一下子大量杀人的东西。当时在那些荒凉的地方，他们还没有"进步"（当然只是所谓"进步"）到这个程度。他们并不特别憎恨矮神，像憎恨其他一切人和事物一样，他们尤其不憎恨那些口口声声讲秩序和富裕的矮神，在某些地方有些邪恶的矮神还跟他们结成了联盟呢。不过他们对索林族的人怀有一种特别的仇恨，因为他们之间进行过一场战争，前面已经提到过这场战争，不过具体的情形不在本故事叙述范围之内。再说，妖魔只要俘虏干活干得巧妙干得秘密，他们并不在乎抓到的究竟是谁，是俘虏就得完全听他们的摆布。

"这些倒霉的家伙是什么人？"妖魔王问。

"一些矮神跟这个家伙！"其中一个驱赶俘虏的妖魔说，他拉了一下锁链，让彼尔博到前面去，"我们发现他们在我们前门廊里躲雨。"

"你们打算干什么？"妖魔王对索林说，"我敢担保，准不是什么好事。我猜你们想来侦察我们吧？说你们来做贼，我也不会感到惊奇！说你们是小精灵的朋友来搞谋杀的也没有什么不像！来！你还有什么想说的？"

"矮神索林听候您的吩咐！"他这样回答只是一种客套礼貌，"你猜测和想象的那些事，我们连想都没有想到过。我们只是图个方便，找了个空山洞躲避雷暴雨，没去想会有冒犯妖魔的地方。"他说的全是大实话。

"哼！"妖魔王说，"瞧你说的！那我倒问问你，你们在这山里究竟干什么？你们从哪儿来，要到哪儿去？事实上我很想了解你的一切。倒不是说实话会对你有多大的好处，索林·奥根希尔得，我对你的人太了解了。不过还是跟我们说实话吧，要不然我会准备让你特别不舒服的一些东西！"

"我们拜访我们的亲戚，侄子侄女，远远近近的叔伯兄弟，姑表兄弟，都是我们祖父辈的后代，他们都住在群山的东边。没想到群山真是好客极了。"索林说。他一时间不知说什么才好，说实话显然是不行的。

"他在说谎。真是一个说谎不眨眼的家伙！"一个押俘虏的妖魔说，"我们去请他们下来时，他们一个个睡得死死的像石头一样。但我们却有几个遭到了雷击，他连这个也没说清！"妖魔边说边把索林佩带的剑递了上去，就是那把从巨人洞穴里得来的剑。

妖魔王看见那把剑，发出一声恐怖万分的怒吼，他所有的士兵都咬牙切齿，一边顿足，一边敲击盾牌。他们一下子认出了那把剑。当初冈朵林的小精灵在山岭里搜寻他们，在他们的壁垒前跟他们打过一仗，这把剑杀死过成千个妖魔。小精灵们把这把剑叫做奥克列斯特，也就是劈妖剑，而妖魔们叫它吸血剑。他们恨这把剑，更恨带这把剑的人。

"小精灵的朋友，来搞谋杀的家伙！"妖魔王大声叫道，"砍他们！打他们！咬他们！撕碎他们！把他们赶到黑暗的蛇洞里去，别让他们重见阳光！"他怒气冲天，从座位上跳起来，龇牙咧嘴地朝索林扑去。

正在这时山洞里所有的亮光一下子全都熄灭了，那堆大火也噗地一下灭了，升起了一股蓝荧荧的烟柱，直冲洞顶，与此同时，刺眼的白色火花在妖魔堆里四散开来。

洞里顿时响起了一片大呼小叫声，有的呱里呱啦，有的叽叽喳喳，有的吼，有的骂，有的尖叫不已，接下来就更难描述了。几百只野猫和狼放在一起用火慢慢活烤发出来的声音也不能跟它相比，那火星在妖魔身上烧出了一个个窟窿眼儿，蓝烟从洞顶弥漫下来恰似一片浓雾，连妖魔的眼睛也休想看清东西了。不久他们纷纷跌倒，你压我，我压你，在地上滚作一团，又咬又踢又打，好像全都疯了似的。

突然一把剑闪出一道白光。彼尔博看见它直刺向妖魔王。那家伙站在山洞中央气得发狂惊得发呆。他倒下了，那些妖魔士兵不等那把剑在黑暗中发出尖啸便四散奔逃而去。

那把剑又回到了剑鞘之中。"跟我走，快！"一个很凶却很轻的声音说道，彼尔博还没弄清发生了什么事便跌跌撞撞在末尾拼命地跟了上去，下到更加黑暗的坑道里去，妖魔大厅里的大呼小叫声在后面变得越来越轻。一点淡淡的火光领着他们前进。

"快，快！"那声音说，"不久他们就会重新点起火把来的。"

"稍等一下！"多里说，他走在倒数第二，他的后面就是彼尔博，这是一个好样的家伙。他想方设法用自己被绑住的双手帮小矮人爬到他的肩头上。之后，他们又全都奔跑起来，锁链锵锵作响，他们时常被绊倒，因为他们有手不能用，总是站不稳。没多久他们又停了下来，当时他们一定是到了大山底下的正中央。

这时是冈达尔夫点亮了他的魔杖，他们没闲工夫问他是怎么来的。他又抽出了剑，只见那把剑在黑暗中闪闪发光。要是有妖魔在附近，这把剑就会燃起一股怒火，闪烁寒光，这会儿它杀了山洞中的妖魔大王很高兴，所以发出一股明亮的蓝光。它毫不费事地吹断了妖魔的锁链，尽快地把俘虏们解放出来。这把剑名叫格拉姆屈林击仇剑，这你大概还记得。妖魔们叫它杀手剑，他们恨这把剑更甚于吸血剑。劈妖剑也被保住了，因为冈达尔夫一把把它从一个吓坏了的卫士手中夺了过来，一路上小心地带着它。尽管冈达尔夫不能事事做到，可多半事情他都能想到。

"我们是不是全都安全无恙？"他说着鞠了一躬，把宝剑还给索林，"让我看看：一，那是索林；二、三、四、五、六、七、八、九、十、十一，费里和基里在哪儿？原来在这儿！十二、十三，这儿还有巴京士先生，十四！好！好！现在情况很糟，没有短腿马，没有食物，也不清楚我们究竟在什么地方，而一大群愤怒的妖魔却就在后面，不过情况也许会大大好转！我们继续走吧！"

他们又继续走下去。冈达尔夫说得一点没错，他们听到妖魔吵吵嚷嚷的声音，从刚才他们走过的坑道里传来。这促使他们大大加快速度，可怜的彼尔博连一半速度都达不到，原来矮神在迫不得已的情况下能迈出极大的步子。他们没有办法，只得轮流把彼尔博背在背上。

不过妖魔们还是比矮神们跑得快，这些妖魔熟悉路径，坑道是他们开出来的，而且他们又气得发狂。所以尽管矮神们拼了命，他们还是听到怒吼声越来越近。不久他们甚至听到了妖魔啪嗒啪嗒的脚步声，许多妖魔好像已经到了后面坑道的拐角处，看得见他们火把闪出来的红光。矮神们这时已经精疲力尽。

"天哪，我干吗要离开我那小矮人洞穴呀！"可怜的彼尔博先生在邦布尔的背上颠上颠下。

"天哪，我干吗要背一个倒霉的小矮人去猎取什么财宝呀！"可怜的邦布尔最胖，一路蹒跚，由于吃力也由于害怕，汗珠子从他鼻子上滴滴答答往下掉。

在这个节骨眼上，冈达尔夫让别人跑在前面，自己和索林跑在最后。他们在一个急转弯的地方停了下来。"守在这儿！"他大声叫道，"索林，拔出你的剑来！"

这是没有办法中的办法，也正是妖魔们最不愿意看到的事情。他们大叫大嚷着转过弯来，却发现劈妖剑和击仇剑就在他们眼前闪烁着明亮的寒光，顿时惊慌失措起来。前面的一些妖魔丢掉火把大叫一声，还没来得及转身逃跑就被杀死了。后面的一些连连狂喊，转身连蹦带跑，刚好撞在后面赶上来的妖魔身上。"吸血剑！杀手剑！"他们发出一阵阵尖叫，乱作一团，多数妖魔乱推乱搡硬挤一气，没命地从他们来的路上逃窜回去。

过了好久，他们中才有几个壮着胆子转过拐角去。那时矮神们早已在妖魔王国黑暗的坑道里逃出去好大一截了。妖魔们发现这点以后，熄灭了火把，悄没声儿地移动他们的软底鞋，选出一些跑得最快、耳朵最尖、眼睛最尖的妖魔继续追赶，他们黑暗中跑得像黄鼠狼一样快，而且像蝙蝠一样几乎听不到移动的声响。

这就是为什么彼尔博、矮神甚至冈达尔夫都没有听到他们追来的缘故。他们也没有看到妖魔，因为冈达尔夫让他的魔杖发出淡淡的光帮助矮神走路，所以妖魔们悄悄地从后面走上来也能看清他们。

多里这时背着彼尔博，冷不丁在黑暗中被后面的妖魔一把抓住。他大叫一声倒在地上，小矮人从他肩上跌出去，滚入一片黑暗中。他的头撞在坚硬的石头上，失去了知觉。

第五章

黑暗中的谜语比赛

彼尔博睁开眼睛，却不知道自己有没有睁开眼睛，因为睁眼闭眼同样是漆黑一片。他身边一个人也没有。这一吓真是非同小可！他什么也听不见，什么也看不见，除了地上的石头，什么也摸不到。

他十分缓慢地站起来，手脚并用到处摸索，后来碰到了坑道的石壁，可他在坑道里上下摸索，依然摸不到任何东西，坑道里空无一物，没有妖魔的迹象，也没有矮神的迹象。他的头晕乎乎的，根本无法确定他跌下来时他们究竟在朝哪个方向逃跑。他绞尽脑汁拼命猜测，爬出去好一段路，突然在坑道的地上触到一样东西，冷冷的像是一枚金属小戒指。那是他一生中的一个转折点，不过他自己并不知道。他几乎没加思索便把戒指放进了口袋，看来这个东西暂时并没有什么特殊的用处。他不再往前爬了，坐在冷冰冰的地上，好一阵子一直处在伤心失望之中。他想起在自己家厨房里煎火腿蛋的情景，因为到了该吃饭的时候了，他觉得饥肠辘辘。可想到这一点只能使他更加沮丧。

他想不出该怎么办才好，他想不出究竟发生了什么，为什么矮神们把他撇下了，既然把他撇下了，为什么妖魔又没有把他抓去，还有，为什么他的头这样痛。事实上他在那个黑暗的角落里静静躺了好一会儿，别说看不见，就连知觉也失去了。

过了一些时候，他摸了摸自己的烟斗。它没有打碎，这倒不坏。他又摸了摸烟袋，里边还有一些烟丝，这就更好了。他又摸火柴，却找来找去找不到，这下他的希望完全破灭了。因为他清醒过来时就有一个念头，划划火柴抽口烟，烟味或许能把他带出黑洞，离开这个可怕的地方。他一时感到自己完全垮了下来。他拍了所有的口袋，又在身上东摸西摸寻找火柴，他的手碰到了那把小剑的剑柄，那把剑也就是他从巨人那儿得来的小折刀。他差不多忘了这把剑，幸亏妖魔们也没注意到，因为他把它藏在了裤子里。

他把小剑抽了出来。剑在他眼前闪出淡淡模糊的光。"看来它也是一把小精灵的刀，"他心里想，"而且妖魔离得并不太远，也不太近。"

这对他多少是个安慰。一把为了跟妖魔作战在冈朵林制造的而且被许多歌曲讴歌的剑，佩带在身上有多么荣耀，他也曾经注意到这类武器突然袭击妖魔们时他们被吓得魂不附体的样子。

"向后？"他想，"说什么也不行！向旁边走？那也不可能！向前走？只能如此！那就走吧！"于是他一手执小剑，一手摸洞壁迈着小步向前走去，心却扑腾扑腾跳得厉害。

显然彼尔博当时处境非常艰难。但你必须记住假如你我处在那种情况下那就更寸步难行了。小矮人跟一般人不大相同，虽然他们的洞穴很舒适，通风良好，跟妖魔们的坑道大不相同，但毕竟小矮人们对坑道比我们要习惯得多，即使他们头遭到撞击，他们在地下辨别方向的直觉也是不大容易丧失的。而且他们能神不知鬼不觉地走动，隐蔽起来也十分容易，跌倒受伤也能奇迹般地恢复过来，他们头脑中储存的智慧和名言警句普通人大多听都没有听过，即使听见过也早已忘了。

谁也不乐意处于巴京士先生当时的境地，说什么也不会愿意。那坑道似乎没有个尽头。他知道尽管坑道蜿蜒曲折，却始终在往下倾斜，保持同一个方向。一路上时常有岔道通向两旁，他借着宝剑的微光或用手摸洞壁就能知道。这些岔道他头都不回，只是匆匆地走过去，生怕妖魔会追来，还疑神疑鬼会有一些黑乎乎的东西从里边跳出来。他朝下走呀走呀，依然听不到任何声音，偶尔耳朵边会响起一阵蝙蝠飞过的呼呼声，起先那声音吓了他一大跳，后来听得多了也就不当一回事了。不知道他究竟走了多长时间，他早就不想再走下去了，可又不敢停下来，走得他精疲力尽。看样子走到明天也走不出去，还得走上好几天呢！

突然他毫无思想准备地啪嗒啪嗒走在了水里！哎呀，那水是冷冰冰的。他的脚连忙缩了回来。他不知道这仅仅是个水塘呢，还是横穿岔道的地下水，还是又深又黑的地下湖浅滩。这时宝剑差不多没有光亮了。他停了下来，竖起耳朵仔细听，只听得洞顶上滴滴答答往下滴水滴，滴入下面的水中，除此之外好像还有别的声音。

"这么说来，它是一个水塘或者湖，不是一条地下河。"他想。但他还是不敢在一片漆黑中涉水过去。他不会游泳而且他也想起那些鼓出两只瞎眼的讨厌东西，黏黏滑滑的，在水中蠕动。大山底下的地下池塘和地下湖里就生活着那些怪东西，它们的祖先是鱼类，天晓得多少年以前游进了山底下，就再也没游出去，它们的眼睛为了在黑暗中看到东西也就越长越大。这种池塘和湖里可能还生活着一些比鱼更黏滑的东西。在妖魔挖掘的坑道和山洞里，还生活着一些连他们自己都不知道的东西，都是从外面偷偷潜入里边躺在黑暗之中的。有些山洞的形成可以追溯到好几个世纪以前，妖魔后来只是把他们扩大了和另一些坑道连接了起来，而山洞原来的主人依然生活在一些古怪的角落里，鬼鬼祟祟地溜来溜去东嗅西嗅。

那片黑暗的水边有个深洞，底下生活着老戈勒姆，一个小小的又黏又滑的家伙，我不知道他从哪儿来的，也不知道他是谁，是什么东西，只知道他自称戈勒姆，黑得像黑夜一样，只有他那张瘦脸上两只又圆又大的眼睛能发出一些暗淡的光来。他有一条小市船，他在那个湖上把小船悄没声儿地划来划去。那片水确实是个湖，湖又大又深，水冷得刺骨。他把两只大脚荡在船边，划水的就是他的两只脚，可他从来不掀起一点水波。他那双像幽幽灯笼般的眼睛搜索着瞎眼鱼，看到鱼便伸出长长的手指一把抓住，速度之快你想都想不到。他也喜欢吃肉，他认为妖魔的肉很好吃，有机会他就抓，不过他很小心，从不让他们发现。一旦妖魔单独来到水边什么地方，他又刚好在周围觅食，他便从后面上去掐住妖魔的脖子。妖魔难得到水边来，因为他们也感觉到有什么讨厌的东西潜伏在直通山脚底下的洞里。很久以前他们挖掘坑道到过湖边，发现再也无法前进，所以这个方向他们的路也算是到了尽头，有时候妖魔王想吃湖中的鱼，便派他们去捉，不过派去打鱼的妖魔往往再也没有回来。

实际上戈勒姆生活在湖中一个狭长的石岛上。他那双暗淡的眼睛像是望远镜，他远远注视着彼尔博。彼尔博却看不见他。他看着彼尔博觉得很纳闷，因为他看得出来，彼尔博根本不是妖魔。

戈勒姆上了船，箭一般离开了石岛，彼尔博还坐在岸边不知怎么才好，路断了，他的思路也断了。突然戈勒姆到了他面前，用嘶嘶的声音悄悄地说道："保佑我们交上好运！我亲爱的，我猜这准是一顿上等的筵席，戈勒姆，至少能让我们美美地打上一次牙祭！"说到戈勒姆这个字眼时，他的喉咙里发出可怕的响声，原来他咽了一口口水！这就是他的名字来源，虽说他总是把自己叫做"我亲爱的"。

当嘶嘶声音在耳边响起时，小矮人直蹦起来，差点灵魂出窍，他突然看到两只淡淡的眼睛死死地盯着他。"这是什么东西，我亲爱的？"戈勒姆小声地说（因为从来没人跟他说话，他经常自言自语）。他来就是想弄明白这一点的，因为他那时并不十分饿，只是非常好奇，要不然他会先掐住小矮人的脖子然后再小声说话。

"我是彼尔博·巴京士先生。我跟矮神们和巫师走散了，不知道现在我在什么地方，要是我能出去，这是什么地方我还懒得问呢。"

"他手里拿着什么东西？"戈勒姆问，他看着宝剑，并不怎么喜欢那东西。

"一把剑，一把冈尔朵拉制造的刀！"

"嘶嘶，"戈勒姆他变得相当有礼貌，"说不定还是坐在这儿跟他聊一会儿好，我亲爱的。他喜欢不喜欢谜语，可能他喜欢，是不是？"他急于表现得很友好，至少暂时是这样，他想了解更多有关宝剑和小矮人情况，小矮人是不是真的单身一人，好不好吃，还有戈勒姆自己是不是真的饿了。他满脑子都是谜语，出谜语猜谜语是很久很久以前他跟一些别的怪家伙坐在洞穴里玩的唯一的消遣，后来他失去了所有的朋友，被孤零零地赶走，往下爬呀爬呀，爬到了山底下的一片黑暗中。

"很好。"彼尔博说，他也急于知道更多有关戈勒姆的情况，他是不是真的孤身一人，是不是非常凶恶非常饥饿，还有他是不是妖魔的朋友。

"那你先出个谜语吧。"彼尔博说，因为他还来不及想出一个谜语。

于是戈勒姆用嘶嘶的声音说：

> 谁也没见过它的根，
>
> 却比树木长得高。
>
> 它向上向上伸展，
>
> 却从来不见它生长。

"容易！"彼尔博说，"我猜那是山。"

"他就这样轻易猜出来了？他一定想跟我们赛一赛，我亲爱的！要是我出的谜语他回答不上来，我们就吃掉他，我亲爱的。要是他问我，我们答不上，他让我们干什么我们就干什么，呃？我们给他指出出路，对！"

"好吧！"彼尔博说，他不敢不同意，他拼命地在想保住自己不让那家伙吃掉的谜语，脑子差点炸开来。

> 三十四白马在红红山头上，
>
> 起先合拢嘎嘎响，
>
> 后来噪脚啪啪响，
>
> 最后站定不再响。

那是他唯一想出来的谜语，他的脑子里尽在转吃的念头。那是一个相当古老的谜语，戈勒姆跟你一样清楚它的谜底。

"栗子，栗子，"他发出嘶嘶的声说，"牙齿，牙齿！我亲爱的。可我们只剩下六颗了！"于是他又出了第二个谜语：

> 大声叫喊没有嗓子，
>
> 啪啦啪啦没有翅膀，
>
> 咬人没有牙齿，
>
> 咕哝没有嘴巴。

"等一下！"彼尔博叫道，他想起吃东西心里还挺不好受呢。幸亏他以前听到过类似的谜语，动动脑筋回想一下，就想出了谜底。"风，不是风还能是什么，"他说，而且他很高兴地当场编出一个谜语，"这个谜语准会难倒这个讨厌的地下小东西。"他心里这样想。

> 蓝脸上一只眼，
>
> 瞧见绿脸上的一只眼，
>
> "那只眼像是这只眼，"

头一只眼说道，

"不过它在低低的地方，

不在高高的地方。"

"嘶嘶，嘶嘶，嘶嘶，"戈勒姆说。他在地底下待了很久很久，早已忘掉了这类东西。就在彼尔博希望那个家伙回答不上来的时候，戈勒姆回忆起了好些几个世纪以前的事来，那时他还生活在祖母的洞里，那个洞打在一条河的河岸上。"嘶嘶，嘶嘶，我亲爱的，"他说，"我意思是说太阳光照在雏菊上，错不了。"

但是这些地面上普普通通天天都会重复的谜语使他感到非常厌烦，而且这些谜语使他想起昔日的情景，那时他不那么孤独，不用偷偷摸摸，也不那么令人讨厌，想到这些他的脾气就上来了。不仅如此这些东西使他感到饥饿，所以这回他想试试难一点而且不那么讨人喜欢的谜语：

看不见摸不到，

听不见闻不到，

它躺在星星后面，

它躺在群山底下，

空洞里尽是它的世界，

它的前脚刚到，

结束生命扼杀笑声的事便接踵而来。

戈勒姆很倒霉，偏偏彼尔博以前听到过这类谜语，况且答案在他周围四面八方有的是。"黑暗!"他不假思索地回答道，连头皮也没抓一抓。

> 一只匣子没有铰链，
>
> 没有钥匙，
>
> 也没有盖子，
>
> 里边却藏着金色的宝贝。

　　他出这个谜语是为了争取时间想出一个真正难的谜语。他认为尽管用的话跟平常不一样，却是一个老掉牙的谜语，猜起来不费吹灰之力。谁知事实证明了这对戈勒姆来说恰恰是个伤透脑筋的难题。他嘶嘶地自言自语一阵，依然没有回答。接着他又小声自言自语起来，听得出有点气急败坏。

　　过了一会儿彼尔博有点不耐烦了。"喂，那是什么?"他说，"谜底可不是一只煮开水的壶，看样子你尽在想你发出的吵吵声了。"

　　"给我们一个机会；让他给我们一个机会，我亲爱的，嘶嘶，嘶嘶。"

　　"好。"彼尔博又让他猜了好久说，"你猜得怎么样了?"

　　不料戈勒姆突然想起了很久以前掏鸟窝偷蛋的事，还记得当初他坐在河岸下面教他祖母吮蛋的情形。"蛋!"他嘶嘶地说，"那是蛋!"然后他又出了一个谜语：

> 活着从不呼吸空气，

冷得像死了一样，

从不口渴，从不喝水，

浑身铠甲从不锵锵作响。

这回轮到他以为这个谜语猜起来不费吹灰之力了，因为他时时刻刻想着谜底提到的东西。但是他一时想不出更好的谜语，蛋的问题使他有点晕头晕脑。谁知这对可怜的彼尔博同样是个难题，只要有可能，他从来不跟水打任何交道。当然我想你是知道谜底的，可能一眨眼工夫就猜出来了，然而你是舒舒服服坐在家里的，没有要被吃掉的危险扰乱你的思想。彼尔博坐在那里，喉咙清了一次又一次，却就是回答不上来。

过了一会儿戈勒姆乐滋滋地发出嘶嘶声自言自语说："他好吃吗，我亲爱的？汁多不多，味道美不美，嚼起来有没有劲？"他开始在黑暗中细细打量起彼尔博来。

"等一会儿，"小矮人瑟瑟发抖地说，"我刚才让你猜了好半天呢。"

"你得赶紧猜，赶紧猜！"戈勒姆说着开始爬出小船，准备上岸，朝彼尔博扑过米。但当他那双有蹼的长脚刚伸到水里，一条鱼受了惊，跳出水来落在彼尔博的脚趾上。

"嗨，"他说，"那东西又冷又滑腻！"于是他就猜到了，"鱼，鱼！"他大声说，"那是鱼。"

戈勒姆失望极了，彼尔博急忙又出了一个谜语，戈勒姆不得

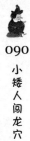

不重新回到船上去动脑筋。

> 没腿的躺在一条腿上，
>
> 旁边两条腿的坐在三条腿上，
>
> 四条腿的也有东西尝尝。

这个谜语出得可真不是时候，只怪彼尔博实在太匆忙。要换个时候出，也许戈勒姆猜起来挺费事。可现在刚提到过鱼，"没腿的"就不难猜到了，接下来别的也都能迎刃而解。"鱼放在一张小桌子上，人坐在桌子边的凳子上，猫在地上吃鱼骨头。"这当然就是谜底，戈勒姆很快就猜到了。接下来他想该出一些难上加难的谜语。这就是他出的谜语：

> 这样东西能吞掉所有的东西，
>
> 鸟兽和树木花草全不在话下，
>
> 还能咬钢嚼铁，
>
> 轧碎硬石当点心，
>
> 它还能杀死国王，毁掉城镇，
>
> 让高山变成土丘。

可怜的彼尔博坐在黑暗中想起巨人和吃人魔等种种可怕的名称，那都是他在传说中听到过的，但他们中间谁也干不了谜题中所有这些事情。他有一种感觉，谜底一定与众不同，而且他应该是知道的，就是怎么也想不起来。戈勒姆已经从船上下来，跳入水中涉水向岸边过来，彼尔博不可能看不到他正在朝自己靠拢来。

他的舌头好像在嘴里黏住了，他想叫："再给我些时间，给我时间！"可突然蹦出他牙齿缝的只是一声尖叫："时间！时间！"彼尔博的得救纯属侥幸。因为"时间"当然就是那个谜语的谜底。

戈勒姆再一次感到失望，这时他越来越生气，已经讨厌起这种游戏来。这种游戏使他肚子饿得厉害。这回他不回到船上去了，他在黑暗中坐了下来，就在彼尔博的身边。这使小矮人感到浑身不自在，分散了他的注意力。

"他要给我们提问了，我亲爱的，是的，是的，嘶嘶。再出个谜语猜猜，是的，嘶嘶。"戈勒姆说。

但有这么一个浑身湿漉漉的散发冷气的讨厌家伙坐在身旁，彼尔博简直一个谜语都想不起来，更何况那家伙还在乱抓乱摸不时捅捅他戳戳他。彼尔博抓耳挠腮，还在自己身上拧了一把，可还是什么也想不起来。

"问我呀，问我呀！"戈勒姆说。

彼尔博又在自己身上拧了一把，还拍了拍脑门。他抓到了自己的小剑，另一只手甚至摸到了口袋里，里边有他从坑道里捡来的戒指，他已经忘了这件事。

"我的口袋里有什么东西？"他这是在自言自语，说得很响，戈勒姆以为那是一个谜语，感到非常迷惑。

"不公平！不公平！"他嘶嘶地说，"这不公平，我亲爱的，是不是？他竟问我在他那倒霉的小口袋里有些什么东西！"

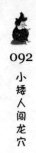

彼尔博看到发生的事情，觉得最好还是坚持问下去，"我的口袋里有什么东西？"他提高声音问。

"嘶嘶，嘶嘶，"戈勒姆说，"这得让我们猜三猜，我亲爱的，猜三猜。"

"好！猜吧！"彼尔博说。

"手！"戈勒姆说。

"错了，"彼尔博说，很幸运他的手刚伸出口袋，"再猜一猜！"

"嘶嘶，嘶嘶。"戈勒姆更加心烦意乱了。他想了想自己放在口袋里的所有东西：鱼骨头，妖魔的牙齿，湿漉漉的贝壳，一个蝙蝠翅膀，一块磨尖他尖牙的尖石头跟一些别的乱七八糟的东西。他又绞尽脑汁想别人口袋里会放些什么。

"小刀！"他最后说。

"错了！"彼尔博说，他刚才让戈勒姆多想了一会儿，"猜最后一次！"

这下戈勒姆的情形比上回彼尔博问他蛋的谜语时更加糟糕。他的嘴里嘶嘶作响，唾沫飞溅，前摇后摆，脚在地上拍打，身体扭来扭去，可还是不敢胡乱猜这最后一次。

"猜吧！"彼尔博说，"我等着呢！"他想在语气里显得很勇敢很快活，然而他对游戏的结果以及戈勒姆会不会猜对一点把握也没有。

"时间到！"他说。

"一段线，要不什么也没有！"戈勒姆尖声狂喊，这样做显然不太公平，因为他同时猜了两个谜底。

"全都猜错了。"彼尔博如释重负大声叫道，与此同时他跳起了身，背靠在附近的墙上，手里举着他那把小剑。他当然知道猜谜比赛十分古老非常神圣，即便是邪恶的人在玩这个游戏时都不敢进行欺骗。然而他凭直觉，不相信这个滑腻腻的家伙在紧要关头会信守什么诺言。任何借口都会使他从约束中滑出来。更何况他最后出的题，按照古代规则来看，毕竟不是真正的谜语。

不管怎么说戈勒姆并没有马上向他进攻，他看得见彼尔博手中的剑。他坐在那儿不动，一边哆嗦一边自言自语。到后来彼尔博等得不耐烦了。

"怎么样？"他说，"你答应的事怎么样？我要出去，你得给我指路。"

"我们难道这样说过吗，我亲爱的？给这个倒霉的小巴京士指路？是的，是的。不过他的口袋里到底有什么东西，嗯？不是线，我亲爱的，也不是什么东西也没有，哦，不！"

"那不关你的事，"彼尔博说，"诺言就是诺言。"

"那家伙生气了，不耐烦了，我亲爱的，"戈勒姆嘶嘶地说，"不过他得等，是的，他得等。我们不能就这么匆匆忙忙爬上坑道去。我们得先去拿样东西，是的，一样能帮助我们的东西。"

"那就快去拿吧！"彼尔博说，他想到戈勒姆要走开，心里一阵轻松。他以为戈勒姆只是找个借口，不打算再回来。戈勒姆在说些什么？他那黑暗的湖里能藏什么有用的东西？谁知他想错了。戈勒姆确实打算回来，这会儿他很生气，肚子又饿。而且他又是个邪恶卑鄙的家伙，他早就有了坏主意。

他的小岛离得不远，这些彼尔博一点儿也不知道。岛上有个角落里放着他的一些破破烂烂七零八散的东西，可也有一样非常美丽而且非常神奇的东西。他有一枚戒指，一枚珍贵的金戒指。

"我的生日礼物！"他自言自语说，在没完没了的黑暗日子里他常这么自言自语，"我们要的就是那个东西，对，我们这就去拿！"他要去拿那个东西，因为那是一枚魔戒，只要你把它戴在手指上，你就能隐身，只有在大白天阳光下，人家才能看到你淡淡模糊的影子。

"我的生日礼物！那是我生日那天得到的，我亲爱的。"往常他总是这么跟自己说。在几世纪以前的古代，这类戒指在世界上并不稀奇，然而戈勒姆又怎么会得到这件礼物呢？这就谁也不知道了，恐怕连主宰这类戒指的耶稣也说不清。起先戈勒姆总戴着它，戴腻了就放在贴肉的一个口袋里，放到硌痛他为止。如今他常将它放在岛上的一个石洞里，不过他时不时要去看一眼。就是这样，有时他实在跟它难舍难分，或者实在饿得厉害，吃厌了鱼，也还会戴上它。那时他会爬上黑洞洞的通道去寻找离群的妖魔。他甚至冒险闯到点燃火把的地方去，尽管他的眼睛刺痛得睁也睁不开，他还准保能安全无恙地返回。喔，是的，非常安全。谁也看不见他，他的手指掐在他们喉咙上以前，谁也不会注意他。几小时以前他就戴上它捉到了一个小妖魔。那个小妖魔尖叫了好一阵！他还留着一两根骨头可以啃啃，不过现在他不想吃那些肥软的肉。

"是的，很安全，"他小声地自言自语，"他不会看见我们，是不是，我亲爱的？是的，他看不见我们，这下他那把讨厌的小剑就没用了，是的，一无是处。"

这就是他那颗邪恶的小脑袋中想的东西，他突然从彼尔博身边溜走，啪嗒啪嗒回到船上，在黑暗中划了开去。彼尔博以为再也不会听到他的声音了。不过他还是等了一会儿，因为他实在想不出独自一人如何找到出路。

突然彼尔博听到一声刺耳的尖叫，使他背上一阵发麻，戈勒姆在黑暗中诅咒和恸哭，根据传来的声音，他离得并不太远。他在他的岛上东扒西抓，摸索搜寻，却毫无结果。

"它在哪儿？它在哪儿？"彼尔博听见他在大喊大叫，"它丢了，我亲爱的，丢了，丢了！诅咒我们吧，把我们粉身碎骨吧，我亲爱的，它丢了！"

"出了什么事？"彼尔博高声问，"你丢了什么东西？"

"谁要他问我们，"戈勒姆尖声喊叫，"那不关他的事，不！它丢了。"

"嗨，我也很糟糕，"彼尔博大声说，"我要出去。猜谜我赢了，你答应过的，你快过来！先带我出去，然后再去找你的东西！"戈勒姆的声音十分悲惨，可是彼尔博心里没有多少同情，他有一种感觉，戈勒姆那么想要的多半不是什么好东西。"快过来！"他大声嚷嚷道。

"不，还不行，我亲爱的！"戈勒姆回答道，"我们必须找一找，它丢了。"

"可你没有猜出我最后一个谜语，而且你自己许过诺言的。"彼尔博说。

"没有猜出！"戈勒姆说。接着突然从黑暗中传来一阵刺耳的嘶嘶声，"他的口袋里有什么东西！说给我们听听。他先得说出来。"

对彼尔博来说，他也不知道有什么特殊理由不说出口袋里的东西来。戈勒姆的脑子比他转得快，一下子猜到了那样东西，这也并不奇怪，因为这一样东西戈勒姆已经念叨了好几百年，老是生怕它会让人偷走。可彼尔博还在为戈勒姆的拖拖拉拉生气呢。毕竟他在猜谜比赛中赢了，赢得很公平。"谜底是让人猜的，不能随便说出来。"他说。

"可这个谜出得不公平，"戈勒姆说，"那不是谜语，我亲爱的，不是。"

"那好，说到普通问题的事，"彼尔博回答道，"我倒先要问问你。你丢了什么东西？说给我听听！"

"他的口袋里有什么东西？"传来一阵又响又尖的声音，彼尔博朝前一看好不惊慌，只见两个小光点窥视着他。戈勒姆心中升起了疑团，只见戈勒姆目光中燃烧着淡淡的火焰。

"你丢失了什么东西？"彼尔博还是问那句话。

这时戈勒姆的眼睛中闪出了两道绿光，而且正在迅速地逼近。戈勒姆又下了船，疯狂地划回黑黑的岸边，丢失宝贝的恼怒和疑心使他不再惧怕彼尔博手中的剑。

彼尔博猜不出是什么使那个讨厌的家伙变得这样疯狂，但他看出来让这个家伙领路的事是彻底完蛋了，戈勒姆已经打定主意要谋害他，他及时掉头就跑，盲目地奔回黑洞洞的坑道，刚才他就是打那儿来的，他尽量贴着洞壁奔跑，边跑边用左手摸索。

"他的口袋里有什么东西？"他听见身后的咝咝声越来越响，还听到戈勒姆跳出船弄出一片哗哗的水声。"奇怪，我的口袋里到底有什么东西？"他一路喘气一路蹒跚，也自言自语起来，他把左手伸进口袋，碰到了一枚冷冰冰的戒指，那戒指不知不觉套上他正在的摸索的食指上。

咝咝声就在他背后。他转过身去，只见戈勒姆的眼睛像两盏绿色的灯正在往上斜坡来。他害怕极了，想加紧步子逃跑，不料他的脚趾头突然嵌进地缝，扑通一跤把小剑也压在了身下。

转眼间戈勒姆追上了他。但彼尔博还没来得及动作，没喘过气站起身来挥舞小剑，戈勒姆就骂骂咧咧冲了过去，完全没注意到他。

这是怎么回事？戈勒姆在黑暗中能看得见东西的呀！彼尔博在他后面甚至都看得见他的眼睛发出的淡淡的亮光。彼尔博忍着痛站起身来，又把闪出幽光的小剑插进剑鞘，然后小心翼翼地跟上前去。看来也别无他法，重新爬回戈勒姆那个湖边没有任何好处。跟着戈勒姆倒说不定会无意中带他走上逃出去的路。

"该死！该死！该死！"戈勒姆嘶嘶地说，"那个巴京士真是该死！他跑了！他的口袋里有什么东西？喔，让我们猜猜，猜猜，我亲爱的。他拾到了它，对，一定是让他拾到了。我的生日礼物呀！"

彼尔博竖起耳朵。他终于猜到了什么。他加紧步子，壮着胆子尽量紧紧跟在戈勒姆后面，戈勒姆还在飞快地朝前走，既不回头也不左顾右盼，这点彼尔博根据洞壁上微弱的反光知道得很清楚。

"我的生日礼物！该死！我们怎么丢掉的，我亲爱的？对了，准是这么回事！上次我们走过这条路，我们扭住过一个吱吱乱叫的小讨厌鬼，是这么回事。该死！它从我们身上滑了出去，经过了好几百年，它还是丢了！丢了。"

突然戈勒姆坐下来哭了，嘘嘘声夹杂着打嗝的声音听上去好不可怕。彼尔博停了下来，身子紧紧贴在洞壁上。过了一会儿戈勒姆停止哭泣，又说起话来，听上去像在跟自己争论一样。

"回那儿去找没有好处。我们记不清我们去过的所有地方，去也没用。巴京士把它藏在自己的口袋里，我们猜那个密探找到了它。

"我们猜测，我亲爱的，仅仅是猜测。要找到那个讨厌的家伙，逼他拿出来才能证实。不过他不知道这个礼物有什么用，是不是？他只是把它藏在口袋里。他不知道，所以他也走不远。他会迷路的。那个讨厌的密探。他不知道出去的路，他自己说过。

"他是这么说过，对，不过那是诡计。他心口不一。他就不肯说出来口袋里有什么东西。他知道进来的路，就一定知道出去的路，是的。他到后门哪儿去了，去后门那儿，准错不了。

"那样妖魔们会抓住他的。他出不了后门，我亲爱的。

"嗞嗞，妖魔！是的，不过要是他真的拿着礼物，我们珍贵的礼物，那么妖魔们就会得到它！他们会找到他，发现它的用途。我们再也不会安全了，不会了！一个妖魔戴上它，就看不见他了。他会到这儿来，神不知鬼不觉。我们眼睛再尖也觉察不了，他会爬过来耍诡计抓住我们！

"让我们停止谈话吧，我亲爱的，得抓紧才行。要是巴京士走这条路，我们得赶快走！路已经不远，得赶紧！"

戈勒姆跳起身来，又跨着大步朝前走了起来。彼尔博紧紧跟上，依然非常小心，不过这回他主要怕的是又绊倒在地缝里弄出声响来。他让希望和惊奇弄得晕头晕脑。看样子他得到的是枚魔戒，能够使他隐身！他听到过这类事情，当然是从古老的传说里听来的，不过他很难相信自己真的碰巧得到了一枚魔戒。然而事情是明摆着的：戈勒姆有明亮的眼睛，跟他擦肩而过竟然没看到他。

他们继续朝前，戈勒姆啪嗒啪嗒走在前面，一边咝咝作响，一边骂骂咧咧。彼尔博拿出小矮人擅长的本领悄悄跟在后面。不久他们来到一个彼尔博下来时注意过的地方，那儿两旁有许多岔道。戈勒姆立刻开始数起数来。

"左边一个，对。右边一个，对。右边两个，对，对。两个左边，对，对。"他就这样边数边往前走。

他数着数着步子慢了下来，开始抖抖索索哭哭啼啼，因为他离地下湖越来越远，也就越来越害怕。妖魔可能就在附近，而他又丢失了戒指。终于他在一个低矮的开口处停下来，那岔道开在他们的左边。

"七个右，对。六个左，对！"他低声说，"就是这儿。这是通向后门的路，是的。就是这条岔道！"

他朝里望了望又缩了回来，说："我们不敢进去，我亲爱的，我们不敢。妖魔们就在下面。有许许多多妖魔。我们闻到了他们的气味。咝咝！"我们怎么办呢？诅咒他们粉身碎骨！我们得等在这儿，我亲爱的，等一会儿看看。"

所以他们都一动不动地停在那儿。戈勒姆终于把彼尔博带到了去后门的岔路上，可彼尔博却进不去。戈勒姆弓起腰坐在岔道口正好堵住去路，他那冷冷的目光在他的膝盖中间扫来扫去。

　　彼尔博从洞壁处爬出来，加倍小心，像只老鼠。谁知戈勒姆的身子顿时挺直了，鼻子在嗅，眼睛发绿。他的咝咝声虽然轻，却很有威胁的作用。他看不见小矮人，可这会儿他改变了方式，不用眼睛看，而是用耳朵听，用鼻子闻，由于生活在黑暗中，这两样感觉他也练得非常敏锐。他一下子蹲伏下来，手掌平展在地上，头朝前探，鼻子几乎碰到了石头。尽管在他眼睛发出来的微光中，他只有一个黑黑的影子，可彼尔博能够看到或感觉到他紧张得像根弓弦，正在积聚力量准备蹦过来。

　　彼尔博屏住了呼吸，身子也僵硬起来。他豁出去了，趁他还有力气，他必须从这一片漆黑中挣扎出去。他必须战斗，必须刺伤那个可恶的东西，弄瞎他的眼睛，这就意味着要把他杀死。不，那不是一场公平的战斗。现在他隐了身，戈勒姆又没有剑。戈勒姆并没有真正威胁过要杀他，或者还没有打算真的这么干。他孤孤单单活着跟独自一人死去也够可怜的。一种突如其来的同情心交织着怜悯和恐惧，涌上了彼尔博的心头。他仿佛一眼看到了戈勒姆在地底过着没有阳光不知黑天白夜没完没了的漫长岁月，没有改善生活的希望，只有硬硬的石头，冷冰冰的鱼陪伴着他，只能偷偷摸摸自言自语。这些念头一闪就过去了。他打了个寒战。

第
五
章

101

接着他的脑海中突如其来又闪过一个念头,他仿佛有了一股新力量,下了决心。他跳了起来。

对一个人来说,那一跳并没有什么了不起,但那是黑暗中跳跃呀!他直接从戈勒姆头上跳了过去,他这一跳,距离有七英尺,离地有三英尺。不仅如此,他自己都不知道,他的头盖骨刚刚从坑道的拱顶上擦过去,差点被撞得粉碎。

戈勒姆仰面一扑,趁小矮人飞过头顶时一把抓去,可是迟了一步,只抓住了一把稀薄的空气,彼尔博一双强健的脚稳稳落在地上,沿着新的坑道狂奔而下。他并不回头去看戈勒姆在干什么。起先嘶嘶声和骂声接踵而来,后来便听不见了。接着突然传来一声令人毛骨悚然的尖叫,充满了仇恨和绝望,戈勒姆被打败了。他不敢再往前走。他失去了一切,失去了猎物,也失去了他唯一视如珍宝的东西。那叫声使彼尔博的心都跳到了嗓子眼里,不过他还在继续狂奔。这时后面又传来回声,虽然微弱却充满了威胁。

"贼,贼,贼!巴京士!我们恨他,恨他,永远恨他!"

接下来是一片寂静,不过寂静对彼尔博也是威胁。"他能闻到妖魔的气味,他们一定离得很近,"他想,"那他们会听到他的尖叫声和骂声的。得加倍小心才是,要不这条路会使你陷入更糟的困境。"

坑道十分低矮,凿得也很粗糙。这对小矮人来说倒并不困难,只是尽管他处处小心，可是地上高低不平，他那可怜的脚趾头又在可恶的石块上踢疼了好几次。"这坑道对妖魔来说低了点。至少高大的妖魔是过不去的。"彼尔博想，他不知道即使大山妖也能飞快地通过这条坑道。只是他们要弯下腰，双手几乎贴在地上。

很快向下倾斜的坑道又开始向上倾斜，过一会儿坑道变成了陡坡。这使彼尔博的速度降了下来。最后坑道停止倾斜，拐了一个弯，又有些朝下降，在一段短短的斜坡尽头，透进一缕光线来。那不是红色的火光或灯光，而是露天淡淡的光线，于是彼尔博开始奔跑起来。

他尽快地挪动双腿拼命奔跑，拐过了最后一个转角，突然到了一个开阔的地方，由于他在黑暗中待久了，觉得那儿的光亮得耀眼。实际上那只是从门缝里漏进来的一束阳光。那儿有一扇巨大的石门，正大敞着。

彼尔博眨了眨眼，这才突然看到了妖魔：妖魔们正全副武装，刀剑出鞘，站在门里边，张大眼睛守望着门口也守望着通向门口的通道。他们一个个挺精神，挺警惕，准备应付一切情况。

在他看见他们以前，他们就看见了他。是的，他们看见他，不知是出于偶然，还是那枚戒指在接受新主人以前耍了最后一个诡计，它竟没戴在他的手指上。妖魔们发出一阵欢呼，就一齐朝他扑来。

跟刚才戈勒姆一样惨，彼尔博立刻挨了当头一棒，由于恐惧和慌张，顿时感到一阵剧痛，他甚至忘了拔出剑来，却把手插进了口袋。那枚戒指还在左边的口袋里，不知怎么一下子戴上了他的手指。妖魔们突然怔住了。他们看不见他，他消失了。他们再一次大声呼喊起来，不过这一次不再是什么欢呼了。

"他到哪里去了？"他们大叫道。

"回坑道里去了！"有几个嚷嚷道。

有的在喊："这儿！"有的在喊："那儿！"

"当心后门！"他们的队长大吼一声。

妖魔们骂骂咧咧冲到东冲到西，吹哨声和铠甲的锵锵声顿时大作，他们互相践踏，火气越来越大。这阵叫喊、骚乱和纷扰简直无法形容。

彼尔博害怕极了，不过他还有头脑思考发生了什么事，所以躲在一只妖魔卫兵们喝水的大桶后面，躲过了他们，不让他们撞着，也没让他们踩死或者乱抓一气抓住。

"我必须设法到门边去，到门边去！"他不断地对自己说，但好久以后他才敢冒险尝试。接下来像是一场瞎碰运气的可怕游戏。那地方到处都是跑来跑去的妖魔，可怜的小矮人东一躲西一闪，撞在一个妖魔身上，被撞倒在地，那妖魔也没弄清撞在什么东西上，小矮人急忙手脚并用爬开，及时从队长叉开的两腿中溜了出去，站起身奔向门边。

那门半开着，不料一个妖魔推了一把差点把它关上。彼尔博拼了老命，却推不动它。他想从门缝里挤过去，谁知挤着挤着竟被卡住了！这真是糟糕透了。他的纽扣卡住在门边和门柱之间。他可以看到外面，那儿有石级通向下面一条狭谷，狭谷四周尽是一些高山，太阳刚从一朵云后面钻出来，照得门外的世界分外灿烂。可他却钻不出去！突然里边的一个妖魔叫了起来："门边有个影子，外面有什么东西？"

彼尔博的心跳到了嗓子眼里。他拼命一扭，纽扣飞向四处。他出去了，顾不得撕破上衣和背心，像山羊一样蹦下石级去。妖魔们完全给弄糊涂了，还在门边石级上捡他那些精工制作的铜扣子呢！

不用说他们很快就下来追赶他了，在树林里到处乱叫乱嚷着搜寻。不过他们不喜欢太阳，阳光使他们两腿发抖，头昏眼花。彼尔博戴着戒指，在树荫底下悄没声儿地一溜烟跑了，阳光射不到他身上，妖魔们哪里发现得了他！很快他们嘟嘟囔囔骂骂咧咧又回去守门了。彼尔博终于逃出来了！

第六章

逃脱小难又遭大难

彼尔博逃出了妖魔的手掌，却不知道自己到了哪儿。他丢掉了斗篷、兜帽、食物、短腿马、纽扣和朋友。他走啊走，一直走到太阳开始在群山后面沉落。群山的影子笼罩在彼尔博行走的路上。他朝后看了一眼，接着他又朝前看，面前尽是延绵不断的山岭和一个个降下低地的斜坡，树丛间偶尔能瞥见一片片平原。

"天哪！"他惊叫道，"看样子我正在走向云雾山脉的另一边，山外荒地的边缘！哦，冈达尔夫和矮神们到哪里去了？老天爷，但愿他们没留在后面，不在妖魔的势力范围里！"

他还在走着，出了高高的小山谷，越过山脊，又朝另一边的斜坡走下去。但走着走着他心里渐渐产生了一个非常不舒服的念头，始终摆脱不了。他想既然如今有了魔戒，他是不是该回到那些可怕的坑道里去寻找他的朋友们。他下定了决心，认为自己必须回去，那是他的义务，却又在为自己不得不回去感到难受。正在这时他听到了声音。

他停下来听了听。不像是妖魔的声音，所以他小心翼翼地朝前爬。他爬上了一条石子小路，那条路左边有一道石墙，弯弯曲曲向下延伸，右边的土地向下倾斜，构成一些小山谷，与小路相平，坡上悬垂着一些灌市丛或低矮的树市。在一个小山谷的灌市丛底下有人在说话。

他又爬近一些，突然看到两块大圆石间探出一个戴红兜帽的头来：那是巴林在放哨。他差点没拍手拍脚欢呼起来，但他没有那样干。他生怕遭到什么不测还戴着戒指，而且他看见巴林直勾勾地望着他却什么也没发现。

"我要让他们大吃一惊。"他心想。于是他爬进小山谷边上的一丛灌市里。冈达尔夫正在跟矮神们争论。他们正在讨论坑道里发生的事情，为下一步的行动发生了争执。矮神们在嘟嘟曦曦发牢骚，冈达尔夫则在说，把巴京士先生撇在妖魔手中，不设法打听一下他的死活，不设法去搭救他，他们是不可能再继续旅行的。

"毕竟他是我的朋友，"巫师说，"而且是一个挺不错的小伙伴。

我得对他负责。但愿你们不要失去他。"

矮神们却说他们根本不知道为什么要带他来，他为什么不紧紧跟上，跟朋友们走在一起，巫师为什么不挑选一个更有头脑的家伙。"他没多大用处，倒是添了许多麻烦，"其中一个矮神说，"我说，要是我们不得不回到那些讨厌的坑道里去寻找他的话，他也实在太该诅咒了。"

冈达尔夫生气地回答："是我带他来的，没用的家伙我是不会带来的。要么你们帮我寻找他，要么我走，把你们留在这儿，你们自己设法摆脱困境吧。要是你们能重新找到他，等一切事情过去之后，你们会感激我的。你究竟干了什么，竟把他丢了，多里？"

"要是有个妖魔在黑暗中打后面上来，突然抓住你的腿，绊住你的脚，还在后面踢你，你也会丢掉他的！"多里说。

"那你为什么不把他重新背起来呢？"

"天哪！瞧你说的！妖魔们在黑暗中又打又咬，大家都倒在地上扭成一团打来打去。你差点没用击仇剑砍掉我的脑袋，索林也举着劈妖剑到处乱劈，突然你的魔杖发出一道耀眼的闪光，我们只见妖怪们哇哇乱叫转身逃跑了。你喊了一声'大家跟我走'，难道我们跟你走有什么不对？我们以为大家都在。你自己也很清楚，当时没时间点数，就冲过了守卫，出了那扇矮门，慌里慌张逃到这里。这时才发现少了窃贼，慌乱中把他丢了！"

"窃贼在这儿呢！"彼尔博脱掉戒指，踏进他们的圈子说。

哎呀，他们全都跳了起来！接着他们惊喜地高声欢呼。冈达尔夫跟他们一样惊讶，但可能比他们谁都高兴。他把巴林叫来，问他是怎么放哨的，竟让人走到他们中间都不发一个警报？事实上打这以后彼尔博在矮神中名声大大提高了。尽管过去冈达尔夫一再为他说话，他们依然怀疑他是否真是一流的窃贼，如今这种怀疑一扫而空。巴林比谁都感到大惑不解，可大家都说这就是彼尔博手段高明的地方。

彼尔博听到他们的赞扬非常快活，心里暗暗发笑，只是对戒指的事只字不提，他们问他怎么骗过巴林的，他说："嗨，还不就是这么爬过来的，只是要悄悄地非常小心才行。"

"这还是头一次有谁打我鼻子底下溜过去呢，以前就是一只老鼠再小心不发出一点声音来，也会让我发现的，"巴林说，"我向你脱帽致敬。"他果然脱下了兜帽。

"巴林听候你的吩咐。"他说。

"巴京士先生愿当你的仆人。"彼尔博说。

于是他们都想知道他们丢失他以后，他的全部冒险经过，他便坐下来一五一十地讲了起来，只有捡到戒指的事他没有说。"这会儿且别说。"他想。对谜语比赛他们特别感兴趣，彼尔博把戈勒姆描述一番，他们听得毛骨悚然，却还是感到津津有味。

"那时他坐在我的身旁，我再也想不出一个谜语来，"彼尔博最后说，"所以我就问：'我的口袋里有什么东西？'他猜了三次没有猜对。我就说'你答应的事怎么样？你给我指出出路！'但他走上来要杀我，我连忙逃跑，摔了一跤，他在黑暗中没看到我走了过去。于是我就跟在他后面，因为我听到他在自言自语。他以为我真的知道出路，所以他就朝那儿走去。后来他坐在出口的地方，我没法过去。我只得从他头上跳过去逃跑，奔到后门。"

"那些卫兵怎么样？"他们问，"没卫兵在那儿吗？"

"可不！有一大堆呢，不过我躲过了他们，只是卡在了门里，那门只开了一道缝，就这样我丢了许多纽扣，"他说着伤心地看了看撕破的衣服，"后来我安然无恙地挤了过来，回到了你们身边。"

矮神用一种全新的尊敬的目光打量着他，他提到躲过卫兵，跳过戈勒姆的头顶，从门缝中挤过去好像都是轻而易举的事，不值得大惊小怪。

"我不是跟你们说过吗？"冈达尔夫哈哈大笑说，"巴京士先生比你们想的要简单得多。"他眼中闪出一道古怪的目光看了彼尔博一眼，让小矮人心里直嘀咕，巫师是不是猜到了他没讲的那部分故事？

接下来轮到彼尔博提问题了，因为冈达尔夫刚才向矮神解释的话他都没有听见。他想知道巫师怎么会重新出现，他们如今到了哪儿。

说实在的，巫师并不想把他的随机应变再作一次解释，因此他告诉彼尔博，埃尔朗德和他早就清楚在这部分山岭里会有可恶的妖魔出现。他们主要的洞口开在容易误入的歧路上，因此他们常常抓住黑夜赶路经过他们洞口附近的人。显然人们已经因此放弃走那条路，于是他们又在关口上开了一个新的出口，这件事发生在不久以前，因为以前一向认为这条新路是相当安全的。

"我必须设法找到一个好歹比较正派的巨人重新把它堵上。"冈达尔夫说，"要不很快谁也休想翻过大山去了。"

那天冈达尔夫听到彼尔博大叫就明白了将要发生的事。寒光一闪，他杀了几个抓住他的妖魔，就在那个口子砰的一下关上时，他也进入了里边。他跟着押送的妖魔和俘虏们，也来到了大山洞。他在边上隐蔽的地方坐下，施起魔法来，那是他的拿手好戏。

"那玩意儿用起来需要非常小心，"他说，"给人碰一下就会完蛋！"

冈达尔夫当然对用火用光施魔法有特殊的研究（你一定记得，甚至小矮人也永远不会忘记老托克夏之夜晚会上神奇的焰火）。接下来发生的事情我们都已经知道，除了冈达尔夫了解后洞口一切情况这一点。那个后洞口妖魔们把它称作下洞口，也就是彼尔博丢失纽扣的地方。事实上熟悉这带山岭的人都知道这个洞口，但是能带领他们出洞，在纵横交错的坑道里保持清醒的头脑，那就只有巫师能行了。

"好几世纪以前他们就凿了那个洞口，"冈达尔夫说，"一来为了在必要时有个逃跑的出路，二来有条路通向山外，他们常在夜色的掩护下到山外来进行巨大的破坏。他们日夜守卫那个洞口，因此没有去堵住过它。这次出了事，他们会加倍警戒的。"说着他又哈哈大笑起来。

大家也跟着哈哈大笑。他们损失很大，但他们毕竟杀死了妖魔王和一大堆妖魔，而且他们都逃了出来，可以说到目前为止他们干得相当出色。

但是很快巫师让他们的头脑冷静下来。"我们必须马上上路，我们已经有点耽搁了，"他说，"黑夜一到，就会有成百上千个妖魔出来追赶我们，日影已经拖得很长。我们就算走好几个小时，他们都能闻出我们的足迹来。黄昏来临以前我们必须走出去好几英里才是。今晚会有月亮，要是月色一直很好的话，算我们走运。倒不是说他们怕月亮，而是亮光可以让我辨清方向。"

"哦，对了！"他回答了小矮人一连串的问题后说，"你在妖魔的坑道里忘了时间。今天是星期四，我们背你大约是星期一晚上或星期二早上。我们走了许许多多路，从大山底下对穿了过来，如今到了山的那边，走的倒是一条捷径。不过跟原先那条路有些偏离，我们太偏北了一些，前面有些地方不容易过去。而且我们现在还在高高的山上，让我们继续赶路吧！"

"我肚子都饿瘪了。"彼尔博呻吟道，他突然想到自打大前天晚上他还没吃过一顿饭呢。想想小矮人竟有这么多顿饭没吃，他觉得肚子都瘪了下去，刚才那阵兴奋过后，两条腿抖得跟什么似的。

"没有办法，"冈尔达夫说，"除非你愿意回去求妖魔发发慈悲，把短腿马和行李还给你。"

"谢谢你给我出这个主意！"彼尔博说。

"那好，我们只得勒紧裤腰带继续长途跋涉。要不我们自己就会成了妖魔桌上的晚餐，那可比什么也没得吃糟糕多了。"

一路上彼尔博东张西望寻找吃的东西，不料黑莓还刚刚开花，当然也没有什么坚果，连一颗山楂也找不到。他啃了一点酢浆草，路过一条小溪，他喝了点水，在岸上他把发现的三棵野草也都吃下了肚，但是依然无济于事。

他们还在继续赶路。崎岖不平的路消失了。矮树丛、大圆石之间高高的野草，一块块兔子啃过的草皮、麝香草、鼠尾草、牛至草以及黄色的岩蔷薇全都不见了。他们发现自己到了一大片陡坡的顶上，陡坡上全是坍落下来的石块，那是山崩所造成的。他们刚要往下走，碎屑和小石子便在他们脚下滚动了，很快较大的碎石嘎嘎作响往下掉，带动下面的石块不是往下滑，便是往下滚。接着大块的岩石也松动了，崩落下去，扬起尘土，发出隆隆的响声。不久他们上面和下面整个山坡似乎都在移动，石板石块在不断滑动不断开裂，他们也就在纷至沓来的嘎嘎声中胆战心惊地挤作一团哧溜了下来。

底下的树木救了他们。有些松树长在山谷下面黑乎乎的密林里，但是它们攀缘的枝条却一直长到了山坡上，他们便滑到了那些枝条边上。有的抓住了粗树枝，荡到了下面的树枝上，有的（小矮人便是其中之一）靠攀缘枝条的遮蔽，躲过了纷纷崩落下来的大小石块。危险很快过去了，山崩停了下来。那些最大的崩落下来的石块跳跳蹦蹦翻翻滚滚掉入了远处的蕨丛和松树根里，传来最后一阵微弱的撞击声和碎裂声。

"嗨，这几下真够我们受的，"冈达尔夫说，"妖魔们想要悄悄下来追赶我们，也得尝尝这个滋味。"

"我想，"邦布尔嘟囔道，"他们一定不难发现还是在我们头上送来雨点般的石块来得容易。"矮神们和彼尔博全都开心不起来，都忙着揉搓腿上脚上碰伤的地方。

"别瞎说了！我们就要从这儿转到另一边去，离开这段有山崩的小路了。我们得赶紧才是，你们瞧瞧太阳光吧！"

太阳早就躲到群山后面去了。尽管透过那些树木和下面那些黝黑的树冠（这些树木根都生长在底下山谷里），远远望去，还能看到那边平原上的落日余晖，可它们附近群山的阴影却正在加深。他们一瘸一拐尽快走下一片松林的缓坡，踏上了一条一直向南倾斜的小路，有时他们不得不步履艰难地穿过一片蕨类的海洋，这些植物的叶子长得比小矮人的头还高；有时候又不得不蹑手蹑脚走在满地的松针上；这时森林里的黑暗越来越浓重，森林里的寂静也越来越深沉。没有一丝微风，通常傍晚时分响起的松涛声自然也就听不见了。

"我们还得朝前走吗?"彼尔博问,当时已经黑得只能看见索林的大胡子在他旁边摇摆,由于寂静的缘故,矮神的喘息就像在拉动一口大风箱的声音,"我的脚趾上全是伤,伸也伸不直,我的腿又酸又疼,我的胃像只空布袋在荡来荡去。"

"再坚持一会儿。"冈达尔夫说。

但这一会儿仿佛长得永远不到头,后来他们终于来到一片不长树木的空地上。月亮高挂在天空,在林中空地上泻下银光。尽管看不出有什么不对头,不知怎么他们总觉得那儿不是个好地方。

冷不丁他们听见山下远处传来一声嗥叫,一声令人战栗的嗥叫!接着右下方传来了一声呼应,离得很近;左下方也传来了呼应。那是狼群在对着月亮嗥叫,狼群聚在了一起!

巴京士先生的洞穴附近并无狼群,但他知道这种嗥叫声。他听到过种种传说,那些传说里常有关于狼的描写。他的一个表兄(托克家族的一员)是个大旅行家,经常模仿狼吓唬他,甚至魔戒也对付不了狼群,尤其对付不了生活在这一带群山阴影下的恶狼,它们与这一带大批出没的妖魔一样可恶,足迹一直越过大荒地边缘,到达人迹罕至的地区。这种狼的嗅觉比妖魔还要灵敏,眼睛看不见照样能抓到你!

"我们怎么办,我们怎么办!"他大声嚷嚷道,"才逃出妖魔的手掌又被狼群抓住!"他说的这句话后来竟成了谚语,不过我们如今处在这种尴尬的局面却说"逃脱小难又遭大难"或"跳了油锅又入火坑"。

"快上树!"冈达尔夫叫道,他们纷纷奔向林间空地边的树上,寻找容易爬上去的低枝或细枝。不难想象,他们动作之快恐怕他们出世以来从未有过,他们还尽量往高处爬,树枝能否支撑住他们也不管了。换了别的时候,你要是看见矮神们坐在树枝上,长长的胡子摇摇晃晃垂下来,一定会发笑,以为年纪一大把的绅士怎么还疯疯癫癫玩他们小时候玩的游戏。费里和基里爬在一棵高高的落叶松上,那棵树挺像一棵奇大无比的圣诞树。多里、诺里、奥里、奥英和葛劳英坐在一棵松树上,那棵树的树枝长得很有规律,每隔一段距离戳出一根来,就像是车轮的辐条一样。彼弗、博弗、邦布尔和索林爬在另一棵松树上,特伐林和巴林爬上了一棵又高又细的冷杉,那树没有多少枝杈,他们正设法在树顶郁郁葱葱的枝叶丛中找个地方坐下来。冈达尔夫个儿比谁都高,爬了一棵谁也爬不上去的大松树,那棵树长在林中空地的边上,他在繁枝茂叶中藏得相当隐蔽,不过他在月色下向外张望时,你还看得见他那双闪闪发光的眼睛。

彼尔博呢?他哪棵树也爬不上去,急急忙忙从这棵树奔向那棵树,到处乱转,就像一只让狗紧紧追赶的兔子慌张得找不到自己的洞一样。

"你又把窃贼丢在了后面!"诺里朝下看一眼,对多里说。

"总不见得老让我把窃贼驮在背上吧，"多里说，"下坑道要我背，上树也要我背！你当我是什么？我是搬运工吗？"

　　"我们要是不想想办法，他会被吃掉的。"索林说。这时四处都是狼嗥声，而且越来越近。"多里！"他叫了一声，因为多里爬得最低，那棵树也最容易爬，"快，去帮巴京士先生一把。"

　　尽管多里嘴里嘟嘟囔囔，骨子里却很善良，他爬到最下面的树枝上，尽量探出身子和手臂去，想把小矮人拉上来，谁知可怜的彼尔博还是碰不到他的手，所以多里干脆下树去，让彼尔博踏在他的背上爬上去。

　　正在这时狼群已经连连嗥叫冲到了林中空地上，顿时有几百只眼睛盯着他们。多里并没有把彼尔博放下来，一直等到他的脚离开肩头爬上树枝去，自己才跳上树枝。这真是千钧一发！一条狼在他荡开去的一刹那间一口咬住他的斗篷，差点抓住他。转眼间一大群狼把树团团围住，围着树干乱蹦乱跳，眼睛冒火，舌头伸得老长。

　　但这些凶残的战狼（专指大荒地边缘的恶狼）不会爬树。他们暂时安全无恙。幸亏天气很暖和又没有风。在树上坐得久了，不会不舒服，要是天气冷又有风，让一大群狼在树下等着，他们的处境那就更惨了。

　　这一圈树木之间的空地显然是狼群聚会的地方。因此恶狼的数量在不断增加，起先它们守在多里和彼尔博爬上去的那棵树旁，

第六章

117

后来他们东闻西嗅，找到了一棵棵上面有人的树。在那些树下它们也留下了守卫。其余的狼足足有成百上千条，都蹲在林中空地上围成一个大圈，圈子中央是一条大灰狼。它用战狼都会害怕的语言跟它们说话。冈达尔夫听得懂它的话。彼尔博听不懂，只觉得听上去很可怕，一定是在谈一些凶恶残酷的事情，事实上也确实是这样。每过一会儿圈子中所有的战狼齐声应和领袖大灰狼的呼声，可怕的喧闹声震天动地，小矮人差点没从树上掉下来。

让我来告诉你冈达尔夫听到了些什么，这些你可别指望彼尔博，他听不懂。战狼和妖魔经常在干坏事上互相勾结。妖魔们通常不肯冒险远离他们的山洞，除非他们被赶出来，或者寻找新的巢穴，或者去行军打仗（这种事已经很久没有发生了）。他们有时会出来袭击，特别是掠夺食物和为他们干活的奴隶的时候。在这方面他们往往得到战狼的帮助，跟它们瓜分掠夺物。有时他们骑在狼背上，就像人骑在马上一样。看来那天晚上妖魔早就策划好要进行一次大袭击，战狼们前来跟妖魔们会面，而妖魔迟到了。其原因无疑是妖魔大王的被杀，矮神、彼尔博和巫师把他们的老巢搞得天翻地覆，很有可能他们还在坑道里搜寻矮神呢。

尽管这块远方的土地上危险层出不穷，勇敢的人却一直在从南方披荆斩棘来到这里，砍伐树市，在山谷或河边最赏心悦目的树林里建造居住的房舍。他们人数众多，英勇善战，武器精良，大白天他们三五成群时，甚至战狼也不敢攻击他们。可如今它们在妖魔的帮助之下，早就计划好在夜色的掩护下去袭击群山附近的几个村庄。要是它们的阴谋得逞的话，第二天这一带就一个人也不剩了，他们全都要被杀死，只有少数人妖魔会向战狼要去，作为俘虏带回他们的洞穴里。

这番话听来真是毛骨悚然。不仅勇敢的樵夫和他们的妻儿老小面临危险，就是冈达尔夫和他的朋友也身临绝境。战狼发现他们闯到了它们聚会的地方感到十分迷惑，同时也非常生气。它们以为他们是樵夫的朋友，是来侦察它们的，他们会把消息带到下面山谷里去，那时妖魔和战狼就会面对一场恶战，而不是俘虏和吃掉那些睡梦中突然醒来的人们了。因此战狼无意离去，让树上的人逃走，至少天亮以前它们不会罢休。而且它们早就说过，妖魔士兵会出山来的，妖魔会爬树，也会砍倒树逼迫他们下来。

这下你就清楚了，为什么听了它们狂吠和高声嗥叫，冈达尔夫会极端恐惧起来，尽管他是个巫师，也根本没法脱身。不过虽说他待在一棵高高的树上，树下又有恶狼团团围住，施展不出多大的本事来，他还是准备不让他们的阴谋一一得逞。他在树上采集了一些大松球，然后用明亮的绿色火焰点着其中一个，扔到下面一圈狼群中去。松球打在一只狼背上，它那蓬蓬松松的粗毛顿时着了火，它连连惨叫，前蹦后跳起来。接着松球一个接一个地扔来，有的闪绿光，有的闪红光，有的闪蓝光。它们在狼圈中央的地上炸开来，色彩缤纷的火花到处飞溅，一时烟雾腾腾。其中一个特大的松球击中了狼王的鼻子，它一蹦蹦了一丈多高，紧接着窜入狼群，一圈又一圈地狂奔。在愤怒和恐惧之中，它甚至对别的狼也乱咬乱抓一气。

矮神们和彼尔博却乐得连连欢呼。狼群愤怒的样子看着都可怕，声嘶力竭的狂吠乱叫响彻了整个森林。狼一向怕火，这个来得诡谲的火尤其可怕。一旦火星燎到了毛皮上，它就会在上面烧起来，要是不赶紧就地打滚，很快全身就会烧成一个火球。没过多久，只见整个林中空地上到处都有狼在连连打滚，想扑灭背上的火星。那些已经烧着的狼便一边跑一边叫，一边把火蔓延到别的狼身上。后来别的狼只得将它们赶开，它们也只得呜呜叫着窜下山坡去寻找水源。

"今天晚上森林里怎么回事，这样吵闹？"鹰王说道。它背着月光，蹲在群山东边一块孤立的尖岩顶上，"我听到了狼的叫声！难道妖魔又在树林里做坏事？"

它冲上天空，左右两旁的岩石上立即有两个卫士也飞上天跟随左右。它们在天空盘旋，俯视下面的狼群，从高空看下去，狼群只是一个小小的黑点。但鹰的目光特别锐利，可以看到老远老远细小的东西。云雾山脉的鹰王可以直视太阳不眨一下眼睛，即便是月光下一英里开外地下有只兔子在走动也逃不过它的眼睛。尽管它看不到树上的人，却能看清狼群里的混乱，看到细小的火光，听到隐隐约约传来的狼嗥声。它也能看到月光照在妖魔长矛和头盔上的反光，这些凶恶的家伙正排成长长的队伍，从洞口出来爬下山坡，在树林里蜿蜒前进。

鹰并非善鸟。有的既胆怯又凶残。不过此山古老的鹰族却是最最伟大的鸟，它们很骄傲，身强体壮，品行高尚。它们不喜欢妖魔，也不怕妖魔。一旦它们终于注意到妖魔（那很难得，因为它们并不吃那种东西），就会向他们飞掠下去，把尖声乱叫的妖魔赶回他们的洞穴中去，中止他们所干的坏事。妖魔对鹰又恨又怕，却又达不到高耸山巅的鹰巢，没法把它们赶出去。

今天晚上鹰王对正在进行的活动充满了好奇，想弄个明白，它召集许多鹰飞出山来，一圈又一圈缓缓盘旋，一点点下来，向狼群和妖魔碰头的地点飞去。

这真是来得及时！因为下面可怕的情景有增无减。着了火的狼窜入森林，有几个地方给它们点着了。这时正值盛夏，山的东边难得下过一些小雨。枯黄的蕨类植物、树上掉下来的枯枝和松针积了厚厚一层，还有这儿那儿枯死的树。这些一下子成了一片火海。战狼那片空地的四周都蹿起了火舌，可那些守在树下的狼又偏偏寸步难行。它们气得发疯，围着树干又嗥又蹦，用它们可怕的语言诅咒矮神，舌头伸得老长老长，眼睛闪出血红的光，跟火焰一样吓人。

这时妖魔突然狂呼乱叫冲了过来。他们以为跟樵夫的战斗正在进行，不过他们很快弄清了真实的情况。有的居然一屁股坐在地下哈哈大笑起来，有的挥起长矛，让矛杆敲击他们的盾牌。妖魔并不怕火，他们很快有了个阴谋，觉得那个阴谋非常逗乐。

有些妖魔把所有的狼赶在了一起，有些把蕨类植物和枯枝堆在树干四周，有些冲来冲去一边跺脚一边拍打，几乎把所有的火苗全都扑灭了，只是不去扑灭几棵树附近的火苗，矮神们正藏身在那些树上。不仅如此，他们还在火上添些枯枝黄叶和蕨类植物。很快矮神四周浓烟滚滚形成了一个火圈，妖魔们不让火往外蔓延，却让火往火圈里慢慢烧起来，到后来窜过来的火舌舔到了堆在树下的燃料上，烟熏了彼尔博的眼睛，而且他还能感觉到火的热量，透过浓烟，他看到妖魔们围成圆圈跳着舞转了一圈又一圈，就像人们仲夏之夜围着篝火转圈一样。妖魔战士举着长矛、斧子跳舞转圈，圈子外面狼群保持一定距离守在那里。

他听到妖魔唱起可怕的歌：

> 十五只小鸟躲在五棵松树上，
>
> 大火送来的热风，
>
> 把羽毛搞得根根竖起，
>
> 说是小鸟真古怪，
>
> 不长羽毛没有翅膀！
>
> 我们把他们怎么办？
>
> 火烤、水煮还是油煎？
>
> 趁热下肚都无止！

接着他们停下来哇里哇啦叫喊道："飞吧小鸟！能飞就飞吧！下来小鸟，要不活活烤死在窝里！唱吧，唱吧，小鸟！干吗不唱啊？"

"走开！小娃娃！"冈达尔夫也叫嚷着回答道，"还不到小鸟归巢的时间呢。玩火的淘气娃小心挨揍！"他说这话想激怒他们，表示他并不怕他们。其实他心里也很害怕，谁知妖魔们并不理睬，继续唱他们的歌。

> 烧起树烧起草，
>
> 烧枯烧焦，
>
> 烧成火把嘶嘶作响，
>
> 点亮黑夜让我们开怀唱
>
> 哎嘿！
>
> 烘焙烤烧，
>
> 点着胡子，暴出眼珠，
>
> 烧焦头发，烧裂臭皮，
>
> 肥肉滴油，骨头炭黑，
>
> 灰烬片片，纷纷扬扬。
>
> 呜呼矮神，
>
> 点亮黑夜让我们开怀唱
>
> 哎嘿！

就在这哎嘿声中，火烧到了冈达尔夫那棵树下，堆在下面的枯枝叶顿时着了，树皮也烧了起来，下面的树枝已经在劈啪作响。

冈达尔爬到了树顶上，当他准备从高处朝下面长矛林立的妖魔堆里跳去的时候，他的魔杖突然像闪电一样发出耀眼的光辉。他可能会就此完蛋，但他像霹雳一样猛击下去也可能会杀死许多妖魔。不过他没来得及纵身一跳。

正在这千钧一发之际鹰王飞掠下来，一把抓住他飞走了。

妖魔们发出一阵气恼和惊愕的号叫。冈达尔夫跟鹰王说了几句话，鹰王高声长啸。那些大鸟带着他往回飞掠，像一些巨大的黑影俯冲下来。狼群呜呜哀叫咬牙切齿，妖魔们气得哇哇直叫连连跺脚，把他们沉重的长矛白白掷向空中。鹰群在他们头上飞掠，扑扇翅膀狠狠地俯冲下来，把他们猛击在地或让他们老远老远摔出去，鹰抓撕破了他们的脸。还有几只鹰飞到树顶上去，抓走了矮神，他们爬得不能再高，早就在那儿等候着呢。

可怜的彼尔博又差点给撇在后面！他刚设法抓住多里的腿，多里就给鹰抓住，最后一个离开了树顶，于是他们一起上了天空，下面是一片火海和乱成一团的妖魔，彼尔博在空中打转，胳膊差点被扭断。

这时下面的妖魔和狼群正在树林里四散奔逃，有几只鹰还在战场上空盘旋飞掠。一些树周围的火焰突然蹿上最高的树枝，接着树就噼噼啪啪烧起了熊熊大火，还不时喷出火星和浓烟来。彼尔博九死一生总算及时逃了出来！

很快下面的大火渐渐变得暗淡了，好像只是黑沉沉大地上一些闪烁的红光。他们在强有力的盘旋中不断上升，已经升到了浩瀚的高空。彼尔博永远忘不了这次飞行。他紧紧握住多里的踝骨，不断呻吟"我的臂，我的臂！"而多里也在不断地哼哼"我的腿，我的腿！"

在过去过着好日子的时候，高度就使彼尔博感到眩晕。就是站在一个小小的山崖上往下看他也常会觉得不舒服，他一向不喜欢梯子，更别说是爬树了（以前他从未遇到过狼群，也不用逃到树上去）。所以你能想象，这时他从晃晃悠悠的脚趾间往下看，只见黑乎乎辽阔的大地在他下面展开，这里那里月色点缀着下山坡上的岩石或平原上的一泓水流时，头有多么晕，眼有多么花。

灰蒙蒙的山峰越来越近，月光勾勒出大片黑影中矗立起来的山岩尖顶。那里无论冬夏都很寒冷。彼尔博闭上眼睛，不知是否还能支持下去。接着他又想到要是支持不住会怎么样，他觉得自己要吐。

对他来说飞行结束得很及时，正巧是他放手的一刹那。他透不过气来，松掉了多里的脚踝骨，掉在粗糙的鹰巢里。他躺在那儿一声不吭，他的思想里交织着惊奇和恐惧，为在火海里得救感到惊奇，为生怕从这个狭窄的地方掉下黑咕隆咚的万丈深渊而感到恐惧。这时他的头还是晕乎乎的，这三天里他的经历有多可怕，又差不多一点东西没吃过，他不知不觉大声说道："现在我总算弄懂了一块火腿的滋味了，特别是这块火腿刚从锅子里叉起来，却又不得不放回架子上去！"

"不，你不懂！"他听见多里回答道，"因为那块火腿懂得它迟早还会放回锅子里去的，但愿不要将我们放回去。再说鹰也不是什么叉子！"

"喔，不，我是说鹳才像一把叉子呢。"彼尔博说着坐起身来，急忙朝近旁的鹰望了一眼。他不知道他刚才说的这些无聊的话，鹰会不会以为很粗鲁。要是你只是有小矮人那样大小，而且夜里来到鹰巢，向鹰说粗话绝对是不行的！

鹰只是在石头上磨了磨它的喙，梳理起羽毛来，根本没有注意。

不久飞来了另一只鹰。"鹰王命令你把俘虏带到大平岩上去。"他大叫一声又飞去了。巢里的鹰伸出爪子抓住多里飞入黑夜之中，把彼尔博孤零零地撇在巢里。他浑身无力，不知道传信的鹰刚才说"俘虏"是什么意思，不由得想到，轮到他时，会不会像兔子一样被撕得粉碎，让鹰当晚饭吃下去。

那鹰又回来抓住他的衣服飞了开去，这回它只飞了一小会儿。吓得瑟瑟发抖的彼尔博很快被放在山坡上一块扁平突出的岩石上，那岩石很宽很大。可要到那个地方除了飞行别无他法，上无路下无道，要逃走除非跳过悬崖峭壁。他发现所有朋友都坐在那里背靠着山岩。鹰王也在那里，正跟冈达尔夫说着话。

彼尔博觉得鹰根本没有要吃他的意思。巫师和鹰王似乎早就熟悉，谈得还很投机。事实上冈达尔夫经常来到山区，有一次他为鹰效过劳，替鹰王治好过箭伤。所以你瞧，"俘虏"的意思只是"从妖魔那儿救来的俘虏"，而不是指鹰的俘虏。彼尔博仔细听了冈达尔夫的讲话才得知，他们终于真正从阴森可怖的群山中逃了出来。他正在跟鹰王商量把他自己、彼尔博和矮神们带到远方去，把他们放在下面穿越平原的路上。

鹰王不愿带他们靠近有人居住的地方。"他们会用紫杉木制作的箭射我们的，"他说，"因为他们以为我们去抓他们的羊群。换了别的时候，也真给他们说对了。不，我们乐意破坏妖魔的勾当，乐意表示我们对你的感激之情，但我们不能为了矮神在南边的平原上冒生命危险。"

"很好，"冈达尔夫说，"你们尽量把我们带得远些就行！我们已经对你感激不尽了。不过这会儿我们都快饿死了。"

"我差不多已经饿死了。"彼尔博的声音微弱得谁也听不见。

"这点可以设法补救。"鹰王说。

接下来你可以看到扁平的岩石上生起了一堆明亮的篝火，矮神们围着它，正忙着烹调，空气中散发着烤肉的香味。鹰带来了干柴让他们烧火，还带来了各种不同的野兔和一只小羊。矮神们七手八脚做着准备工作。彼尔博身体太弱没法帮忙，再说剥皮切肉他也不太擅长，一般他都让肉铺老板把肉送来，都是可以现成

第六章

127

下锅的肉。冈达尔夫干完了他的那份生火的差使，也躺了下来。因为奥英和葛劳英丢了他们的打火盒（那时矮神还没有开始使用火柴），生火的差使便落到巫师头上。

云雾山脉中的历险就这样结束了。很快彼尔博的胃里撑满了东西，他又觉得舒服了。说实在的，他更乐意再来点黄油面包而不是插在扦子上的烤肉，不过他觉得也可以心满意足地去睡觉了。他在硬石板上蜷成一团睡得死死的，比在自己家铺鸭绒垫子的床上睡得还要沉。不过他整夜都梦见在自己家瞌睡时蒙眬地走遍了各个房间，寻找一样他怎么也找不到，同时怎么也记不起来是什么模样的东西。

第七章

古怪的住所

第二天早上彼尔博一觉醒来就看到了初升的太阳。他跳起身来想看看时间，然后把水壶放在火上，这时才发现他根本不是在家里，早饭既喝不到茶也吃不到面包和火腿，有的只是冷羊肉和冷兔肉，而且吃完了他就得做好准备，开始新的旅程。

这回他被允许爬上鹰背，身子紧紧贴在鹰的翅膀之间。空气迎面扑来，他闭上了眼睛。当十五只大鸟从山坡上起飞时，矮神们高声告别鹰王，答应只要有可能一定好好报答它。太阳斜停在东边的山川平原上，早晨十分凉爽，薄雾从山谷和洼地里升起，在一些小山的山峰和悬崖绝壁间四处缭绕。彼尔博张开眼睛偷偷张望，只见这些大鸟已经高高飞起离地面很远了，大山已落在后面。他闭上了眼睛，手抓得更紧了。

"别捏得太紧！"驮他的鹰说，"你没有必要像兔子一样害怕，不过你确实像是一只兔子。早晨天气晴朗，只有一点小风。还有什么比飞行更好的呢？"

彼尔博很想说"洗个热水澡，然后在草地上吃顿早餐"，不过他认为还是什么也不说为妙，只是手抓得稍微松了一点。

过了好一会儿，鹰群一定看到了它们预定的目标，开始从高空作大盘旋逐渐下降。它们盘旋了好长时间，小矮人终于又张开了眼睛。地面离得近多了，他们下面有树，好像是一些橡树和榉树，还有一片广阔的草地，有一条河横穿这片草地。河道中间的地里冒出一块大石，几乎像是一座石山，那河便在大石旁绕匝而过。那大石像是远山最后一个前哨，或是某个巨人把它扔到了几英里以外的平原上。

很快鹰一只只飞掠下去，把它们的旅客一个个放在了巨石顶上。

"再见！"它们高声叫道，"不管你们遭遇如何，你们的朋友总会在旅程的终点接待你们的！"这是鹰群中最最礼貌的语言。

"祝你们翼下的好风带你们到太阳和月亮散步的地方去。"冈达尔夫回答道，只有他懂得该怎样作答。

就这样他们分了手。尽管后来鹰王成了百鸟之王，戴起了金冠，它的十五个大首领也戴上了金项圈（都是用矮神给它们的金子做成的），但是彼尔博从此再也没有见到过它们，除了在五军对垒的战斗中看到过它们飞在远远的高空上。那是本故事结尾时才发生的事，现在没有必要再去说它们。

　　石山顶上有一块又平又宽的空地，还有一条荒废已久的石级路通到下面河里，那儿有一些巨大的石板可以涉水过去，通向河那边的草地。石级脚下靠近河的地方有个小石洞（倒是个干爽通风的洞，地上尽是细小的卵石）。他们一伙人就聚集在那里商量下一步怎么办。

　　"我一直有这个打算，送你们大家安全无恙翻过大山，"巫师说，"现在由于安排得当也由于运气好，我已经做到了这一点。说实在的我们现在已经到了东方，大大超过了我原先打算陪你们的路程，因为这次毕竟不是我的冒险。在冒险大功告成以后，我还会来关心这件事的，不过我暂时还有一些别的急事要去照料。"

　　矮神们连连叹气，一个个垂头丧气，彼尔博竟哭了。他们刚才还以为冈达尔夫会一路同行，随时帮助他们渡过难关呢。"我并不打算马上就走，"他说，"我可以再陪你们一两天。说不定我能帮你们摆脱眼前的困境，我自己也有这个需要。我们没有食物，没有行李，也没有马骑，你们也不知道自己究竟到了哪儿。现在让我来告诉你们。我们得沿着这条路走下去，要是刚才没有鹰的帮忙，我们还在北边几英里以外呢。我上次走这条路的时候这一带很少有人居住，那是几年前的事了，不知从那时起是否有人来过。不过我确实知道有一个人住在不远的地方，就是这个人在大岩石上做了石级。这个人把大岩石叫做'这个卡石'。他不常到这儿来，大白天是绝对不会来的，所以等他也没用，事实上等他还很危险。我们必须去找他，要是一切顺利，碰见了他，我看我就得走了，像鹰一样，祝愿你们，不管你们遭遇如何，再见了！"

他们求他不要离开他们。答应给他龙的金银珠宝，可他还是不肯改变主意。"以后再说，以后再说！"他说，"不过我看你们要是得到金银，里边有一份是我早已挣得了的。"

于是他们不再苦苦恳求。他们脱掉衣服在河里洗澡，河水很浅，清澈见底，离河不远的地方还有石板。阳光很暖和，他们晒干身子和衣服，又振作起精神来，只是身上有点痛，肚子有点饿。不久他们带着小矮人涉水过河，开始穿行高高的绿草，两旁尽是枝叶舒展的橡树和高大的榆树。

"为什么把它叫做'这个卡石'？"彼尔博走在巫师身边时问。

"他叫它'这个卡石'，因为'卡石'是他用的字眼。同样，他把许多东西都叫做'卡石'，叫它'这个卡石，'只是因为他家附近只有这一个，而且他对它非常熟悉。"

"谁这样叫它？谁非常熟悉它？"

"就是我提到过的那个人，他是一个非常了不起的人。我向他介绍你的时候，你一定得彬彬有礼。我看我得慢慢地把你们介绍给他，两个两个介绍。你们千万别惹他生气，天晓得会发生什么事情。他生起气来可怕得让人吓破胆子，不过他心情好的时候很善良。我还得警告你们，他是很容易生气的。"

巫师跟彼尔博说这些话的时候，矮神们都围在旁边听着。"你现在带我们去找的就是那个人？"他们七嘴八舌地问，"不能找个好说话一点的人？你是不是最好把这些都解释清楚？"

"那还不清楚！没法再清楚了！而且我解释得很详细，"巫师气呼呼地回答道，"你们一定还要打听的话，他的名字叫别昂。他很强壮，是个换皮者。"

"什么！一个毛皮商，一个叫卖兔毛皮的人，谁知他会不会把兔毛变成松鼠皮呢？"彼尔博问。

"天哪，不，不，不，不！"冈达尔夫说，"说什么你也千万别当傻子。不管你觉得多么离奇，在他家一百英里方圆的地方，千万别再提毛皮商这个字眼，也别提毛毯、皮斗篷、毛披肩、手笼之类倒霉的字眼！他是个换皮者，他换的是自己的皮：有时他是一头奇大无比的黑熊，有时他是一个又大又壮的人，大胡子黑头发，手臂大得出奇。我不能再多说，不过这些对你们也足够了。有人说他是头熊，是古代大熊的后代，在巨人没来以前，它们就住在云雾山脉里。也有人说他是个人，祖先最早生活在这一带，那时斯莫格或别的龙还没有进入世界，妖魔还没离开北边进入这一带山里。我不晓得哪种说法正确，不过我以为后一种说法比较真实。他不是那种可以问长问短的人。

"他绝不是中了什么魔法才这样，他就是这个样子。他住在橡树林里，有一幢市头的大房子。他也跟人一样饲养牛马，那些牲口跟他一样不可思议。它们替他干活跟他说话，他不吃它们，他也不猎食野兽。他养了一窝又一窝又大又凶的蜜蜂，差不多靠油和蜂蜜为生，像熊一样。他巡游的地区十分广大。有一天晚上我看见他孤零零地坐在'这个卡石'顶上，看月亮沉到云雾山脉中去，我听见他用熊的语言嗥叫道：'总有一天他们会被消灭。'我同样用熊的语言嗥叫道：'总有一天他们会被消灭，我会回去的！'就因为这个，我相信他从前来自云雾山脉。"

这时彼尔博和矮神们有许多事情要想，不再提什么问题，前面还有一大段路要走。他们拖着沉重的步子一会儿上坡，一会儿下坡。天变得十分炎热，他们有时在树下休息一会儿。彼尔博饿得不行，要是有熟透的橡子掉在地上，他多半也会拣来吃的。

下午三四点钟他们才注意到大片大片刚刚盛开的花，都是同种花生长在一起，好像有人把它们种在那儿似的。特别是那儿还有三叶草和一片片摇曳生姿的鸡冠苜蓿花。空气中尽是嗡嗡声，蜜蜂在四处忙碌。这是什么样的蜜蜂！彼尔博从未见到过这种蜜蜂。

"要是有一只蜇我一口，"他想，"我会肿得跟我过去一样胖！"

它们比大黄蜂还大，雄蜂比你的大拇指还要大许多，它们深黑色身上的黄色环带跟赤金一样闪闪发光。

"我们快到了，"冈达尔夫说，"我们到了他的养蜂场边上。"

过了一会儿来到一条橡树林带，那些古老的树都长得又高又大，再过去便是一排高高的刺棘树篱，既看不到里边的东西也休想爬越过去。

"你们最好等在这儿，"巫师对矮神们说，"我叫你们或吹口哨时你们再跟上来，你们看清我走的路，记住两个两个来，每两个相隔五分钟左右。邦布尔最胖，一个顶俩，他最好最后独自来。跟着我，巴京士先生！绕过这条路有扇大门。"于是他带着胆战心惊的小矮人沿着树篱走了过去。

很快他们来到一扇市门前，那门又高又宽，只见门里有几处花园和一排低矮的市建筑，有的是草棚，用粗糙的市头建成：有谷仓、马厩、羊棚跟一幢很长的矮市房。南边高大的树篱旁是一排又一排蜂箱，上面用草编成钟状的顶。那些巨大的蜜蜂飞来飞去，空气中洋溢着嗡嗡的响声。

巫师和小矮人使劲推开嘎吱作响的大门沿着一条很宽的路走向那幢房子。几匹皮毛刷洗得油光发亮的马小步穿过草地，露出一副聪明的面容，把他们仔细打量一番，然后朝建筑物奔去。

"它们去告诉他有陌生人来了。"冈达尔夫说。

很快他们进了院子，那院子由市头的正房和两间长长的侧房三面围成。院子中央横着一根大橡树干，砍下来的树枝满地都是，旁边站着一个彪形大汉，黑胡子黑头发，光着两只粗大的膀子，腿上都是疙疙瘩瘩的肌肉。他穿着一件羊绒的束腰外衣，长达膝盖，身子正挂在一把大斧上。那几匹马正站在他旁边把鼻子凑到他的肩头。

"啊！他们来了！"他对那几匹马说，"看上去他们并不危险。你们可以走了！"他哈哈大笑，笑声像隆隆的雷声。他放下斧头，走上前来。

"你们是谁，想干什么？"他粗声粗气地问，像座塔似的站在他们面前俯视冈达尔夫。至于彼尔博，他能轻而易举地从那人的双腿间过去，不用低头，也不用担心会碰到那人棕色外衣的下摆。

"我是冈达尔夫。"巫师说。

"从没听说过，"那人咆哮着说，"这个小家伙是什么玩意儿？"他说着弯下腰皱着乱蓬蓬的黑眉毛朝小矮人看。

"这是巴京士先生，一个出身望族名声无可指摘的小矮人。"冈达尔夫说。彼尔博鞠了一躬。他无帽可脱，而且痛苦地意识到自己丢掉了许多纽扣。"我是个巫师，"冈达尔夫继续说，"你没听说过我，我却听说过你。也许你听说过我的好表兄拉达加斯特，他住在黑森林南边不远的地方。"

"对，我知道，巫师里边他算是个挺不坏的家伙。我时常见到他，"别昂说，"好，现在我知道你是谁了，或者你说了你是谁。你要干什么?"

"跟你说实话,我们丢掉了行李,差点迷路,急需帮助,至少想让人出个主意。可以这么说,我们在山里遇到了妖魔,处境很艰难。"

"妖魔?"那个大汉说话不那么粗声粗气了,"哦,这么说来你们跟他们有了麻烦,是不是?你们干吗要走近他们呢?"

"我们并不是故意的。我们路过一个不得不经过的道口,是他们突然袭击了我们。我们是从西方来到这个地区的,这说来话长。"

"那你们最好到里边来,跟我说说,总不见得要讲一整天吧。"说着那人在前边带路,穿过一扇黑乎乎的门,从院子里进入正房。

他们跟着他进了一个宽敞的大厅,中间有一个火炉。尽管那时是夏天,那儿还烧着火。烟袅袅上升,在熏黑的椽间缭绕,寻找屋顶上开的一个出气洞。大厅只有一些暗淡的火光和从出气洞里透进来的一些光线。他们穿过大厅又穿过一扇小门,外面像是一个游廊,靠一些树干做成的柱子支撑着。它朝南,还很暖和,两边的阳光斜射过来照亮了整个游廊,在花园里洒下一片金黄的色彩,那些花一直长到台阶旁边。

"我带着一两个朋友翻山越岭而……"巫师说。

"一两个?我只看见一个,就是坐在凳子上的这个小家伙呀。"别昂说。

"跟你直说吧,我不想带很多人来打扰你,我看你一定很忙。要是可以的话我就叫他们一声。"

"你叫呗!"

冈达尔夫吹了下口哨,声音又尖又长,索林和多里立即从花园小道绕过房子站到他们面前低低地鞠躬。

"我看你是说两三个!"别昂说,"不过他们不是小矮人而是矮神呀!"

"索林·奥根希尔得听候你的吩咐!""多里听候你的吩咐!"两个矮神说着又鞠了一躬。

"我不需要你们侍候,谢谢,"别昂说,"不过我看你们倒需要我的侍候。我不怎么喜欢矮神。但是你要真是索林的话(我相信你是斯兰的儿子,斯劳尔的孙子),那么你的伙伴就会受到尊敬,还有,既然你们是妖魔的敌人,在我这块土地上就不会受到伤害。顺便问一声,你们这是到哪里去呀?"

"他们要去访问父辈的领地,出了黑森林还要往东,"冈达尔夫插嘴说,"我们进入你的领地纯属偶然。原来我们穿过那个高山道口要走的路在你领地的南边,可那时我们受到了妖魔的袭击——这些我正要跟你说呢。"

"那就讲下去吧!"别昂说,他从来不讲究礼貌。

"我们遇到了可怕的暴风雨,石巨人出来扔掷石头,我们在道口的上面找了个洞避雨,小矮人和我,还有几个伙伴⋯⋯"

"你把两个叫做几个吗？"

"噢不，事实上是两个以上。"

"他们在哪儿？被杀了，被吃了，还是回家了？"

"噢不，我吹口哨时他们似乎觉得没有必要都来，我看是难为情吧。你瞧，我们很怕人数太多你照料不过来。"

"来，你就吹口哨吧！看来我势必要开个宴会了，多一两个没有什么关系。"别昂咆哮道。

冈达尔夫又吹起了口哨，他还没吹完，诺里和奥里就到了。你别忘了，冈达尔夫跟他们说过每隔五分钟进来一对。

"诺里听候吩咐，奥里听……"他们刚说开头，别昂就打断了他们。

"谢谢！我要帮忙自己会说的。坐下，继续讲下去，要不还没结束吃饭时间就到了。"

"我们刚睡着，"冈达尔夫继续说，"山洞后面就开出一个裂口来，妖魔们出来抓了小矮人、矮神和我们的一大群短腿马……"

"一大群短腿马？你们是做什么的？一个巡回演出的马戏团？还是你们带了大批货物，还是你们把六个叫做一大群？"

"噢不！事实上短腿马超过六匹，因为我们不止六个，你瞧，这不又来了两个！"正在这时巴林和特伐林出现了，他们低低地鞠躬，胡子都扫到了石头地上。那大汉起初皱起了眉头，但他们竭尽全力战战兢兢彬彬有礼，不断点头，不断弯腰鞠躬，还不断在他们的膝盖前挥舞帽兜（用矮神最最体面的方式），他终于解开了眉结，爆发出一阵咯咯的笑声："他们看上去多滑稽呀！"

"一大群也行，"他说，"多滑稽的一大群。进来，快活的朋友们，你们叫什么名字？我现在不要你们听候吩咐，我只问他们的名字。给我坐下，不要东摇西摆！"

"巴林和特伐林。"他们不敢生气，一屁股坐在地上，看上去吃惊不小。

"现在继续讲下去！"别昂对巫师说。

"我讲到哪儿了？哦，对，讲到我没有被抓住。我用一个闪电杀死了一两个妖魔……"

"好！"别昂咆哮道，"这么说当个巫师也不坏。"

"我趁裂口没有关上溜了进去。我跟妖魔们到了下面的主山洞，那里挤满了妖魔。妖魔大王在那里，身边有三四十个全副武装的卫士。我心里想，即使他们没有被铁链锁在一起，一打人怎么能对付这么一大堆妖魔呢？"

"一打！我还是头一次听说把八个叫做一打。是不是你那玩偶匣里还有玩偶没有出来？"

"哦，对，看样子这会儿又有一对到这儿来了，我猜是费里和基里吧。"冈达尔夫说，这时刚出现的两个矮神正在微笑鞠躬。

"够了！"别昂说，"坐下，给我安静下来！说下去，冈达尔夫！"

冈达尔夫继续讲黑暗中战斗和下洞口的发现，这时才发现小矮人丢了，使他们好不惊慌，"我们数了数人数，就是没有小矮人，我们只有十四个！"

"十四个？我还是头一回听说十个少了一个剩下十四个。你是说九个吧，要不就是你还没把你那伙人的名字全讲给我听？"

"嗯，当然你还没见过奥英和葛劳英。天哪，这不他们来了。他们打扰了你，希望你多多原谅。"

"让他们都来吧！快，你们两个到这儿来坐下！可你瞧，现在只有你自己和十个矮神，小矮人已经丢了。这样加起来只有十一个（不算那个丢失的），哪来十四个，除非巫师们数数跟别人不同。不过现在你继续讲下去吧。"别昂表现出无可奈何的样子。不过他确实对冈达尔夫说的事产生了浓厚的兴趣。要晓得昔日里他对冈达尔夫描述的大山各个地方都了如指掌。听到小矮人重新出现，他们爬下山崩的斜坡跟树林里来了狼群的时候，他连连点头不断地咆哮。

当冈达尔夫讲到他们爬上树，被狼群在下面团团围住时，他站起身踱来走去，嘟嘟囔囔地说："我要是在那儿就好了！我可以不光用焰火来对付它们！"

"唉，"冈达尔夫说，他很高兴自己的故事产生了良好的效果，"我已经尽了我的努力。大树下面的狼群发了疯，森林里有好几处也着起火来，正在这时妖魔从山上下来发现了我们。他们开心得狂喊乱叫，还唱歌嘲笑我们。'十五只小鸟躲在五棵树上……'"

"天哪！"别昂咆哮道，"别装得妖魔不会数数似的，他们会数。十二不是十五，他们清楚。"

"我也清楚。还有彼弗和博弗。刚才我不敢冒昧介绍他们，瞧，他们已经来了。"

彼弗和博弗走了进来。"还有我，"邦布尔呼哧呼哧喘着大气走在后面。他很胖，很生气把他撇在最后，因此不愿意再等五分钟，前面两个刚走，他后脚就跟来了。

"哈，现在你们有十五个了，我就说妖魔们会数数嘛。我看爬上树的都在这儿了。现在我们总可以把故事讲完，再别打断了。"这时巴京士先生才看出来冈达尔夫有多聪明。不停地打断使别昂对故事越来越感兴趣，正是这个故事不让他把矮神当成乞丐一样统统赶出去。只要有可能，尽量不邀请别人进他的门，他只有很少几个朋友，而且都住在很远的地方。他也从来不曾邀请过两个朋友同时到他家里。可现在他竟忘了有十五个陌生人坐在他的走廊上！

巫师在故事的末尾讲到鹰如何把他们都带到了"卡石"上，这时太阳已经落到了云雾山脉一座座山峰的背后，在别昂的花园里投下长长的黑影。

"一个多好的故事！"他说，"很久没有听到这么好听的故事了。要是所有的乞丐都能讲这么好的故事，他们会发现我是很慈悲的。

故事可能全是你编出来的，不过反正一样，为了这个故事请你们吃顿饭也值得。让我们吃些东西吧！"

"承蒙款待！"他们异口同声说道，"感激不尽！"

大厅里已经相当黑了。别昂拍了拍手，便有四匹美丽的短腿马和几只长身子的大灰狗小步跑进来。别昂用一种仿佛是野兽叫转变成的古怪语言跟它们说了些什么。它们又重新出去，很快嘴里叼着火把回来，在火炉里点着了火把，插在大厅中央火炉周围的柱子上，那儿有一些低低的托架。那些狗能随心所欲用后腿站用前脚拿东西。它们很快在墙边取出搁板和支架，在火炉旁搭起了桌子。

接着只听得一阵咩咩的叫声，在一只大黑公羊的带领下，进来了几只白羊。一只带来一条白桌布，边上绣着动物的图案；其他几只宽宽的背上驮着托盘，里边放着碗、浅盘、刀和市勺。那些狗很快在搁板桌上铺好桌布，摆上餐具。搁板桌非常低矮，即使彼尔博也能坐得舒舒服服。他们旁边的一匹短腿马推来两张低座的凳子，上面有宽大的灯芯草底座，下面的腿又粗又短，那是给冈达尔夫和索林预备的，在搁板桌的另一头，它把别昂的大黑椅也推来了，形状跟凳子大同小异（别昂坐上面，两条粗壮的腿只得尽量往桌子底下伸进去）。这就是他大厅里所有的凳子椅子，他把它们做得跟桌子一样高低，多半是为了那些神奇的动物侍候起他来方便一些。另外一些短腿马滚来一些圆圆的市墩子，形状像鼓，很光滑，也很矮，即使彼尔博也能坐。很快他们都在别昂的板桌旁边就座，这个大厅里恐怕已经好多年没这么热闹过了。

就在这大厅里他们吃了晚饭，自打在西方跟埃尔朗德告别，离开"最后一个宾客如归山庄"以来，他们还是头一次像样地吃顿饭。他们的周围闪耀着火把和炉火的光亮，桌上还点着两支蜂蜡做的蜡烛。吃饭期间，别昂一直在用隆隆雷鸣般的声音讲述云雾山脉这一边荒凉土地上的故事，特别是讲到阴森可怖、危险层出不穷的黑森林，离这儿大约有骑马一天的路程，黑森林的分布绵延南北，是他们东去路上最大的障碍。

矮神们一边仔细倾听，一边摇晃他们的胡子，因为他们清楚不久之后他们就得硬着头皮进入森林。越过云雾山脉以后，想去凶龙的老巢，就一定得通过这个危险四伏的地区。吃完饭他们就讲起了他们各自的故事，别昂昏昏欲睡起来，很少注意他们，他们讲的多半是金银宝贝和制作金银器具的技艺，别昂似乎不喜欢金器银器，他的大厅里没有这些东西，而且除了刀根本没有金属的东西。

他们久久坐在桌子旁，喝着用木碗盛的一碗碗蜂蜜酒。暮色已经降临，大厅中央的火炉里又添了新柴，火把已经熄灭，他们还坐在跳跃的火光之中，后面是房子里一根根高大的柱子，房顶一片黑暗，那些柱子就仿佛是森林里的树木。不知是魔法还是什么，彼尔博只觉得椽子间有风吹动树枝的声音和猫头鹰的叫声。

很快他打起瞌睡来，声音仿佛越离越远。后来他又突然惊醒过来。

那扇巨大的门嘎吱作响，接着又呼的一声关上了。别昂已经离去。矮神们盘腿坐在炉边，立刻唱了起来，他们一唱唱了好久，歌词跟下面一首大同小异：

> 风在快要熄灭的篝火上叹息，
>
> 森林里的树叶却纹丝不动，
>
> 这里白天黑夜到处黑影幢幢，
>
> 看不见的东西在地下悄悄蠕动。
>
> 群山又吹来阵阵冷风，
>
> 像潮水一样隆隆轰鸣，
>
> 树枝在叫痛，森林在呻吟，
>
> 满地的树叶纷纷走动。
>
> 野草嘶嘶，穗子弯弯
>
> 芦苇哗哗——一阵风
>
> 吹破苍穹下凉爽的池塘，
>
> 撕破水面上疾走的行云，
>
> 它吹过尧尧的孤山，
>
> 闯进凶龙的巢穴，
>
> 那里尽是寸草不生的巨砾，
>
> 只有四处飘散的黑烟。
>
> 它离开地面高高升起，

越过黑夜广阔的海洋，

月亮驾帆疾驰，

星星吹得闪闪烁烁。

彼尔博又打起瞌睡来，冈达尔夫突然站了起来。

"该是我们睡觉的时候了，"他说，"说的是我们，不是别昂。在这个大厅里我们可以安安稳稳睡个大觉，不过我警告你们别忘了别昂临走前说过的话，天亮以前绝对不能到外面去游荡，要不然会有生命危险。"

彼尔博发现大厅边上柱子和外墙之间高出地面的平台上已经铺好了床铺。给他准备的是一个小草垫和布头枕头，尽管时值夏天，他蜷缩在上面依然觉得很舒服。但半夜里他醒了过来，根据矮神和冈达尔夫的鼾声，他们还在熟睡。这时高挂在天空的月亮从屋顶的烟道里张望进来，在地上洒下一片银光。

外面有咆哮的声音，好像某种大动物拖着脚在门边走动。彼尔博很纳闷，不知道它是谁，会不会是别昂中了魔法，改变了形状，要是他变成了熊，会不会进来杀死他们。他钻到枕头底下把头蒙了起来，尽管他吓得什么似的，后来还是睡着了。

天大亮他才醒来。一个矮神绊在他身上，一下从平台上滚到了地下。那是邦布尔，他嘟嘟囔囔正在抱怨，彼尔博睁开了眼睛。

"起来，懒骨头，"他说，"要不你就休想吃早饭了！"

彼尔博跳起身来，"早饭！"他叫道，"早饭在哪儿？"

"多半都装进了我们的肚子，"另外一些在大厅里走动的矮神回答道，"剩下来的全在外面的走廊上。我们从太阳出来就一直在到处寻找别昂，我们刚出大厅就发现早饭已经摆在了外面。"

"冈达尔夫在哪儿？"彼尔博一边问一边朝外走，想赶快去找些吃的东西。

"哦，是在外面什么地方吧。"他们告诉他。但是彼尔博一整天没见巫师的影子。直到日落以前冈达尔夫才踏进大厅，小矮人和矮神们正在吃晚饭，别昂那些神奇的动物侍候了他们一天，这时还在旁边侍候。从昨天晚上以来他们没有听到过别昂的任何消息，越来越感到迷惑不解。

"主人在哪里，你这一整天又在哪儿？"他们都大声问道。

"问题一个个问，吃完饭以前什么也别问！早饭以后我还没吃过一口东西呢。"

冈达尔夫终于推开了盘子和酒壶，掏出烟斗来，他吃了整整两个大面包（涂了大量牛油、蜂蜜和奶油），喝了至少一升蜂蜜酒。"我先回答第二个问题，"他说，"天哪，这儿可真是个抽烟的好地方！"好久好久他们别想从他嘴里问出一句话来，他忙着吐出一个又一个烟圈，让它们在大厅的柱子间缭绕，变幻各种不同的形状和色彩，最后又让它们争先恐后飘出屋顶的烟道去。要在外面看，你一定会觉得更加古怪，一个又一个烟圈从烟道里冒出来飘到空中，有绿的，蓝的，红的，银灰色的，黄的，白的；又分大

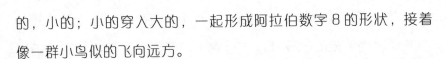

的，小的；小的穿入大的，一起形成阿拉伯数字8的形状，接着像一群小鸟似的飞向远方。

"我一直在侦察熊的足迹，"他终于说道，"昨天晚上这外面一定有一个熊群定期的聚会。我很快看出来不可能是别昂把它们召集来的，它们的数量实在太多，大小也各不相同。有小熊、大熊，不大不小的熊和奇大无比的熊，都在外面跳舞，从天黑差不多跳到天亮。它们来自四面八方，就是没有从西边过河来的熊，也就是从云雾山中来的熊。那个方向只有一行足迹，而且不是过来的足迹，只是走过去的足迹。我循着这行足迹一直走到'那个卡石'那儿。足迹消失在河里，但是水太深太急，我没法涉水过去。你们记得吧，从渡口那儿过去要容易得多，但是那边对岸有一个悬崖，高耸在漩涡滚滚的河道里。我不得不多走好几英里，找到可以涉水和游泳过去地方，然后再回来寻找消失的足迹，又得走好几英里路。这时天色已晚，我无法再跟着足迹走下去。足迹一直通向云雾山脉东边的松树林里，正是我们前天晚上跟战狼有过愉快小叙的地方。我看这些也回答了你们提出的头一个问题。"冈达尔夫结束了讲话，坐在那里好久都一声不吭。

彼尔博自以为懂得了巫师的意思。"我们怎么办呢，"他大声叫嚷道，"要是他把战狼和妖魔全引到这儿来可不得了！我们会全被抓住杀死的！我记得你说过别昂不是他们的朋友呀。"

"我是说过的。你别傻了！你还是上床去，你的脑子在打瞌睡了。"

　　小矮人被顶得张口结舌，因为无事可做，他也真的去睡觉了，这时矮神们还在唱歌，他却睡着了，小脑袋里还在疑惑别昂的事，后来他梦见成百只黑熊在院子里月色下踏着沉重的舞步缓慢地转圈，一觉醒来别人都已经睡了，他又听见头天晚上那种拖着脚走路的沙沙声和抽鼻子咆哮的声音。

　　第二天早晨别昂亲自来叫醒他们。"这么说来你们都还在！"他说着抓起小矮人哈哈大笑，"看得出，你还没让战狼、妖魔或恶熊吃下肚去。"说着他十分无礼地翻了翻巴京士先生的背心。"小兔子现在吃了面包和蜂蜜又长胖长结实了，"他咯咯地笑道，"来，再吃一点吧！"

　　于是他们全跟着他去吃早饭。别昂变得兴高采烈，看样子他确实心情特别好，讲了许多有趣的故事让他们一个个捧腹大笑。他们也没有必要为他去了什么地方，为什么忽然他对他们那么好而牵肠挂肚了，他自己都讲了出来，他过了河，径直进了山——根据这一点你不难猜到他的行动非常迅速，一定是变成了熊的形状。他来到了烧焦的林中空地，那是战狼经常聚会的地方，很快看出来巫师讲的故事大部分是真实的，不仅如此，他还抓到了在树林里游荡的一头战狼和一个妖魔，从他们嘴里得到一些消息，妖魔巡逻队跟战狼还在搜索矮神们，因为妖魔大王之死，也因为巫师的焰火不仅让狼王烧伤了鼻子，还烧死了许多得力的卫士，他们都气死了。这些都是他强迫他们说出来的，不过他猜这些消息背后一定还有更多穷凶极恶的事情，妖魔和战狼们漫山遍野寻找矮神们，他们很有可能会报复居住在那里的人和动物，以为他们一定把矮神隐蔽了起来。

"你们讲了一个很好的故事，"别昂说，"现在我确定了真实性，就更喜欢这个故事了，你们一定要原谅我之前没相信你们的话。你们要是生活在黑森林边缘附近，同样会不相信任何人的话，不要说是不认识的人，就是比亲兄弟还亲的人也不能随便相信。我只能说正因为如此，我拼了老命匆匆赶回家来，看看你们是否安全，看看我能提供你们什么帮助。从今以后对矮神我一定往好里想。杀死了妖魔大王，妖魔大王死了！"他一个劲儿地自言自语，咯咯地冷笑。

"你以前跟妖魔和战狼怎么了？"彼尔博突然问。

"你们来看！"别昂说，他们跟着他绕到屋子前面去。大门外面挂着一个妖魔的头，近旁一棵树上还钉着一张狼皮。别昂是个凶猛的敌人，可现在他成了他们的朋友，冈达尔夫觉得把整个故事和他们旅行的原因告诉他是很明智的，这样他们能争取到他所能提供的最大帮助。

别昂答应给矮神们每人准备一匹短腿马，还给冈达尔夫准备一匹马，马上都装载了食物，只要认真计算，这些食物能维持几个星期，打包时他还考虑到携带方便，装了坚果、面粉、一坛坛密封的干果、一罐罐蜂蜜和烘烤两次的饼，这种饼能长期保存，吃一点点就能走好多路。这种饼的制作方法是他的秘密，跟多半食物一样，里边放了蜂蜜，所以很好吃，就是吃了会口渴，他说在森林这一带没有必要带水，因为沿路都有河和泉水。"但是黑森林的路很暗很危险也很难走，"他说，"里边不容易找到食物。这时还轮不到吃带去的坚果（尽管到森林那头你们带的坚果总要吃光的），因为周围都长着适合食用的坚果。那儿的野兽都是黑色的，很古怪也很凶猛。我给你们准备了盛水的兽皮，还给你们装备了一些弓箭。不过我非常怀疑在黑森林里找到的东西是否真的能吃能喝。我知道那里有一条河，水是黑色的流得很急，横穿你们的必经之路，可你们既不能喝水，也不能在水里洗澡，因为我听说它会使人中它的魔法，昏昏沉沉什么都忘得一干二净。在那树荫下，你们不走出去，只怕什么也射不到，可你们千万别走出路去呀！

"这就是我能给你们的一切忠告。出了森林边缘，我帮不了你们什么忙，全得靠你们的勇气和运气，还有我提供给你们的食物。我请你们在进入森林以前将我的短腿马打发回来，祝你们一路顺利。要是你们还从这条路回来，我家的门永远为你们开着。"

当然他们对他表示了一番感谢，鞠了许多躬，挥了好一阵帽兜，还说了许多"听候吩咐，丘头大厅的主人！"之类的话。但是听了他一番郑重的告诫，他们的情绪都很低落，都觉得前方的路远比他们想象的危险得多，不仅如此，即使路上这些生死难关全都让他们闯过去，路的尽头还有凶龙等着他们呢。

他们整个上午都忙着做准备工作。很快过了中午，他们跟别昂一起吃了最后一顿饭，骑上他借给他们的马，又说了许多告别的话，便出了大门疾驰而去。

一离开别昂的领地，他们便折向北边，以后就一直向西北方向驰去。有了别昂的劝告，他们不再朝别昂领地南边的主要森林大道前进。因为别昂警告他们那条路现在经常被妖魔利用，而且他听说这条森林道东头长满了树，不能再用，边上还有许多不能通过的沼泽地。再说黑森林东边的出口离孤山的南麓太远，他们要是想到另一头去的话，得向北走一段漫长而艰难的路程。"这个卡石"北边黑森林的边缘靠近大河，尽管那里离云雾山脉也很近，别昂还是建议他们走这条路，因为"这个卡石"北边骑八天马便能到达一个地方，那儿有条进入黑森林的小路，很少人知道，却差不多能一直通向孤山。

别昂说过："妖魔不敢渡过大河，进入'这个卡石'北边一百英里的地方，也不敢走近我的家——我家晚上受到严密的保护！要是我，我就骑得快一些，因为要是他们进行大搜捕的话，他们很快会渡河到南边来搜索所有的森林边缘，拦住你们的去路，而且战狼跑得比短腿马还快。不过你们朝北走还是比较安全的，尽管看来你们更靠近他们的大本营，但正因为他们怎么也料不到，他们只会到更远的地方去抓你们。所以现在你们扬鞭催马快走吧!"

这就是为什么他们总悄悄地骑马前进,遇到长满草比较光滑的地方才纵马奔驰。黑森森的云雾山脉就在他们的左边,一道树市夹岸的河水在前方越来越向他们靠近。他们出发的时候太阳刚刚偏西,到了傍晚时分,它在周围的土地上撒下一片金色的光辉。这时候很难想象妖魔们正在后面追赶,所以当他们将别昂家抛在几英里以外时,他们又开始有说有唱了,竟忘掉了前面还有黑暗的森林小道。暮色降临以后,云雾山脉一座座山峰背着落日显得十分狰狞。他们扎营过夜,轮流放哨,但是多数人都睡得不安稳,梦中老是听见狼嗥和妖魔的怪叫。

第二天早晨地上像秋天一样升起一股白色的薄雾,寒气袭人,不过很快红彤彤的太阳从东方升起,薄雾消失了。他们重新出发的时候,日影还老长老长呢。就这样他们又走了两天,除了花草、小鸟和零零星星的树市,他们一路上什么也没有看见。有时彼尔博看见公鹿的角戳出草丛,起先他还以为是枯树枝呢。到了第三天傍晚他们还急于赶路,因为别昂说过他们应该赶在第四天一早到达进入森林的地方,所在黄昏以后他们仍然骑马前进,一直在月色下走到深夜。当光线暗淡下去的时候,彼尔博自以为看到左右两旁影影绰绰总有只大熊也在朝相同的方向潜行。可他壮着胆子向冈达尔夫提起这事,巫师总是说:"嘘,别去管它!"

第二天天亮以前他们又出发了，夜里没睡多长时间。天刚放亮他们就看见森林好像在迎上前来，不过更像是一堵皱着眉头的黑墙在前面等着他们。地势开始不断向上倾斜。小矮人只觉得一片寂静向他们靠拢来，笼罩在他们头上。鸟唱得少了，鹿也没有了，甚至兔子也看不见了。中午前后他们到了黑森林的"屋檐"下，就在黑森林外围树市向外舒展的粗大树枝边休息，这些树枝盘根错节，树干上尽是疙疙瘩瘩的节子，树叶又黑又长，藤蔓长在树上爬在地下。

"嗯，这就是黑森林！"冈达尔夫说，"北方世界最大的一座森林，但愿你们喜欢它的模样。现在你们必须把借来的短腿马打发回去了。"

矮神们想要抱怨，巫师却说他们都是笨蛋，"别以为别昂离得很远，你们最好在任何情况下都遵守诺言，因为他是一个厉害的人。巴京士先生的眼睛比你们尖，你们难道没有看见每天天黑以后有只大熊走在我们的身旁，或是远远地蹲在月色下守着我们的营地？这不光是保护你们，给你们带路，也为了放一只眼睛在那些马身上。别昂可能是你们的朋友，但他像爱自己的孩子一样爱这些动物。要是你们打算把它们带进森林，不知道会发生什么事情，他让你们矮神骑它们走那么远走那么快可真是一片好心哪，这些你们怎么都没想到？""那么，那匹马呢？"索林说，"你没有提到打发它回去。"

"我没有提，因为我不打发它回去。"

"那么你的诺言又怎么说呢？"

"我会负责这件事的。我不打发马回去，我要骑着它离开！"

这时他们才知道冈达尔夫就准备在黑森林边上离开他们，他们都陷于绝望之中，而且他们说什么也无法改变他的主意。

"这一点我们在'这个卡石'上着陆时就早已经说定了，"他说，"我跟你们说过，我到南边去有些急事，因为操心你们的事，我已经耽误了一些时候。在那边事情结束以前也许我们会再次见面，打那以后当然可能不会再见面了。这都得靠你们的运气、勇气和见识。我送巴京士先生跟你们一起去。我早跟你们说过，他身上有你们猜不到的长处，这点你们不久之后就会发现的。彼尔博振作起来，别哭丧着脸。索林和大伙儿都振作起来！这毕竟是你们的探险！想想那头的宝藏，忘掉黑森林和凶龙，至少在明天早晨以前别去想它！"

第二天早晨来临以后他还是这么说。所以矮神和矮人别无他法，只得把水灌满皮袋，接着他们卸下短腿马驮的东西，尽量公平地分担了行李，尽管彼尔博认为他那份又重又累人，而且想到要背着所有这些行李步履维艰地行走，他就一点儿也开心不起来。

"你别担心！"索林说，"行李会变轻的，你只会嫌它变得太快。不久食物短缺的时候，我看我们还巴不得袋子重点才好呢。"

于是他们让短腿马掉头回家，跟它们告了别。他们快快活活

第七章

155

迈步出发了，好像很乐意留下走向黑森林的足迹。当他们走的时候，彼尔博可以发誓他看见一个熊一样的东西离开树荫底下，很快在他们后面蹒跚地走开了。

这时冈达尔夫也说了告别的话。彼尔博坐在地上非常难过。巴不得自己跟巫师一起坐上他的高头大马。他刚马马虎虎地吃了顿早饭走进森林，里边已经黑得像黑夜一样，显得非常神秘，"老觉得有一种东西在暗中守着你，窥视你。"他自言自语道。

"再见！"冈达尔夫对索林说，"再见，你们大家，再见！你们要笔直穿过森林。别离开小路！要是离开了，你们就再也找不到它，再也出不了黑森林了，千万分之一的希望都没有。那时我看我和任何人都不会再见到你们了。"

"我们真的一定得穿过黑森林？"小矮人呻吟道。

"没有别的办法！"巫师说，"你要到另一边去就得这样。要么穿过去，要么放弃追求。我不许你现在脱身出来，巴京士先生，你有这种想法我都替你害臊，你还得替我照顾这些矮神呢。"他哈哈大笑道。

"不！不！"彼尔博说，"我不是这个意思。我是说有没有别的路绕过去？"

"有，要是你愿意往这条路的北边走，走两百英里左右，还要再往南走两倍的路。即便是这样，你也找不到一条安全的路。在世界这一带休想有安全的路。你在北边还没有绕过黑森林，就会置身于大灰山脉的斜坡之中，那儿简直是条死路，尽是妖魔、淘气精和难以描述难写的海怪。你还没绕到南边，就会进入妖师的土地，不用我说你也知道关于那个黑心术士的传说。我劝你千万别靠近他那座黑塔上能俯瞰到的地方！还是坚持走这条森林小道吧，提起精神来，尽量往好处想，要是命大福大，总有一天你们会走出去，看到长沼泽就展现在你们下面，再过去，孤山便高耸在东方，亲爱的老斯莫格就生活在那里，不过我希望它没有在等候你们。"

"你的那些话确实够安慰人的，"索林咆哮道，"再见！你不跟我们一起走，最好别再啰唆！"

"那就再见，这回真的再见了！"冈达尔夫说着调转马头，向西方驰去，但他情不自禁要说最后一句话，他已经走出去老远，又回过头来，将双手合成喇叭形向他们喊话。他们只听见他微弱的声音远远传来："再见！好好的，自己当心！别离开小路！"

这时他才奔驰而去，很快不见了踪影。"哦，再见，走吧！"矮神们嘟嘟囔囔，越发生起气来，因为他们失去了他确实十分沮丧。现在旅行中最最危险的部分开始了。他们一个个肩扛着沉重的包和皮水袋，背朝外面的阳光，一头扎入了黑暗的森林。

第八章

苍蝇和蜘蛛

他们鱼贯而行，小路的入口像是一个通向黑乎乎坑道的拱门，由两棵上面靠在一起的大树构成。那两棵树已经老得只剩一些发黑的树叶，树干上有藤蔓缠绕，有苔藓剥落下来。小路本身十分狭窄，在树干之间绕来绕去。很快回过头去只看见刚才进来的入口像是远处一个明亮的洞口。里边静得出奇，一路走去只有脚步声，两旁的树木好像在他们头顶弯腰侧耳倾听。

他们的眼睛渐渐习惯了黑暗，只见小路两旁相隔几步路的地方有一种暗绿色的微弱闪光。偶尔有细细一缕阳光从上面树叶的缝隙里侥幸漏下来，又更侥幸地没被缠结一起的大树枝和下面一簇簇细树枝挡住，变成细小明亮的光斑射在他们的前面。这种情形十分难得，而且很快就根本没有了。

树林里有黑松鼠。彼尔博一双好奇的眼睛特别尖，他已经习惯看树林里的东西，瞥见它们哧溜一下从小路上逃开，溜到了树干背后。那儿也有许多古怪的声音，呼噜呼噜，嗒啦嗒啦，在下层林丛中或在长年累月遍地堆积起来的厚厚一层落叶里来得匆匆，去得匆匆。但什么东西发出这种响声他却看不见。矮神们最讨厌看见的就是蜘蛛网。蛛丝粗得出奇，往往从这棵树牵到那棵树，或缠在他们两旁下面的树枝上，路上倒没有蜘蛛网，是魔法使这条路保持畅通还是另有原因，他们就猜不透了。

没多久他们就打心底讨厌起这座森林来，正如痛恨妖魔们的坑道一样，看来简直没有走到头的希望。可他们还是不断地走啊走，他们多么希望能看一眼太阳和天空，多么希望有风拂在他们的脸上啊！在这个森林大屋顶下空气似乎也纹丝不动，有的只是无穷的寂静、黑暗和闷热。即使那些习惯开山凿洞有时长期生活在没有阳光的地方的矮神也觉得闷热。至于小矮人，他喜欢以洞穴为家，不过夏天也不是在洞里度过的，所以他也渐渐觉得自己快要闷死了。

到了晚上尤其糟糕。森林里变得漆黑一片，不是一般人所谓的漆黑一片，而是真正的漆黑一片，黑的你根本什么也看不见。

彼尔博试试在鼻子前面挥挥手，却压根儿看不见手。嗯，也许说他们什么也看不见有点不大实际，他们能看见许多眼睛。他们睡觉全都紧紧靠在一起，还安排了轮流看守。轮到彼尔博，他看到他们周围的黑暗中有闪光，有时是一对黄的，有时是一对红的或绿的，隔着一段距离盯着他们看，后来又慢慢变暗、消失，接着又在另一个地方重新慢慢闪亮起来。有时它们就在头上，从树枝上向下一闪一闪的，那最可怕。彼尔博最不喜欢的是那些阴森森像球茎一样的眼睛，"那是昆虫的眼睛，"他心里想，"不是动物的眼睛，只是它们太大了些。"

尽管夜里还不算很冷，他们想生起一堆火来，可是不久他们就放弃了这个打算。火光引来成百成千双眼睛围着他们，不知道它们究竟是什么东西，它们都小心翼翼不让它们的身体暴露在火光中。尤其糟糕的是火引来了成千上万的黑色蛾子，有的差不多跟手一样大，呼呼地在他们耳朵旁扑扇翅膀。他们受不了这个，也受不了那些大得出奇，黑得像锅底一样的蝙蝠。所以他们熄掉了火，坐在神秘莫测的无边黑暗中打瞌睡。

这些还在继续，小矮人觉得似乎已经过了一个又一个世纪，而且他老是觉得肚子饿，因为他们极小心地动用着给养。即便如此，日复一日，森林似乎还是一个模样，他们开始担心起来。食物不可能永远维持下去，事实上它已经开始短缺。他们想射一些松鼠烤着吃，浪费了很多箭，才在路上射死一只，但是烤熟了以后，吃起来味道可怕极了，于是他们再也不射松鼠了。

他们也非常渴，因为他们已经没有多少水了，而且一路上他们既看不见泉水也看不见小河。情况就是这样，有一天他们发现有一条滚滚的流水拦住了去路，湍急的水流十分强大，横穿小路的水面并不宽，只是水是黑色的，至少在黑暗中看上去是这样。亏得别昂曾经警告过他们要小心提防，要不他们准会不管它颜色如何先喝个够，然后在岸边灌满他们几个已经空掉的皮水袋。可这时他们光考虑如何渡过河去，而且不要在水里弄湿身子。那儿原来有座木桥，可是烂塌了，只在河岸边留下一些残破的柱子。

彼尔博跪在河边向前张望，喊道："对面有条船靠在岸边！为什么偏偏不在岸这一边呢？"

"你看离这儿有多远？"索林问，现在他们都知道彼尔博是他们中眼睛最尖的一个。

"一点也不远，我看不会超过十二码。"

"十二码！我看至少也有三十码，不过我的眼睛已经不像一百年以前那样好使了。再说十二码跟一英里差不多，我们不能跳过去，又不敢涉水或游泳过去。"

"你们有谁可以射根绳子过去？"

"那有什么用？船肯定是拴住的，即使钩住也没用，再说能不能钩住还是个问题呢。"

"我不相信它是拴住的，"彼尔博说，"在这种光线下我当然无法确定。不过我看它只被拉到了岸上，那儿比较低，正是小路向下斜入水中的地方。"

"多里身体最棒，不过费里年纪最轻而且眼力好，"索林说，"费里到这儿来，你能看到巴京士先生说的那条船吗？"

费里想他能看到。他张大眼睛看了好一会儿，辨明了方向，别人便递给他一根绳子。他们有好几根绳子，挑了一根最长的，在绳头上系了一个大铁钩。费里把它拿在手里，掂了掂分量然后甩到小河那边去。

啪的一声铁钩掉在了水里！"还不够远！"彼尔博说道，他还在朝前张望。"再远一两英尺你就把它丢在船里了。再试试，我看魔法不见得那么厉害，光碰一下打湿的绳就能伤着你。"

费里把绳子拉回来，捡起了铁钩，还是有点疑神疑惑，生怕中了魔法。这回甩的时候他用了很大的力气。

"沉住气！"彼尔博说，"这回你把铁钩一直甩到对岸的树林里。把它轻轻地拉回来。"费里慢慢收绳，过了一会儿彼尔博说，"当心！铁钩进了小船，但愿能把船钩住。"

它确实被钩住了。绳子渐渐绷紧，费里用力拉却白费力气。基里前来帮忙，后来又来了奥英和葛劳英。他们使劲拉呀拉，突然全都跌了个仰面朝天。彼尔博正在朝那边张望，一把抓住了绳子，还用一根棍子挡开了冲过河来的小黑船。"快，快救船！"他大叫一声，巴林及时赶到一把抓住了小船，没让它在湍急的水流中漂走。

"它到底还是拴着的，"他说，眼睛看着荡在船头已经扯断的系船索，"孩子们，拉得好，也亏得我们的绳子结实。"

"谁先过河去呢？"彼尔博问。

"我，"索林说，"你跟我一起去，还有费里和巴林。小船一次只能上那么多人。接下来是基里、奥英、葛劳英和多里；再下来是奥里、诺里、彼弗和博弗；最后是特伐林和邦布尔。"

"我老是最后一个，真讨厌，"邦布尔说，"今天也该轮到别人了。"

"谁叫你那么胖。既然胖，就得最后一个过去，那时船上负担最轻。你不要嘀嘀咕咕违抗命令，要不然你会倒霉的。"

"船里一支桨都没有。你们怎么划到对岸去？"小矮人问。

"再给我一根绳一个铁钩。"费里说，等他们做好准备，他将绳往前面的黑暗中高高抛起。因为没有掉下来，他们知道它一定钩住了树枝。"现在下船，"费里说，"一个人用力拉钩在对岸树上的绳子。另一个拿住我们刚才用过的钩子，安全到达对岸，就重新钩上它，你们就可以把船拉回来。"

用这个方法，他们很快安全渡过中了魔法的小河到了对岸。特伐林刚刚在手臂上绕着绳圈爬出船，仍然在嘀嘀咕咕的邦布尔准备跟上，倒霉的事果然发生了。前面小路上传来一阵急促的蹄声，黑暗中突然闪出一头飞奔的鹿，冲进矮神群里，把他们全都撞翻在地，接着它又纵身一跳，这一跳跳得好高，凭着这一下，跳过河去不成问题，但它并没有在对岸安全落地。索林是唯一一个没有摔倒的人，头脑也最清醒。他们一上岸他就弯弓搭箭，以防暗中有什么保护小船的卫士出现。这时他朝跳起的野兽飞快射去准确的一箭。它在对岸落地时绊了一跤，黑暗吞没了它，不过他们听到它蹒跚着迅速奔跑远去的蹄声，接着林子里又是一片寂静。

他们刚想为这一箭喝彩，彼尔博一声令人惊骇的尖叫顿时把他们头脑中想吃鹿肉的念头一扫而空。"邦布尔掉进了河里！邦布尔快淹死了！"果然如此！那头公鹿撞着他，从他头上跳过去时，他只有一只脚跨上了岸。他一个趔趄，刚好把船推离了岸边，自己往后一倒跌进了黑暗的河水，他的手又抓不住岸边滑溜溜的草根，这时小船已经慢慢荡开不见了。

他们奔到岸边，还能看见他的兜帽浮在水面，便忙抛去一根带钩的绳子。他的手总算抓住了绳子，他们把他拉上岸来。他浑身上下都已经湿透，当然，这还不是最糟糕的。他们让他在岸上躺下，他已经沉睡过去，一只手死命地抓住绳子，松都松不开，他们想尽一切办法也没能把他叫醒。

他们静静地站在他身旁，诅咒他们的噩运，诅咒邦布尔的笨手笨脚，悲叹那条失去的小船。这时他们才隐隐约约听到树林里有吹号角的声音和狗吠远去的声音。他们全都默默地坐了下来，就在这时又听到小路北边似乎有大规模狩猎的响声，只是丝毫看不见迹象。

　　他们久久地坐在那里一动也不动。邦布尔却依然在睡觉，胖脸上带着一丝微笑，似乎不再关心折磨他们的所有烦恼。突然前面小路上出现了几头白鹿，一头雌鹿和几头雪白的幼鹿，与刚才黑暗中那头公鹿一个样儿。它们在黑影中时隐时现。没等索林叫出声，三个矮神已经跳起身，把箭射了出去。没有一支箭射中目标。鹿掉过头去消失在树丛中，来去都悄无声息。矮神们在它们身后又白白射了许多箭。

　　"停下！停下！"索林叫道，但为时已晚，兴奋的矮神已经浪费了他们的最后一支箭，这下别昂给他们的弓已经没有用处了。

　　那天晚上这伙人全都闷闷不乐，而且以后的几天这种闷闷不乐依然有增无减。他们咒骂那条中魔的小河，而且令他们失望的是到了河这边，小路依然像从前一样走不到头，他们看不出森林有任何变化。如果他们对这座森林有更多了解，要是想一想为什么有狩猎的响声，为什么白鹿会出现在小路上，就会知道他们终于靠近了东边，只要他们保持勇气和希望，很快就会来到树木稀少重见阳光的地方。

　　但是他们不知道这一点。现在邦布尔成了他们沉重的负担，一路上都得抬着他，四个四个轮流干这件让人精疲力尽的差事。他们的行李还得分给别的人背。要不是行李在最后几天中变得越来越轻，他们真不知道拿它们怎么办。但是装满食物的袋子尽管沉重，谁乐意将它们换成一个酣然不醒却笑颜常开的邦布尔呢？几天以后，到了吃的喝的几乎什么也不剩的时候，他们看不到树林里适合食用的东西，只有一些伞菌和叶子苍白的草本植物，气味都很不好闻。

离开中魔法的小河四天以后他们来到一个地方，那儿长的多半是山毛榉。这一变化最初真让他们高兴了一阵，因为那里没有下层林丛，黑影也不像以前那样深浓。他们周围有一种略呈绿色的光，有些地方小路两旁还能望出去一段距离。然而光线只能使他们看清一排无穷无尽的笔直的灰色树干，就像是一座昏暗的巍巍大厅里的一根根巨大柱子。那儿有一阵空气和风的响声，只是听上去很凄厉。有些树叶哗哗地落下来，使他们想起外面秋天正要来临。他们的脚沙沙地踩在枯叶中间，森林深深的红色地毯上，无数个秋天把这些枯叶吹集在小路的两旁。

邦布尔还在昏睡，他们被弄得疲惫不堪。有时他们听到使他们不安的笑声，有时远处传来歌声。那笑声很清亮，不像是妖魔的笑声，那歌声也很美，但听上去总让人有点不安，有些怪异，觉得不舒服。最好趁现在还有力气，赶快离开这个地方吧。

两天后他们发现小路正在向下倾斜，不久他们进入了一个山谷，山谷里几乎全生长着一种特别茂盛的橡树。

"这该死的森林究竟有没有尽头？"索林说，"得有人爬上树去，把头伸出这个森林屋顶看看四周。唯一的办法就是在小路头顶上找一棵最高的树。"

当然这个人就是指彼尔博。他们选中他，因为爬上去的人得把头钻出树冠，所以他必须身体很轻，最高最细的树枝也能承受。可怜的巴京士在爬树方面没有多少经验，但是他们把他送到了一棵大橡树最低的树枝上，那些树枝就长在小路的上面，他不得不尽一切努力往上爬。他在缠结不清的细树枝里开路，那些细树枝时常弹在他的眼睛上，那些大树枝上的老树皮使他浑身染上绿色污垢，不止一次地滑了下来，千钧一发之际他总算抓住树枝。最后，在一个最难爬，几乎没有树枝可攀的地方，经过一番可怕的挣扎，他总算接近了树顶。这一段时间里他一直在纳闷树上会不会有蜘蛛，回头他还怎么下去。

最后他把头探出了顶层的树叶，这时他也确实发现了蜘蛛，可它们不是普通大小的小蜘蛛，那是专吃蝴蝶的蜘蛛。彼尔博的眼睛在阳光照射下睁都睁不开。他听到下面矮神们在朝他叫喊，可他顾不上回答，一个劲儿眨着眼睛。阳光十分灿烂，好一阵子他根本受不了。当他受得了时，只见四周是一片深绿的海洋，这里那里被微风吹得沙沙作响；而且到处是蝴蝶，成百上千。他认为那是一种"紫色玉蝶"，专喜欢在橡树林顶上翩翩起舞，可这些蝴蝶根本不是紫色的，是一种黑得像黑丝绒般的蝴蝶，翅膀上面看不见任何斑纹。

他久久地凝视着这些"黑凤蝶"，享受着微风拂在头发和脸上的快意。但最后矮神们的叫声(这时他们不光叫还在下面不耐烦地连连跺脚呢),终于使他想起了自己的正经事,这下滋味就不好受了。他极目望去,四面八方还是望不到头的树和树叶。他的心因为刚才看到太阳享受到微风的吹拂而轻松了一阵子,如今又沉到脚底心里去了:回到下面去还是没有食物!

事实上,我已经跟你们说过,他们已经到了离开森林边缘不远的地方,要是彼尔博见识广的话就会懂得尽管他爬的那棵树本身很高,却长在宽阔山谷靠近底部的地方,因此从它顶上望出去,周围这些树像长在一只大碗的边沿上,又朝上增高了不少,他休想看到森林究竟延伸多远。正因为他不懂这一点,他爬下去时灰心到了极点。他终于重新回到了地面,衣服撕破了,热汗直淌,一副可怜巴巴的样子,而且刚回到黑暗中他什么也看不见。他的报告使得其他人很快像他一样垂头丧气起来。

"森林永远永远走不到头,四面八方都无边无际!我们怎么办?派个小矮人给我们又有什么用呢?"他们吵吵嚷嚷,好像这些都是彼尔博的过错。他们听也不要听什么蝴蝶,他告诉他们微风多么凉爽只能使他们更生气,因为他们身体那么重,要他们爬上去享受也太难了。

那天晚上他们吃下了最后一点食物的残屑。第二天早上醒来头一件事就是注意到他们还是揪心地饿,第二件事情就是天在下雨,这儿那儿滴下来的雨水啪嗒啪嗒地落在林中的地上。这只能使他们想起他们已经口干舌燥，而且根本没有办法缓解。总不能站在一棵大橡树下，等一滴水碰巧滴在你嘴里，来缓解可怕的干渴吧？只有邦布尔出乎意料给了他们一点小小的安慰。

他突然醒来，坐在那里搔头。他根本弄不清自己究竟在哪儿，也弄不清为什么觉得这样饿，因为他忘了这一切，忘了很久以前那个五月的早晨他们出发旅行以来的一切事情。他记得的最后那件事情是在小矮人家里聚会，他们费了九牛二虎之力使他相信他们很久以来所进行的种种冒险。

当他听到没有东西吃的消息，他坐下来哭了，因为他觉得身体很弱，腿也在发抖。"我干吗还要醒呢？"他哭道，"我做了最好的梦。我做梦走进一座森林，跟这座有点像，只是树上点着火把，树枝上挂着灯笼，地上燃烧着篝火；那里在举行一个盛大宴会，一个永远不散的宴会。森林之王头戴树叶编成的王冠，四周还有快活的歌声，吃喝的东西我数也数不过来，描写也描写不上来。"

"你别再多想了，"索林说，"你要是真的说不出别的事情，你最好还是别开口。说真的，我们为了你操够了心。要是你还不醒来，我们会把你留在森林里让你做这些白痴的梦的，即使你饿了几个星期的肚子，可抬着你仍旧不是闹着玩儿的。"

有什么办法呢，他们只有束紧裤带，背上袋子和包裹，蹒跚地沿着小路走下去，在他们躺下饿死以前，只怕是没多大希望走到森林的尽头了。他们整天这样走下去，走得很慢很慢，走得精疲力尽，邦布尔还老是在哀诉他的两条腿拖不动了，他想躺下来睡觉。

"不能睡！"他们说，"让你的两条腿也派派用场吧！我们抬你也抬够了。"

谁知他竟然拒绝再往前迈步，扑倒在地上。"你们要走就走下去吧，"他说，"我只求躺在这里睡觉，做吃东西的梦，清醒时我是休想吃到东西了。再也别醒过来才好呢。"

正在这时稍稍走在前头一点的巴林大声叫道："那是什么？我看那是森林里的一道火光。"大家都朝前望，只见前面黑暗中有一个红色的闪光，接着在它的旁边又跳出一个又一个闪光。这时甚至邦布尔也站起身来，他们都急忙朝前奔去，也不管是巨人还是妖魔。火光在他们前方小路的左边，走到跟光平行的地方，他们才看清楚那是树下点燃的火把和篝火，不过需要离开小路而且还有相当远的距离。

"看来我的梦变成了现实。"邦布尔呼哧呼哧跟在后头说。他想一头冲进树林到火光那里去，但是别的人清清楚楚记得巫师和别昂的警告。

"要是我们不能活着走出去，就是在宴席上吃喝一顿也没有用。"索林说。

"可没有宴席我们眼看就再也活不下去了。"邦布尔说，彼尔博打心眼里同意他的看法，他们反反复复争论了好长时间，最后同意派一两个探子爬到火光那里去探明真相。但是他们又在派谁去的问题上发生了分歧：谁也不急于在有可能迷路，再也找不到朋友的情况下去碰碰运气。末了，饥饿使他们把警告置之度外，何况邦布尔一再提到他的梦和森林之王的宴席，绘声绘色地说种种好吃的东西，所以他们全都离开了小路，闯入了森林。

他们匍匐前进了好一阵，从树干之间张望，只见一块经过砍伐清理出来的空地，地面十分平整。那儿有许多人，模样像是小精灵，全都穿着绿色棕色相间的衣服，坐在树墩上围成一个大圆圈，中间生着一堆火，周围树上也缚着火把，尤其让人眼红的是，他们全在吃啊喝呀，快活地说笑。

烤肉的香味魔力那么大，他们来不及商量一下，便不约而同站起身来跌跌撞撞闯进了那个圆圈，都只有一个念头，去讨些东西吃。不料第一个刚踏进空地，所有的火光便像有魔法似的一下子全都熄灭了。有人踢到了篝火，闪闪烁烁的火星顿时四溅开来，接着就不见了。他们迷失在没有一丝光亮的黑暗之中，甚至谁也看不见谁，至少一时半会儿是这样。他们在一片漆黑中疯狂地瞎闯，有的绊倒在市头上，有的撞在树上，有的叫有的喊，森林方圆几英里所有的东西准都被他们吵醒了。最后他们总算设法聚在了一起，摸摸索索点了人数。当然这时他们忘了小路在哪个方向，全都迷糊了，而且毫无希望，至少天亮以前只能如此。

别无他法，只能安顿下来就地过夜。他们甚至不敢在地上摸索一些吃的东西，生怕又会分开。但是他们没躺多久，彼尔博刚刚昏昏欲睡，放哨的多里便开了腔，他自以为压低了嗓子实际上声音还挺大："火光又重新在那儿出现了，比刚才还多！"

他们全都跳起来。果不其然，那儿不远的地方有二三十个闪烁的火光，嘈杂声和笑声听得相当清楚。他们排成单行朝那儿慢慢爬去，后面的人能摸到前一个人的后背。当他们靠近那儿时，索林说："这回不急着冲上去！我不说话谁也别从隐蔽的地方出去。我派巴京士先生先单独跟他们谈谈。他不会吓着他们的（彼尔博心里想：'那他们吓着我怎么办？'），不管怎么样，但愿他们不对他做什么坏事。"

到了传来亮光的圈子外边，他们突然把彼尔博推到了前面。他还没来得及套上戒指就跌跌撞撞闯进了那片耀眼的火光之中。可是没有用，火光全都熄灭了，四周顿时又漆黑一片。

上次把大家集合在一起费了九牛二虎之力，这回更是糟透了。他们找不到小矮人了，每次他们计算人数只有十三个。他们叫啊喊啊："彼尔博·巴京士！小矮人！你这该死的小矮人！嗨！小矮人，你这混账的东西，你在哪儿？"他们骂了一大堆这类话，可是没有回答。

他们刚失去希望想就此作罢，不料多里纯属侥幸，在他身上绊了一下。黑暗之中，多里还以为绊在一根术头上呢，他细一看才知道原来小矮人蜷缩成一团睡得死死的。费了好大劲把他摇醒，他还老大不高兴呢。

"我做了一个可爱的梦，"他嘟嘟囔囔说，"梦见的尽是丰盛的午餐。"

"天哪！他跟邦布尔一个样了，"他们说，"别跟我们说什么梦不梦。梦里的午餐都是画饼充饥，我们全都没法吃到。"

"在这个该死的地方，我多想吃到这些好东西呀。"他嘟嘟囔囔着在矮神们身旁躺了下来，想继续睡觉，寻他的梦。

森林中的火光还不止这些。夜更深了，轮到放哨的基里又跑来把他们全都叫醒说："离这儿不远经常冒出一片辉煌的火光，成百上千个火把和篝火会突然像魔术般点燃起来。你们听，还有歌声和琴声呢！"

他们躺着听了一会儿，又情不自禁想靠近去试试运气，看看能不能求得一些帮助。他们又站起身来，这次尝试的结果却是一场大灾难。他们看到的宴会规模比上两次更盛大更豪华，一长排宾客，首席上坐着森林之王，金发上戴着树叶编成的王冠，跟邦布尔梦见的十分相像。那些小精灵般的人在火上把碗递来递去，有些人在弹琴，更多的人在唱歌。他们微微闪光的头发跟花朵融成一片；领子上和皮带上都有绿色白色的宝石在闪烁；他们的脸上和他们的歌声中都洋溢着一片欢乐。歌声嘹亮清朗又悠扬，索林一个大步踏到他们中间。

歌声戛然而止，所有的火光顿时熄灭，接着是一片死一般的寂静。篝火朝上一蹿，化作了股股黑烟。灰烬飞入了矮神们的眼睛里，林子里又是一片他们惊慌的叫声。

彼尔博发现自己在奔跑，绕了一圈又一圈（他自己这么以为）喊了一声又一声："多里，诺里，奥里，奥英，葛劳英，费里，基里，邦布尔，彼弗，博弗，特伐林，巴林，索林·奥根希尔得。"而他看不见碰不到的其他人也跟他一样在转圈奔跑（有时会叫一声"彼尔博"）。但其他人的叫声变得越来越弱，越来越远，过了一会儿他觉得他们的叫喊声似乎变成了从很远很远的地方传来的呼救声，最后所有的响声都消失了，他被孤零零地撇在一片黑暗和寂静中。

这是他最最难受的时刻。不过他很快打定主意，不到白天林中有微弱光线的时候，不再盲目行动，不再到处瞎闯，他没有希望吃到早饭恢复体力，决不能再胡乱浪费精力。所以他背靠一棵树坐了下来，再一次怀念起遥远的小矮人洞穴跟精美的食品室来。正在他沉思火腿蛋和面包黄油时，他觉得有样东西碰在他身上。他的左手像是靠在一根黏黏糊糊很结实的线上，他动弹一下身子，发现两条腿也给裹住了，刚想站起身又跌在地上。

这时趁他瞌睡一直在他身上忙忙碌碌缠丝的大蜘蛛从后面扑了过来。他只看见那东西的眼睛，还能感觉它那毛茸茸的腿在奋力把讨厌的线一圈又一圈绕在他身上。幸亏他及时清醒过来，不然的话他很快就会动也不能动了。正因为如此，他拼命挣扎，终于挣脱出来。他用双手把那东西打走，那东西想用毒刺刺他，让他安静下来，就像小蜘蛛对付苍蝇一样。后来他记起了剑，并拔了出来。这时蜘蛛才朝后一跳，他趁机割断了缚住双腿的线。接下来就轮到他进攻了。蜘蛛显然不习惯这种两边都异常锋利的家伙，彼尔博向它冲过去，还没等它消失就把剑一下刺进它的眼睛。他又给了它一下，终于把它杀死，接着他自己也倒在地上，好一阵子什么也记不得了。

当他恢复知觉的时候，周围又有了灰蒙蒙模糊不清的亮光，森林里的白天通常就是这样。死蜘蛛躺在他身旁，剑刃上染上了黑污。杀死这样一只大蜘蛛，而且是他一个人在黑暗中杀死的，没有巫师和任何矮神的帮助，不知怎么的这使巴京士先生一下子完全变了个人。他也感到了自己身上的变化，他在草上擦干血迹，重新把剑插回剑鞘，尽管腹中空空，却显得非常凶猛英武。

"我要给你起个名字，"他对自己的剑说，"叫你刺魔剑吧。"

说完他就出发去探险了。森林里静得可怕，显然，他得先去寻找朋友。看来他们不会离得太远，除非他们做了小精灵或其他恶魔的俘虏。彼尔博觉得高声喊叫不太安全，他在那儿站了好一阵子，不知道小路在哪个方向，也不知道寻找矮神们该朝哪个方向走。

"唉，为什么我们不记住别昂和冈达尔夫的劝告！"他悲叹道，"我们现在陷入了什么样的困境！我们！要真是'我们'就好了！

孤零零一个人实在有些可怕。"

　　随后他拼命猜测昨天晚上的呼救声从何方传来，而且算他运气好（他生来就跟好运有缘），他的猜测多多少少是正确的，这点你瞧着吧。下定决心，他就身手敏捷地一路爬去。我前面告诉过你们，小矮人行动起来很机灵而且悄没声息，特别是在树林里。彼尔博在出发以前还套上了戒指。因此那些蜘蛛既没有看见他也没有听见他发出任何声音。

　　他偷偷前进一段距离，注意到前面有个地方黑影特别浓重，甚至比森林更黑，好像午夜一小块永远去不掉的黑斑。他靠近一些，只见它是由前前后后上上下下缠在一起的蜘蛛网做成。他也突然看到了几只很可怕的大蜘蛛蹲在他上面的树枝上，不管有没有戴上戒指，他还是怕得浑身哆嗦，生怕它们会发现他。他站在一棵树背后，打量了一会儿这群蜘蛛，听到那些让人憎恶的家伙正在谈话。它们的声音非常小，吱吱作响，不过它们说的话许多他都能分辨出来。他们正在谈论矮神的事！

　　"这真是场激烈的战斗，不过很值得，"一只蜘蛛说，"他们的皮厚得要命，真讨厌，可我敢打赌，里边的肉汁味道一定不错。"

　　"是啊，将他们吊一会儿就可以好好吃一顿了。"另一只蜘蛛说。

　　"别把他们吊得太久，"第三只蜘蛛说，"他们应该还要胖一些的。我看最近他们没怎么吃东西。"

"杀死他们，"第四只蜘蛛咝咝地说，"我说现在就杀死他们，死了再吊一会儿。"

"我保证他们现在已经死了。"第一只蜘蛛说。

"他们没有死。我刚才还看见其中一个正在挣扎来着。我看他是美美睡了一觉刚刚醒过来。我让你们去看看。"

一只肥肥的蜘蛛说着沿着一根丝跑去，在那高枝上一溜儿挂着十二个丝袋。彼尔博大吃一惊，这时他才注意到那些在黑影中荡来荡去的丝袋，有的里边戳出一只矮神的脚来，有的戳出一只鼻尖、一点胡子或一角兜帽来。那只蜘蛛向鼓得最大的丝袋爬去。"那是可怜的老邦布尔，我敢打赌。"彼尔博想。戳出来的鼻子被丝线紧紧绷住。里边有瓮声瓮气的叫喊，一只脚趾头伸出来连续地猛踢那只蜘蛛。接着只听到一个像是踢在漏气的足球上的响声，被激怒的蜘蛛从树枝上掉下来，靠自己吐出的丝才及时吊在了空中。

别的蜘蛛都哈哈大笑起来，"你说得对，"它们说，"那家伙还活着，踢得好凶！"

"让我来结果他的性命。"那只发怒的蜘蛛又爬回树枝上去。

彼尔博觉得已经到了他非采取行动不可的紧要关头。他无法靠近那些毒蜘蛛，也没有弓箭可以射它们，他东张西望，只见有许多石头躺在看上去已经干涸的河道里。彼尔博是个扔石子的好手，转眼工夫他已经找到了一颗蛋形的石子，非常光滑也非常称

小矮人闯龙穴

手。很小的时候他就常做用石子打东西的练习，后来又用石子打兔子、松鼠甚至小鸟。往往一猫腰，就有一颗石子快如闪电地打出去。就是成人以后他也常花许多时间做掷圈、投镖、射靶、掷市球和九柱戏等瞄准目标投掷的游戏。事实上他除了吐烟圈、猜谜出谜、烹调以外还会做许多事，只是我没来得及告诉你，现在也没时间多说。只说他正在捡石子的时候，蜘蛛已爬到了邦布尔身边，眼看他就要活不成了。就在这千钧一发之际，彼尔博一扬手，石子打在了蜘蛛头上，蜘蛛跌下树来落地有声，失去了知觉，所有的腿全都蜷缩起来。

第二颗石子呼的一声穿过一个大蜘蛛网，扯断了它的丝线，打飞了蹲在网中央的蜘蛛，它重重挨了一下也死了。接下来蜘蛛的领地里一片混乱，我可以告诉你，这会儿它们根本顾不上对付矮神们。它们看不见彼尔博，却能准确估计石子飞来的方向。它们快如闪电，张牙舞爪一齐向小矮人扑来。它们向四面八方抛出长长的蛛丝，空中尽是飘飘荡荡的罗网。

可是彼尔博早就溜到别处去了。他突然想到一个主意，要把这些狂怒的蜘蛛从矮神们身边远远地引开，要使这些蜘蛛又激动又生气，非跟他斗到底不可。等大约有五十只蜘蛛扑到他原来站立的地方，他又向那五十只蜘蛛和停在后面的蜘蛛扔去许多石子。然后他在树林里跳起舞唱起歌，想用这种方法激怒它们，让它们追赶上来，同时也好让矮神们听到他的声音。

这就是他唱的歌：

老肥蜘蛛在一棵树上织网，

老肥蜘蛛看不见我，

呆子！呆子！

你还是停下来，

别再织网，别再找我！

老傻蛋，身子又大又笨，

老傻蛋不知我在哪里！

呆子！呆子！

收起你那套把戏！

休想把我再抓上树去！

歌词不怎么样，但你必须记住那是他在紧急关头下不假思索自己编出来的。不管怎么说，达到了他的目的。他一边唱一边扔石子，还重重地跺了跺脚。几乎所有的蜘蛛全来追赶，有的掉在地上，有的在树枝上爬得飞快，有的从这棵树荡到那棵树上，在黑暗的空中抛掷新丝。它们确定响声的方向非常迅速，出乎他的意料。它们的怒气大得吓人，没有一只蜘蛛愿意别人叫它呆子和傻蛋，当然谁也受不了这种侮辱。

彼尔博又匆匆转移到新的地方去，但有些蜘蛛在它们生活的空地上朝不同地方奔去，正忙着在树十之间所有空隙间织起网来。很快小矮人的四周筑起了厚厚的丝墙，眼看他就要束手就擒了——至少那些蜘蛛是这样想的，这时站在这些吐丝毒虫围猎中心的彼尔博又鼓起勇气唱起了新歌：

> 懒惰的笨蛋，疯狂的傻瓜，
>
> 想要织网缚住我的身子，
>
> 我的肉比谁都香甜，
>
> 可它们就是没法把我发现！
>
> 我在这儿，我是淘气的小苍蝇，
>
> 谁让你又肥又懒。
>
> 你想抓也抓不住我，
>
> 乱七八糟的网要来何用！

唱完他转过身去，发现两棵大树之间最后的空隙也被蜘蛛网封住了，不过幸亏那网织得马马虎虎，只是蜘蛛的几大股双丝匆匆忙忙在树干之间前前后后绕绕了几下。他拔出小剑，把蛛丝砍断，唱着歌走开了。

那些蜘蛛看见了剑，不过我想它们并不知道那是什么东西，因此立刻有一大堆蜘蛛在小矮人后面匆匆赶来，有的在地上爬，有的在树枝上爬。毛茸茸的腿在挥舞，喷丝的嘴啪啪作响，眼睛鼓出，愤怒得直吐泡沫。它们跟着他进了森林，彼尔博尽量跑得远些，但也不敢太远。然后他又偷偷地往回跑，声音比老鼠还轻。

他明白自己只有一点点宝贵的时间，蜘蛛追腻了，就会爬到那几棵吊着矮神的树上来。在这个间隙里他得把他们救下来。最难办的是爬上那些吊着丝袋的长树枝，要不是有只蜘蛛碰巧留下一根丝从上面挂下来，我真不知道他该如何应付。尽管那丝时常黏住他的手，使他很不好受，但靠了它的帮忙他还是爬了上去。只是碰到了一只凶恶的蜘蛛，那蜘蛛身休肥肥的，已经很老了，行动很迟缓，它是留下来守卫俘虏的，可它老在他们身上东刺刺西刺刺，想知道哪一个的肉汁最好吃。它想趁别的蜘蛛不在先大吃一顿，但是巴京士先生手快脚快，那只蜘蛛还没明白过来出了什么事，就挨了刺魔剑一下，滚下树枝死了。

第二步彼尔博要松下一个矮神来。他该怎么干才好呢？割断吊起的蛛丝，倒霉的矮神会从高处重重地栽到地下去。他在树枝上蠕动总算爬到了第一只丝袋那里，那些可怜的矮神像成熟的果子挂在枝头上晃得很厉害。

"不是费里就是基里，"他看见顶上戳出来的一角蓝色兜帽，心里这么想，"不过更像是基里。"这时他又看见一个长鼻子尖戳出在蛛丝外面。他探出身子，设法割断了绕在矮神身上的大部分蛛丝，那些蛛丝特别黏特别结实。自然难免经过一阵蹬踢一阵挣扎，基里才露出了大半身子。基里的胳肢窝底卜还黏着蛛丝，僵硬的四肢扯动起来，就像牵绳市偶在跳舞，样子非常滑稽，只怕彼尔博那时看在眼里心里一定在暗暗好笑。

这么一来，基里爬上了树枝，由于蜘蛛毒液的作用，又在树上吊了大半夜，老是转来转去，只有鼻子伸出丝袋呼吸些空气，

第八章

181

他感到头晕和恶心，尽管如此，他还竭尽全力帮小矮人的忙。他费了好大工夫才去掉黏在他眼睛和眉毛上的蛛丝，那些该死的东西黏在胡子上简直没法去掉，他不得不把大部分胡子割掉。他们一边一个把一个又一个矮神拉上来，砍断蛛丝，让他们自由。他们谁都不比基里强，有几个情况更糟，不是差点闷死（你瞧有时长鼻子也有长鼻子的好处），便是中毒更深。

就这样他们救了费里、彼弗、多里和诺里。可怜的老邦布尔身体最胖，由于蜘蛛经常翻弄，他被丝袋挤压得最厉害，已经精疲力尽，所以他从树枝上滚了下去，摔在地上，幸亏地上有厚厚一层落叶，他就躺在了那里。树梢上还吊着五个矮神，可那时蜘蛛已经开始回来了，它们的火气比刚才更大了。

彼尔博马上爬到树枝靠近树干的地方，打退爬上来的蜘蛛。他救基里的时候摘下了戒指忘了重新戴上，因此蜘蛛都唾沫飞溅嘶嘶作响地说道："我们看到了你，你这讨厌的家伙！我们要吃掉你，将你的皮和骨头挂在树上。哼！他有一根刺是不是？反正都一样，我们总会捉住他，那时我们让他头朝下吊他一两天。"

这边在打，那边几个矮神正在救其余的俘虏，用他们的刀割断蛛丝。很快所有的矮神都自由了，不过这以后究竟如何就不清楚了。头天晚上那些蜘蛛轻而易举地抓住了他们，不过那是矮神们在黑暗中稀里糊涂才给抓住的。看来今天要进行一场可怕的战斗了。

彼尔博突然注意到地下有些蜘蛛聚集在老邦布尔的周围，又把他缚了起来，准备拖走。他大叫一声，猛砍面前的蜘蛛，它们连忙闪在一边，他攀着树枝落下树去，正好掉在地上那些蜘蛛中间，他的那把剑对它们来说简直成了无数利刺，东一戳西一刺，刺进它们身体时它还闪闪发光，仿佛分外痛快。转眼间五六个蜘蛛倒在地上，其余的四散奔逃，把邦布尔留给了彼尔博。

"下来！下来！"他对树枝上的那些矮神大声喊叫，"别待在上面又给网住了！"因为他看到附近的几棵树上都挤满了蜘蛛，正沿着一根根树枝爬到矮神们的头上。

矮神们全都攀着树枝跳了下来，十一个人跌成了一堆，他们多半都摇摇晃晃，两条腿不听使唤，不过他们十二个人终于全都聚在了一起，其中可怜的老邦布尔也由他的表兄弟彼弗和他的兄弟博弗扶了起来。彼尔博还在上蹿下跳挥舞刺魔剑，成百上千个愤怒的蜘蛛瞪着他们，不仅四边围着，连头上也密密麻麻。看上去真是凶多吉少。

于是战斗开始了。矮神们有的用刀有的用棍，而且他们都会掷石子，彼尔博有他那把小精灵的匕首。蜘蛛一次又一次被打跑，死了许多。但是战斗不可能坚持很久。彼尔博差不多已经累垮了，只有四个矮神站得稳，很快他们会像疲乏的苍蝇一样被蜘蛛制服。它们已经在四周的树市之间织起网来。

最后彼尔博想不出什么办法，只能让矮神们知道魔戒的秘密。

"我要消失了，"他说，"要是能办到，我把蜘蛛引开，你们要待在一起，向相反方向逃。朝左走，那儿好歹是我们最后看到小精灵篝火的地方。"

矮神们脑袋晕乎乎的，再加上忙着叫喊、挥舞棍子和掷石子，要他们懂得他的意思非常困难。最后彼尔博觉得一刻也不能耽误了，蜘蛛正在缩小它们的包围圈。他戴上他的戒指，矮神们大吃一惊，不明白怎么他一下子没了踪影。

很快右边的树林丛里传来了"笨蛋"和"呆子"的喊叫声，这也使蜘蛛感到十分意外。它们停止了进攻，朝发出声音的方向走去。骂它们"笨蛋"使它们气得发疯，失去了清醒的头脑。这时领会彼尔博意图的巴林带头发起了进攻，矮神们集合在一起，丢出雨点般的石子，打击左边的蜘蛛，突破了包围圈，这时他们后面的喊叫声和唱歌声突然停了下来。

矮神们都希望彼尔博不要出事。他们继续突围，动作却不够敏捷。蜘蛛的毒性还没有过去，他们都累垮了，饿晕了，摇摇晃晃蹒蹒跚跚，不管后面有多少蜘蛛在紧紧追赶，他们也只能如此了。每隔一会儿他们不得不回过身来跟赶上来的蜘蛛搏斗，而且树上已经有些蜘蛛在他们头上抛下黏黏的长丝来。

情况看来又变得非常糟糕，这时彼尔博忽然又出现了，从出人意料的方向冲入惊慌失措的蜘蛛群。

"走啊！走啊！"他喊道，"我来对付它们！"

他果然挡住了蜘蛛，忽前忽后左冲右突，砍它们的丝，劈它们的腿，要是它们敢靠近，就刺它们肥肥的身子。蜘蛛愤怒到了极点，气急败坏，乱吐白沫，发出咒骂声。但是它们对刺魔剑怕得要死，不敢靠得太近，有的已经在往后退。因此尽管它们恨得咬牙切齿，它们的猎物还是在慢慢移动，安然地离去。最后，彼尔博刚以为自己的手再也无法动弹的时候，蜘蛛们突然放弃了进攻，不再追赶他们，灰溜溜地回它们黑暗的领地了。

矮神们这才发现他们已经到了一片小精灵生过篝火的空地上。是不是他们头天晚上到的地方可说不准。可这种地方好像还遗留着一些魔法，所以蜘蛛很不喜欢。不管怎么说那儿弥漫着绿光，树枝也不太密，看上去不太阴森可怖，他们有了一个休息一下喘口气的机会。

他们在那儿躺了一会儿，呼哧呼哧喘着大气。不过很快他们就七嘴八舌提出种种问题来了。他们一定要彼尔博仔细解释他为什么突然不见了，一听说捡到一枚魔戒，他们更是兴趣盎然，暂时忘了自己的一切烦恼，巴林特别支持他讲讲戈勒姆的故事，讲讲猜谜比赛，让他从头至尾重新讲一遍，以便弄清戒指的来龙去脉。但是没过多久，光线暗了下去，许多别的问题也提了出来。他们在哪儿，那条小路在哪儿，他们去哪儿找食物，接下来该怎么办。这些问题他们问了又问，似乎都在等待小彼尔博来回答。从中你们也可以看出，他们已经大大改变了对巴京士先生的看法，开始对他怀着一种极大的尊敬，正像冈达尔夫预言过的那样。事实上他们真的希望他想出一些奇妙的办法来帮助他们，不仅仅是嘟嘟囔囔自言自语。他们都很清楚，要没有小矮人的话，他们很快都会死的，因此他们几次三番对他表示感谢。有的甚至站起身来，在他面前一躬到底，尽管他们往往因此跌倒在地，好一阵子也爬不起来。他们知道了彼尔博消失不见的真相并没有减少对他尊敬，因为他们看出他有一些机智，也有运气和一枚魔戒——这三样东西都是非常有用的财富。他们对他赞不绝口，使彼尔博开始觉得自己真的名副其实成了一个勇敢的冒险者。说真的，要是有些东西可吃的话，他一定会更加勇气百倍的。

可是那儿没有吃的东西，一点也没有，而且他们没有一个有力气去寻找吃的或那条迷失的小路。那条小路找不到了！彼尔博疲倦的脑子里只有这个念头。他只能坐起来凝视着前面茫茫无边的树木，过了一会儿他们全都默默无语地躺了下来。只有巴林例外。别人早就停止谈话闭上了眼睛，他还在一边自言自语，一边吃吃地发笑。

"戈勒姆！老天保佑！就这样他蹑手蹑脚从我身边走了过去，是不是？现在我明白了！你是悄悄爬过去的吗，巴京士先生？纽扣全飞在了洞口的石级上！好一个老彼尔博，彼尔博，博——博——博——"接着他睡着了，好一阵子那儿一片寂静。

冷不丁特伐林睁开一只眼睛，瞧了瞧周围的人，问道："索林在哪儿?"

这一声真是晴天霹雳。果不其然,他们只有十三个人,十二个矮神和一个小矮人。索林到哪儿去了?他们不知道又有什么噩运降临到他们头上,是魔法还是什么妖魔鬼怪,想到他们迷了路躺在茫茫的森林中,他们一个个浑身战栗。接着夜越来越深,黑暗越来越浓重,他们疲乏到了极点,也无法安排轮流守夜,一个个倒下睡着了,但是都睡得很不安隐,可怕的噩梦一个连着一个。我们只得撇下他们暂且不提。

索林比他们更糟,他也给抓住了,而且根本没有逃脱的希望。你们记得吗,彼尔博踏进火光的圈子,便倒下睡得像死猪一样?第二个踏进去的便是索林,那时所有的火光一下子熄灭了,他也倒在地上像一块中了魔法的石头。矮神们在黑暗中迷失,被蜘蛛抓住捆起来,他们连连叫喊的声音以及第二天战斗的喧闹声,他都没有听见。后来树精来了,绑住他把他带走了。

举行宴会的当然就是这些树精。他们并不凶恶,只是他们有个毛病,就是不信任陌生人。尽管他们的魔法十分厉害,他们仍然十分小心谨慎。他们不同于西方的小精灵,要危险得多,也不太聪明。因为他们大部分,包括他们零星散布在高山丘陵里的亲戚,祖先都来自西方仙乡的古老部落。他们中有到西方仙乡住过几个世纪的浅精灵、深精灵和海精灵,有些回到大千世界以前,就变得更漂亮更聪明也更有知识了。在大千世界中树精总是闲荡在曙光暮色或月色下，不过他们最喜欢的是星光，他们往往逗留在树木参天的大森林的边上，他们有时从那儿溜出来打猎、骑马，借着月色星光在开阔的土地上奔跑。自从人来了以后，他们越来越眷恋薄暮和幽暗。不过树精们总还是小精灵的一部分，小精灵是善良的。

黑森林东部边缘几英里之内，有一个大山洞。这里住着他们最大的大国王。巨大的石门前有一条河，从森林的高处流下来，流过生长高大树木的山脚下，穿行在一块块沼泽中。从这个大山洞可以通到无数个小山洞里，到处都有出口，在地下蜿蜒曲折伸向远处，也有许多坑道和宽敞的山洞，只是比妖魔居住的地方要明亮，也干爽通风得多，既不太深也不太危险。事实上他的大部分臣民都在开阔的树林里生活和狩猎，他们的房子或棚舍不是建在地上便是筑在树上。山毛榉是他们最喜爱的树木。国王的山洞也就是他的宫殿，是他藏宝的地方和手下人抗击敌人的堡垒。

同时那儿也是关押俘虏的地牢。因为索林被拖进了山洞，而且并不怎么客气，因为他们不喜欢矮神，以为他是敌人。昔日他们曾与某些矮神进行过战争，指责矮神偷了他们的宝藏。公平地说，矮神有他们的理由，他们说他们只是拿了应得的一份，因为树精王跟他们做过交易，让他们制作金器银器，后来却拒绝付报酬。要说树精王有什么弱点的话，那就是喜欢珍宝，尤其是喜欢银器和白宝石。尽管他的宝藏非常丰富，他却很贪心。因为他的宝藏还没有昔日里其他小精灵君主那样庞大。他的手下既不开矿，也不加工金属或宝石，既不关心贸易，也不耕种。所有这些矮神都知道得一清二楚，但是索林家族跟我刚才说过的旧日争端并无牵连。所以索林在树精们替他解除符咒的魔力让他恢复知觉以后，对自己遭受这种待遇非常生气，他打定主意他们休想从他口中盘问出关于金银珠宝的只言片语。

索林被带到国王面前，国王严厉地看着他，问了他许多问题。但是索林只回答他肚子饿得厉害。

"为什么你的人三次袭击我的人，想闯进他们的欢宴?"国王问。

"我们并没有袭击他们，"索林回答道，"我们只是来讨吃的，我们饿得不行。"

"现在你的朋友在哪儿? 他们在干什么?"

"不知道，我看还在森林里挨饿。"

"你们在森林里干吗?"

"找吃的喝的，我们正在挨饿。"

"你们到树林里来的目的是什么?"国王生气地问。这个问题索林闭口不语，一个字也不说。

"很好!"国王说，"带他走，好好看住他，等他愿意讲真话时再说，等他一百年也行。"

于是树精们用皮带把他捆住，把他关在最里边的一个山洞里，那儿有结实的市门。他们给他吃的喝的，尽管东西不怎么样，数量却非常多，因为树精不是妖魔，他们通情达理，就是最凶恶的敌人，一旦做了他们的俘虏，他们也决不虐待。有生命的东西中他们只对大蜘蛛毫不怜惜。

可怜的索林躺在国王的地牢里，他对树精们给他吃的喝的心里还是很感激的，可吃了喝了他就开始为自己不幸的朋友们担起心来，不知道他们究竟怎么样了。不过这一点他不久之后就会知道，下一章里就要提到，那是另一次历险的开始，从中小矮人再一次显示他是一个有用的人。

第九章

出关的木桶

跟蜘蛛鏖战以后的第二天，彼尔博和矮神们虽然声处绝境，但还是作了最后一次努力，想在饿死渴死以前寻找一条出路。他们站起身来朝一个方向摇摇晃晃地走去，十三个人中有八个以为小路就在那个地方。跟往常一样，树林里很快就暗淡下去，又一次被夜晚的黑暗所笼罩，突然他们周围蹦出许多火把的亮光来，像是几百颗红星。树精们带着弓箭和长矛，喝令矮神们停下。

你们别以为会有什么战斗。即使矮神们的情况不那么糟糕，实际上他们也乐于就此被俘，他们唯一的武器只是一些小刀，跟树精们的弓箭根本无法抗衡，树精在黑暗中甚至能射中一只小鸟的眼睛。所以他们干脆一动不动坐在地上等着，只有彼尔博套上戒指，飞快地溜在了一旁。正因如此，树精们把矮神们缚起来，又一个个串成一行，数了数人头，没有发现小矮人，也没有把他计算在内。

他们带着俘虏走在森林里，既没听见也没察觉小矮人小步跑着，就跟在火把亮光的后面。矮神们被蒙上了眼睛，但蒙与不蒙没有多大区别，甚至眼睛很尖的彼尔博也不知道他们正在走向何处，更不知道他们刚才是从哪儿走过来的。彼尔博能做到的唯有紧紧跟住火把，因为树精们不管矮神们已经精疲力尽还是拼命地赶着他们快跑。国王下过令要他们行动迅速。突然火把停住了，小矮人好不容易在他们过桥的时候赶了上来。一座横跨河上的桥通向国王的大门，桥下黑黝黝的流水汹涌湍急，桥的那头便是一个巨大洞口的大门，洞口开在一个陡坡的边上，陡坡上长满了树木，高大的山毛榉一直长到岸边，有的树根还长在水里。

树精们推他们的俘虏过桥，彼尔博在后面犹豫。他一点也不喜欢那个洞口的模样。但他不能丢弃他的朋友们，总算在国王的大门轰隆一声关上以前，赶在最后一个树精前面跟了上去。

坑道里边都点着红彤彤的火把，树精卫士沿着这些弯弯曲曲纵横交错的道路行进，他们的歌声引起了隆隆的回响。那里不像妖魔的坑道，规模小一些，在地下埋得也不深，里面充满了清新的空气。在一个有柱子的大厅上，树精王坐在一把木雕的椅子里，那个大厅整个儿是一块天然巨石开凿出来的。树精王头上戴着浆果和红叶编成的王冠，因为那时正好秋季再次来临。春季里他的王冠由森林里的百花编成。他的手里拿着一个橡树市雕成的拐杖。

俘虏被带到了他面前，尽管他的目光阴沉，他还是吩咐手下人给矮神们松绑，因为他们一个个衣衫褴褛，疲惫不堪。"再说在这儿也不需要绳子，"他说，"一旦他们被带进了我的魔门就休想再逃出去。"

他费了好多时间审问矮神，问他们从哪儿来，问他们到哪儿去，可从他们嘴里得到的东西并不比索林说的更多。他们十分阴郁，满肚子火气，甚至不想装出一副礼貌的样子。

"啊呀，国王，我们究竟干了什么？"巴林说，矮神里除了索林要数他年纪最大，"难道在森林里迷路，又饥又渴，被蜘蛛捉住也算罪过？难道蜘蛛是你们驯养的畜生，还是你们宠爱的畜生，杀了它们会使你们生气？"

这样的提问使国王的怒气火上加油，他回答道："不经许可在我的王国里游荡就是犯罪。你们难道忘了你们是在我的王国里，你们走的路还是我的人开的呢，你们难道没有在森林里追逐和骚扰我的人吗？难道不是你们吵吵嚷嚷的才引来了蜘蛛吗？闹乱子的毕竟是你们，我总还有权问问是什么使你们到这儿来的吧？你们现在不肯告诉我，我就把你们关起来，让你们变聪明一点，别在我面前神气活现的！"

于是他下令把矮神们分别关在单人牢房里，给他们吃的喝的，却不许迈出牢房门一步，直到他们中至少有个人愿意告诉他想知道的情况为止。他也没跟他们说索林也做了俘虏，那是后来彼尔博自己发现的。

可怜的巴京士先生孤零零一个人在这个地方好难捱，他躲躲藏藏，不敢脱下戒指，不敢睡觉，甚至找到最暗的角落躲藏起来也不敢合眼。为了找些事做做，他在树精的宫里四处游荡。只要行动够敏捷，他有时也能闯出由魔法关闭的大门去。成群结队的树精在国王的率领下，时常骑马出去打猎，要不就是有事到树林里或到东边的土地上去。那时彼尔博总是十分机灵，紧跟在后面溜出去，当然这样做是十分危险的，有好几次他差点让门夹住。那门等最后一个树精通过总要轰隆一声关上的。但是他不敢走在他们中间，唯恐他的影子让他们看见（尽管在火把的亮光中他的影子很淡而且恍惚不定），唯恐会撞在他们身上而被发现。而且就他抓住偶然的机会出去了，但对他也没有什么好处。他不想丢弃矮神们，没有他们，他也确实不知道该往哪里去。树精打猎的队伍他没法一直跟随，因此也从来没有发现过出森林的路，他总是被抛在后面一个人可怜巴巴地东游西荡，还生怕会在森林中迷路。到了外面他也饿得慌，因为他不会打猎，在洞里他好歹能找些填饱肚子的东西，趁没人的时候，在储藏室或在饭桌上偷些食物。

"我像是一个脱不开身的窃贼，一天又一天只能干些小勾当，"他想，"这次冒险够倒霉够讨厌够让人不自在的了，可最无聊最乏味的就是现在了！现在回到我那个小矮人洞穴里该有多好，有暖洋洋的火炉，有明亮的灯光！"他也希望能送信给巫师请他前来救援，但很快他就明白过来，要干些什么事的话，也只能由巴京士先生一个人独立无援地去完成它。

这种偷偷摸摸的生活过了一两个星期，由于他抓住一切机会观察和跟踪卫兵，他终于摸清了矮神关押的情况。他发现十二个单人牢房分布在王宫不同的地方，又过了一段时间，他对四周的路径已经十分熟悉。有一天他偷听卫兵的谈话，知道还有一个矮神专门关在一个最深最暗的地方，使他好不吃惊。他当然立刻就猜到那是索林，而且过了一阵他就发现自己的猜测是正确的。经过许多困难，他设法找到了那个地方，想趁周围没人的时候跟矮神头领说个话。

索林的情况糟透了，再也没心思对他的不幸生气，他甚至动了向国王和盘托出探宝之事的念头（可见他的情绪已经低落到何种程度），正在这时他听到了彼尔博凑在钥匙孔上细声说话的声音，他简直不敢相信自己的耳朵。然而他很快断定他不可能听错，于是就来到门边，隔着门跟小矮人悄悄地进行长谈。

就这样彼尔博把索林的口信秘密地带给了其他被关押起来的矮神，告诉他们头领索林也被关在附近的牢房里，到现在为止还没有一个人向国王泄露过他们的使命，在索林没有松口以前，他们不要吐露一个字。索林听了小矮人从蜘蛛那儿救出伙伴以后，他的信心也来了，又一次决定不向国王透露探宝的事，除非所有逃跑的希望全部落空，大名鼎鼎的隐身先生巴京士再也想不出聪明的办法。由此可见索林也开始对小矮人刮目相看了。

其他矮神得到了这口信也都非常赞成。他们都想着自己的那份财宝（不管处境如何困窘，凶龙还尚未制服，他们早就认定那些财富是他们的了），让树精们拿去一部分实在心痛，而且他们全都信赖彼尔博。你瞧，冈达尔夫说过的话果然应验了。也许正因为如此，冈达尔夫撇下了他们是有他的理由的。

可是彼尔博不像他们那样满怀着希望。他不喜欢人人都指望他，他自己还指望巫师就在身边呢。但指望能来也没用，他们之间可隔着整整一座暗无天日的黑森林，路途遥远着呢。他坐下来想了又想，想得脑子差点炸开来，可还是没有一个巧妙的主意。可以让人隐身的戒指固然是一样好东西，可对十四个人就没有多大用处了。不过正如你早已猜测到的那样，他最终还是救了他的朋友，下面我就讲讲事情的经过。

一天，他到处游荡到处侦察，发现了一件有趣的事情：大门不是唯一进洞的入口。有一条地下河流经宫里地势较低的地方，主洞口开在一个陡坡上，陡坡那边便是地下河的出口，然后向东流一段路跟森林河汇合。地下河从山坡上流出来的地方有一扇闸门，地下河上面的石顶几乎贴近水面，而且有一扇吊门一直插到河床，防止别人进出，要是有人从那儿进去，便会发现进了一条粗糙的隧道，一直深入小山的中心，在一个流经山洞的地方，隧道的顶部给凿开了，装着巨大的橡木活板门。通过活板门向上便可进入国王的酒窖。那里除了木桶还是木桶，因为树精特别是他们的国王，非常喜欢喝葡萄酒，而这些地区又不种葡萄。葡萄酒和其他货物都要从他们南边的亲属那儿或是从遥远的葡萄园，即人居住的地方运来。

彼尔博藏在一只特大的木桶后面，发现了活板门的用途，他潜伏在那儿，听到了国王仆人们的谈话，知道这些酒和其他货物来自许多河流，也有从陆路运来，运到长湖，再转运到这儿。看来那儿好像有座人的城镇并且依然十分繁荣，他们在许多直抵湖心的长桥上，建筑了这个镇抵御各种各样的敌人，特别是抵御大山的凶龙。那些木桶从长湖镇运到森林河，他们往往把木桶系在一起成为大木筏，用杆撑或用桨划，送到森林河和地下河，有时他们也把木桶装在平底船上运来。

木桶里的酒喝完了，树精们便通过活板门把木桶丢入地下河，打开闸门，让它们顺流而下，一路沉沉浮浮，直至远方一个河岸突出的地方，他们在那儿收集木桶系在一起，然后漂流回长湖镇，那座镇的就在森林河流入长湖的河口附近。

彼尔博坐在那儿想了一会儿，不知是否能利用闸门让自己的朋友们逃出去。最后他决定孤注一掷，开始订起计划来。

　　送过俘虏们的晚饭以后，卫兵们迈着沉重的步子走开了，拿走坑道上的火把，让那里漆黑一片。彼尔博听到国王的管家在招呼卫兵的头领。

　　"现在跟我来，"他说，"去尝尝刚运进来的新酒。今天晚上要清理酒窖里的空桶，活儿很重，让我们先喝一口再去帮忙。"

　　"很好，"卫兵头领哈哈大笑说，"我跟你去尝尝，看看是不是合国王的口味。今天晚上举行宴会，不是好酒不能端上去！"

　　听到这个消息，彼尔博马上焦急得不得了，因为他看到自己很走运，有机会试试他那孤注一掷的计划了。他跟着两个树精进了一个小酒窖，只见他们在一张桌子旁坐了下来，桌上放着两只大酒壶。很快他们喝起酒来，有说有笑很开心。彼尔博碰到了难得碰上的好运气，要使一个树精喝得昏昏沉沉非得烈酒不可，这种酒恰恰是多温宁大花园里出产的佳酿，最容易上头。这种酒原不是给士兵和仆人喝的，而是专门为国王宴会准备的，只能小碗喝，不能像管家那样一大壶一大壶喝。

　　很快卫兵头领的脑袋一点点耷拉下来，接着就扑在桌子上睡着了，管家好像没有注意到，只管一边笑一边自言自语，不久头也沉到了桌子上，在他朋友旁边打起鼾来。小矮人爬了进去，转眼工夫卫兵头领没了钥匙，彼尔博却一溜烟沿着坑道向单人牢房跑去。那一大吊东西对他来说太沉重了，他的心常常差点蹦出嗓子眼来，因为尽管他戴着戒指，却不能防止钥匙时常发出很响的哐啷声来，那声音他听了往往会浑身发抖。

他首先打开巴林的牢门，等矮神出来以后，又小心翼翼重新锁上。不难想象，巴林惊奇得要命，不过从待腻的石头小屋里出来他总是高兴的，他想停下来东问西问，彼尔博准备干什么，等等，他都要打听。

“没时间说话！”小矮人说，“你只要跟着我就行！我们必须设法待在一起，不能再冒分开的危险。我们必须全都逃出去，一个也不落下，这是我们最后的机会，要是给发现了，谁知国王下次会把你关到哪儿，我看他还会给你戴上脚镣手铐。别争了，那儿有一个我们的好伙伴！”

于是他们从这扇牢门走到那扇牢门，一直到彼尔博的跟随者增达十二个为止。他们身子都不太灵活，一来是因为黑暗，二来是长期监禁造成的。每当他们在黑暗中相互碰撞，或嘟嘟囔囔小声说话时，彼尔博的心总要怦怦跳一阵。好在一切都很顺利，他们没有遇到卫兵。事实上那天晚上树林里和上面的一些大厅里都在举行秋季大宴会，几乎国王的所有臣民都在寻欢作乐。

终于他们一路跌跌撞撞来到了索林的地牢，在很远的地下很深的地方，幸亏那儿离酒窖不远。

“哎呀！”当彼尔博轻声叫他出来跟朋友们相会时，索林说道，“冈达尔夫说得一点也不错！看来你已经成了一个相当出色的窃贼。我担保我们全都永远听候你的吩咐，无论以后会遇到什么事情。你说，下一步我们该怎么办？"

彼尔博知道，该是向他们解释自己想法的时候了，不过他一点也没有把握矮神是不是会采纳他的计划。他的担忧果然证实了，他们一点也不喜欢这个计划，竟不顾危险大声抱怨起来。

"我们会受伤，会撞成碎块，最后一定会淹死的，"他们嘟嘟囔囔说，"我们还以为你在设法拿到钥匙以前已以有了什么聪明的打算。谁知竟是这么一个疯狂的念头！"

"很好！"彼尔博说，他很灰心，也很气恼，"那就回到你们可爱的小牢房里去吧，我把你们全都重新锁起来，你们可以舒舒服服坐在那里考虑一个更好的计划，我看我不见得再会有机会拿到钥匙了，就算我想再试试也办不到。"

回牢房他可受不了，于是只得安静下来。结果他们当然不得不按照彼尔博的建议去做，因为很显然，他们不可能碰运气找到去上面大厅的路，也不可能从魔法关闭的大门里逃出去。再说老在坑道里抱怨也没什么好处，只能再次被抓起来。所以他们跟随小矮人爬到最底下的酒窖去。他们经过一扇门，看见卫兵头领和管家仍然面带笑容，乐呵呵地打着鼾。多温宁葡萄酒把他们带入了快活的酣梦，出于好心，彼尔博在他们向前走以前，偷偷进去把钥匙重新系在卫兵头领的皮带上，不过尽管如此第二天卫兵头领的脸上还是会有一种迥然不同的表情的。

"他遇到麻烦的话，这能救他一命，"彼尔博自言自语道，"他不是一个坏蛋，对待俘虏挺不错。这件事会使他们都感到莫名其妙。他们还以为我们有一种强有力的魔法，能从上了锁的门里逃出来，消失得无影无踪！无影无踪！要真做到这点，我们得抓紧才是，还有我们忙的呢！"

他让巴林看着卫兵头领和管家，万一有什么动静，马上警告他们。其余人都到隔壁有活板门的地窖去，时间一刻也不能耽误。彼尔博不久前就知道有些树精已经接到命令，要下来帮管家把那些空桶丢到活板门下面的河里去。那个酒窖的中央果然已经放好了一排排空桶，这里边有的是空酒桶，这些桶没有多大用处，要把它们打开不弄出响声来不大容易，而且重新盖上也很难。好在酒桶之外有一种桶是用来运送黄油、苹果之类的东西。

他们很快发现这种桶里装一个矮神绰绰有余，事实上有些桶还太大，矮神爬进去感到很不安，怕在里边颠簸和碰撞得太厉害，彼尔博便尽量找些干草之类的东西，在很短的时间里设法给他们填得舒服一些，最后十二个矮神都被装进了桶。索林最费事，他在桶里转来转去扭着身子，嘟囔个没完，像是一条大狗塞进了小狗窝。最后来的巴林也对出气孔大惊小怪，盖子还没盖上就闷死了。彼尔博尽一切努力堵住桶边上的小孔，又不让它们封死，然后把盖子全都盖妥，现在只剩他一个了，只得独自一人奔来奔去，做完装桶的最后一道工序，他在心里一个劲地祝愿自己的计划能够实现。

这件事当然不是一时半会儿能行的。巴林那个桶盖子刚盖好，就有声音和火光传来了。一些树精有说有笑，还断断续续唱着歌进了酒窖。他们刚才在一个大厅里参加快活的宴会，这时急急忙忙赶回来。

"管家老加里昂在哪儿？"一个树精说，"今天晚上在饭桌上我没有看见他。他现在应该在这儿告诉我们该干些什么。"

"要是那个慢性子迟到的话，我可要生气了，"另一个说，"上面唱得正欢，我可不想在下面浪费时间！"

"哈，哈！"那边传来一声大叫，"老家伙居然头枕酒壶在睡觉！他跟他那位队长朋友独自举行了小小的宴会！"

"摇摇他，把他弄醒！"其余树精都不耐烦地吼了起来。

加里昂被人家摇醒很不高兴，被人家嘲笑更不高兴。"你们都迟到了，"他嘟嘟囔囔地说，"我在下面等了又等，你们这些家伙却在喝酒开心，忘了你们的任务！我疲倦了打个盹有什么好大惊小怪的！"

"大惊小怪！"他们说，"你倒解释解释手边的酒壶是怎么回事！让我们动手以前也尝尝你的安眠药。不用再去叫醒那个醉鬼了，一看他的样子就知道他没少喝。"

于是他们又喝了一通，不知有多兴高采烈。不过他们的脑子还不怎么糊涂。"天哪，加里昂！"有的树精叫道，"你老早就在开宴会了，喝得稀里糊涂！他把满桶也当成空桶堆在这里，分量不对头啊！"

"干你的活！"管家咆哮道，"酒鬼尽想偷懒，明明空的也说有分量。要丢下河的正是这些桶，不是别的，照我的吩咐去做！"

"很好，很好，"他们一边回答一边把桶滚向活板门，"但愿你倒霉，把满满一桶黄油和上等的好酒推到河里去，让长湖人不花分文就能大开宴会！"

> 滚哪，滚哪，滚哪滚，
>
> 骨碌骨碌滚下洞，
>
> 赶快撒手唷嗬，
>
> 扑通一声，哗啦一声，
>
> 木桶碰碰撞撞滚下河。

他们唱着歌把一个又一个市桶滚下黑暗的洞口，推到几英尺外的冷水中。有的真是空桶，有的里边巧妙地装入了矮神。这些桶也一个接着一个下去了，哐当哐当，乒乒乓乓，有的砰一声撞在下面的顶盖上，有的在水中噼啪作响，在隧道的石壁上相互碰撞，一会儿沉一会儿浮，顺着水流漂出去。

就在这时彼尔博突然发现自己的计划有一个大漏洞。你可能早就发现了这个漏洞，也早就在笑话他了。不过我认为你要是在这种情况下，恐怕干得还不及他一半呢。不用说，他自己没有进市桶，也没有人替他盖好盖子，即使有机会也不成！看来这回他

肯定要失去他的朋友了,他们几乎全都已经消失在活板门的一片漆
黑中, 彼尔博完完全全给撇在了后面,不得不永远待在树精的洞
里偷偷摸摸做一个永久性的窃贼。即使他马上从上面的大门逃出
去, 他也只有万分侥幸才能重新找到矮神。他不知道如何走陆路
到收集市桶的地方去, 他也不知道没有他矮神究竟会如何。因为
他没有工夫把自己所知道的情况全都告诉他们, 也没有告诉他们
一旦出了树林, 他打算干什么。

当他转着这些念头的时候, 树精们在活板门周围快快活活唱
起一支歌来, 有的已经去拉绳子把闸门吊起来, 让市桶从下面漂
流出去。

沿着黑黑的急流,

到你熟悉的地方去,

离开大小的深洞,

离开山北的陡坡,

离开苍郁的森林,

离开森森的树影,

漂出树木的世界,

去听轻风细语,

经过灯芯草丛芦苇丛,

经过沼泽里起伏的水草,

穿过夜晚池塘里,

升起的茫茫白雾，

追随冷冷的高空，

跳跃的群星。

在黎明降临大地时，

滚过河滩滚过泥沙，

向南去,向南去，

寻找阳光和温暖，

回到牛羊成群，

莽莽的草原去，

回到漫山遍野，

百花盛开,浆果累累，

阳光灿烂的地方去!

向南去,向南去!

沿着黑黑的急流，

到你熟悉的地方去!

这时最后一只市桶滚到了活板门前！可怜的彼尔博在绝望中没有别的办法，只能抓住市桶，让他们连人带桶从边上推下去。哗啦一声，他掉到了又黑又冷的水中，市桶压在他身上。

他呼哧呼哧重新冒出水面，像只老鼠贴在市桶边，但不管他怎么努力还是没法爬到市桶顶上去。每次他这样做，那市桶就骨碌一转，又把他按在了下面。那是一只真正的空桶，漂在水中轻

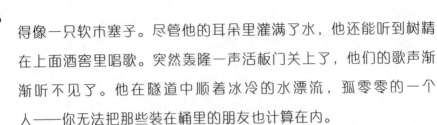

得像一只软木塞子。尽管他的耳朵里灌满了水，他还能听到树精在上面酒窖里唱歌。突然轰隆一声活板门关上了，他们的歌声渐渐听不见了。他在隧道中顺着冰冷的水漂流，孤零零的一个人——你无法把那些装在桶里的朋友也计算在内。

很快前面的黑暗中出现了一小块灰蒙蒙的光。他听见闸门在嘎吱嘎吱拉起来，他发现自己处在一大堆时沉时浮碰碰撞撞的木桶中间，它们挤挤挨挨地经过洞口的拱顶，到了外面开阔的河里。他竭尽一切努力不让自己受到木桶的冲击，怕自己被碰成碎片。挤在一起的木桶终于被冲散了，一个又一个打着旋儿漂走，离开了洞口的拱顶。这时他才看出来，即使他设法骑到桶上去也没有用，因为桶顶与突然下弯的拱顶之间连一个小矮人也容纳不了，骑在桶上就休想出闸门去。

他们来到了低垂树枝夹岸的外面。彼尔博不知道矮神们这时有什么感觉，桶里是什么进了许多水。黑暗中有几个桶在他身边冒出来，还有几个桶大半个依然沉在水中，他猜这些桶里都有小矮神。

"但愿我把盖子盖紧了！"他心里想，但没过多久他自己的麻烦就够多的了，再顾不上为矮神操心。他设法让自己的头露出水面，但是他浑身冷得直打哆嗦，不知自己还能坚持多久，也不知道是否能瞅准机会冒险离开木桶设法游到岸上去。

过了好一阵居然有了这样的机会，水流在一个靠岸的地方打起旋儿来，把几只市桶卷了进去，一时在水下的树根上脱不出来。彼尔博抓住这个机会，趁自己的桶紧紧靠在另一只桶上时，爬到了自己的桶上。他像一只快被淹死的老鼠，躺在上面叉开了四肢，尽量保持平衡。微风拂来冷飕飕的，不过比在水中好多了，他希望市桶再一次漂出去时自己不会突然滚下去。

不久市桶又被冲散，上下翻身，打着旋儿离开了那个地方。这时正如他担心的那样，他发现要继续待在市桶上面非常困难，不过他好歹应付了下来，只是很狼狈很不舒服。幸亏他身体非常轻，而那个桶又刚巧非常大，有点漏水。尽管如此，这总像是骑着一匹肚子滴溜滚圆的驴子，既无鞍子又无踏镫，而且那驴子总想在草地上打滚。

就这样巴京士先生终于来到了一个地方，两岸的树市渐渐稀少，他可以在树林间看到灰色的天空。黑黝黝的河突然开阔，在那里它跟森林河的主流汇合，森林河从国王宫门那里匆匆流来，那儿有一片暗淡的水域，上面不再有树市遮蔽，流动的水面上云和星星细碎的倒影在摇曳。这时森林河湍急的水流把所有的大桶小桶全冲到了北岸，那儿有个缺口，形成宽阔的河湾。河岸的斜坡下面有一片圆卵石的滩地，东边尽头有一个突出的小小岬角，由坚硬的岩石构成，把滩地围了起来。大多数市桶都被冲上了浅滩，不过也有少数市桶在不断跟石壁相撞。

岸上有人，他们很快用杆子把所有的市桶全都拨上浅滩，点了点数，集中又用绳子把它们拴在一起，然后撂下留待早晨放排。可怜的矮神！彼尔博这时倒不坏，还能离开。他从市桶上溜下来，涉水上岸，蹑手蹑脚到河边的几个农舍里去。如今他只要有机会，就想好好饱餐一顿。什么叫真正的饥饿，这个滋味他太清楚了，那跟彬彬有礼地对储藏室里的精美食品感兴趣根本是两码事。他还瞥见树林里有篝火，这对他也有很大吸引力，他身上还滴着水，破衣服贴在身上又冷又湿。

那天晚上他的冒险就不必多说了，因为向东的旅行已接近尾声，我们就要讲到最后和最大的一次冒险，我们不得不长话短说。靠着魔戒，起初他都很顺利，但最后由于他走到哪里或坐到哪里都要留下湿漉漉的脚印，他终于暴露了，而且不论他躲到哪里，都止不住要爆发出一个个可怕的喷嚏，哪里也不能存身。很快河边的林子里掀起了一场空前的骚乱，不过彼尔博还是带着一个大面包、一壶葡萄酒和一只馅饼逃进了树林。因为他无法挨近篝火，剩下来的夜晚他只得浑身湿着将就度过。好在那壶酒帮了大忙，尽管已到了秋季，寒气袭人，他还是在一些干枯的树叶间打了个盹儿。

一个特别响亮的喷嚏把自己打醒了，天已经蒙蒙亮，下面河边响起了一片快活的喧闹声。树精们正在把市桶编成市筏，朝长湖镇方向放排。彼尔博又打了个喷嚏，他身上不再滴水，就是觉得浑身发冷。他尽快迈动僵硬的双腿爬下去，一阵忙乱之中，趁人不注意，想法爬到木桶堆里，总算赶上木排离岸。幸亏那时没有太阳，不会有人看到他的影子，而且有好一阵子他不再打喷嚏，真是走运。

撑杆的人猛撑河岸，树精们站在浅水里有的拉有的推。木桶这时挤挤挨挨撞在一起相互摩擦，嘎嘎作响。

"这些木桶还挺沉！"有几个树精叽叽咕咕说，"瞧它们吃水好深——有几个说什么也不是空的。天亮靠岸了，我们不妨打开看看。"他们说。

"现在可顾不上！"放排的人高声喊，"使劲推！"

他们终于出发了，起先很缓慢，经过岬角尖的时候，站在岸上的树精们用杆子不让木排撞在岩石上，接着他们进了主流，木排越来越快，向长湖漂去。

他们从树精王的地牢里逃出来，也出了森林，但生死究竟如何还要以后才能知道。

第十章

热烈欢迎

市筏一路漂去，天越来越亮，也越来越暖。不久河绕过一个土冈，土冈下面有个陡坡，底部是岩石的悬崖，那里水特别深，流水拍打在上面，泛起无数水泡。接着悬崖又突然消失了，河岸变得又低又平，树林也到了尽头。展现在彼尔博面前的景色骤然变了。

周围是一片开阔的世界，到处是水，河水分成许多纵横交错弯弯绕绕的汊流，或在一片片沼泽或池塘里驻足不前，前后左右一个个小岛星罗棋布，但仍有一股强有力的水流坚定不移地穿行其间。远处模模糊糊水天相接之处，有一大片碎云，还隐隐呈现出一座大山！东北方向几座邻近的大山以及连接它们起伏的土地都不在视线之中。它孤零零地耸立在那里，似乎拦腰截断伸向森林的一片片沼泽，那就是孤山！彼尔博千里迢迢历尽艰险来拜访的就是它，然而现在他一点也不喜欢它的模样。

他听筏夫们说话，把他们漏出来的只字片语串在一起，很快就了解到自己能远远看到孤山还算运气不赖。尽管他在树精山洞里受了不少罪，现在处境又是那么糟糕（他下面的那些矮神更别提有多可怜），这些遭遇都比他原先想的要幸运得多。树精们谈话的内容无非是水路贸易和河上交通的发展，因为东边去黑森林的路全都没了或者荒得不能再用。他们还提到为了保护森林和维修河岸，长湖人和树精们之间发生了口角。这些跟过去矮神居住在孤山时有了很大的变化，往昔的那些事大多数人只从非常含糊的传说中了解到一鳞半爪，甚至最近几年中这些地方又发生了很大的变化，因此冈达尔夫得到的消息也不确实。洪水和暴雨吞没了所有东流的河道，其间还有过一两次地震（这一点多数人都认为应该归罪于凶龙，尽管没有明说，但心里都在诅咒它是罪魁祸首，因为它向孤山方向非常不吉利地点了点头）。沼泽和泥塘从两边越来越扩展开来，道路全都淹没了，许多骑马或步行的人想寻找消失的道路也都淹死了。别昂劝矮神走的那条路，原先是树精穿越黑森林的路，现在情况究竟如何谁也不知道，总之森林东边的那一段差不多已无人敢走。只有水路尽管比较长，却是黑森林边缘往北到孤山阴影遮蔽下的平原唯一可靠的路，而且河道都在树精王的保护之下。

所以你瞧彼尔博是通过唯一可行的路进入旅途终点的。这时身在远方的冈达尔夫也已经得知这个消息，正在焦急万分，准备他的另一件事一结束（这跟本故事无关），就前来寻找索林这伙人，要是躲在木桶上瑟缩发抖的巴京士先生知道这一点的话，一定会得到不少安慰。

彼尔博觉得那条河似乎永远走不到头，他饿了，鼻子里流着清水。孤山越来越近，它似乎在向他皱眉，在向他发出威胁，这也使他很不喜欢。过了一会儿，河道又向南折去，孤山又重向后退去，将近傍晚的时候，两旁终于变成了岩岸，那条河汇集了所有蜿蜒曲折的支流，成为一股又深又急的洪流，筏夫们也就沿着这股洪流奔腾下去。

森林河又朝东一拐，冲入了长湖，这时太阳已经落山。河口非常宽阔，两边都有石崖，仿佛是两扇大门，石崖底部堆积了无数圆卵石。再过去便是长湖！彼尔博从未想过除了海还有那么大的水域。它是那样浩浩荡荡，对岸看上去那样渺小和遥远，它又是那样长，以至它那直指孤山的东头看上去渺无踪影。彼尔博从地图上了解到，它还一直伸展，直至闪烁北斗七星的远方，在那儿奔腾河从溪谷里泻入长湖。由于奔腾河和森林河的汇入，长湖湖深水大，从前一定是一个又深又大的石谷。长湖南端双倍的水量又形成瀑布一泻而下，匆匆流入陌生的地方。在寂静的夜空里，可以听见瀑布的喧闹声，就像是远方野兽的怒吼。

离森林河河口不远的地方就是那个古怪的市镇，彼尔博在树精王的酒窖里就听树精们提过。它并没有修建在岸上，岸上只有一些零星的房屋，它修建在湖面上，那儿有一个石头的岬角形成一个安静的港湾，不受河水汇入旋涡的影响。一座雄伟的大桥通向湖中堆积如山的森林原市，一座繁忙的市头镇就建在上面。那不是树精的市镇，而是人的市镇，是至今还敢于居住在遥远龙山阴影下的人建立起来的市镇。他们如今靠贸易发展得十分繁荣，货物来自南方，通过大河运来，又改为车运经过瀑布送到镇上，在昔日伟大的年代里，北边溪谷镇的商贸非常兴旺发达，那时他们已经很富强，水域里停泊着一支支船队，有的满载着金子，有的满载着全副武装的勇士。当时的丰功伟绩如今只有传说中才能听到一二。当初这座市镇宏大的规模只有在枯水季节水位下落时才能看出来，原来沿岸堆积如山的原市还有好几处，不过如今都正在腐烂。

人们都很少记得这些了，尽管有些老歌还在唱，唱到孤山的矮神国王——多林族的斯劳尔和斯兰，唱到凶龙的到来，溪谷镇君主的死亡。有些歌还唱到斯劳尔和斯兰有一天会重新归来，那时金子会从山门流入河里，整个大地会重新充满欢歌笑语。不过这种快活的传说并不影响他们的日常生活。

市桶的筏子一出现，便有许多船从镇上划来，招呼筏夫的声音响成一片，接着有抛绳的有收桨的，市筏很快被拉出森林河的主流，绕过高高的岬角，进入长湖的小小港湾，拴在离大桥桥头不远的岸边。不久就会有南边来的人到这儿取走一部分市桶，其余市桶将装上他们带来的货物，准备上溯森林河运回树精和那些船夫都要去赴长湖镇上的宴会。

要是他们看到自己走后夜幕降临下西岸边发生的事，一定会大为惊奇的。首先有一个桶让彼尔博割断了绳索，推到岸上打开了。桶里传出一阵阵呻吟，爬出来一个倒霉透顶的矮神。他那又脏又湿的大胡子上沾满了干草，浑身都是擦伤和碰伤，疼得要命，四肢都僵直了，站也站不住，蹒跚着趟过浅水，便躺在岸上连连呻吟。他的眼睛里射出一道饥饿和凶狠的目光，像是一条主人忘了喂食的狗，系上链子在狗窝里关了一个星期。这是索林，但要不是他的金项链、他那顶又破又脏的天蓝色兜帽和那失去光泽的银色流苏，你再也认不出他来了。有好一会儿他甚至无法跟小矮人打声招呼。

"嗨，你是死人还是活人？"彼尔博很不客气地问，他可能忘了他还比矮神们多吃了一顿好饭，手脚都是自由的，且不说还有大量的空气可以呼吸，"你还在牢房里，还是自由了？要是你想吃东西，你想继续这个愚蠢的冒险——那毕竟是你们的事，不是我的事，你最好拍拍你的脖子，揉揉你的腿，趁现在有机会，想办法帮我把别的人都弄出来!"

索林当然明白这个道理，所以又呻吟了一会儿，他就站起来尽力帮助小矮人。在黑暗中他们又跟跟跄跄下了冷水，可在一大堆市桶里想找里边有人的桶不算容易。他们在桶外敲了半天喊了半天只发现六个桶里有响声。他们把这些桶都打开，帮里边的人出来，又扶他们上岸。他们有的坐，有的躺，有的嘟囔，有的哼哼。他们在水里泡得够久的了，还被浑身挤得难受，他们还没有弄懂究竟是怎么回事，当然也不会对小矮人说声谢谢。

特伐林和巴林两人最惨，要他们帮忙当然不行。彼弗和博弗被撞得不太厉害，桶里也比较干，但是他们躺了下来，什么也不想干。费里和基里在矮神中年纪最小，他们的桶比较小，彼尔博给他们填草也填得特别地道，因此他们出来的时候脸上好歹还有些笑意，他们只擦破了一点皮，手脚有点僵硬，一会儿就没事了。

"但愿今生今世别再闻苹果味了!"费里说，"我的桶里尽是那股味道。动也不能动，又冷又饿，还没完没了地闻苹果味，人都快疯了。这会儿世界上什么东西我都能吃，能一连吃它几个钟头——就是一个苹果也别给找!"

由于费里和基里的帮忙，索林和彼尔博终于发现了其他伙伴，把他们弄了出来。可怜的胖邦布尔不知道是睡着了，还是失去了知觉;多里、诺里、奥里、奥英和葛劳英浑身湿透，半死不活的。他们自己无法行动，小矮人只得把他们一个个抬到岸上躺着。

"好了！我们都在这儿了！"索林说，"我看我们应该感谢我们的运气和巴京士先生。我肯定他有权得到我们的感谢，尽管我希望他能把旅行安排得更加舒服些。不过我们还是非常乐意听候你的吩咐，巴京士先生。要是你能把我们喂饱并且让我们恢复，不用说我们会更加感谢你的。你且说说，下一步该怎么办？"

"我建议去长湖镇，"彼尔博说，"还有什么办法呢？"

的确，也没有其他办法。所以索林、费里、基里和小矮人沿着湖岸向大桥走去。桥头上有卫兵，但是他们看守很疏松，因为长期以来实际上并没有警戒的必要。除了偶尔会在河道通行费上发生一些口角，他们跟树精还是很讲交情的。其他人又离得老远，镇上有些年轻人开始怀疑山里根本没有什么龙存在，嘲笑那些老头子老太婆，因为他们说年轻时看见过龙。那些卫兵在小屋里围着火炉喝酒说笑，因此没有听见打开木桶的响声，也没有听见四个闯入者的脚步声。当索林·奥根希尔得踏进门的时候，他们惊讶得目瞪口呆。

"你是谁，想干什么？"他们大声喊叫，跳起身来摸索武器。"我是大山下国王斯劳尔的孙子，国王斯兰的儿子！"那个矮神大声说道，尽管他衣服破破烂烂，兜帽又湿又脏，长相倒像是个人物。金链子在他脖子上和腰上闪闪发亮，黑黑的眼睛里目光深沉。"我回来了，我想见见你们的镇长！"

这下引起了轩然大波。有几个年轻人傻里傻气地跑出去，好像他们已经看到孤山在夜色里变得金光闪闪，湖水也立刻黄了起来。这时卫兵队长走上前来。

"这些人是谁？"他指着费里、基里和彼尔博问。

"是我的外甥，"索林回答道，"多林族的费里和基里，这位是跟我一起从西方旅行到这儿来的巴京士先生。"

"如果你们为了跟我们友好相处而来，请放下你们的武器！"那队长说。

"我们没有什么武器。"索林说，他们身上的刀剑都被树精拿走了，包括那把伟大的劈妖剑。彼尔博的那把短剑还在，像往常一样藏得好好的，不过他对此只字不提。"我们不需要武器，正如从前说过的那样，我们终于回到了自己的家乡，我们也无法跟那么多人打仗。带我们去见镇长！"

"他在开宴会。"队长说。

"那就更有理由带我们去见他了，"费里突然插嘴，他早就这些一本正经的盘问不耐烦了，"我们经过长途跋涉早已精疲力尽，饿得不行，再说我们还有许多病倒的伙伴。别再啰里啰唆，赶快带我们去，说不定镇长会跟你说清楚的。"

"那就跟我来吧。"队长说，他让六个卫兵护卫，带他们过桥，走过大门进入镇上的市场。那是一个高高垒起的原木堆，上面修建着 些较大的房屋，四面被一圈宽阔的水域包围，水面十分平静，上面有一些长长的市码头，市码头上有踏级或梯子通到下面

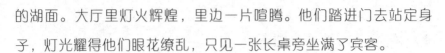

的湖面。大厅里灯火辉煌，里边一片喧腾。他们踏进门去站定身子，灯光耀得他们眼花缭乱，只见一张长桌旁坐满了宾客。

"我是大山下国王斯劳尔的孙子，国王斯兰的儿子！我回来了！"没等队长开口，索林便在门口大声宣布道。

所有人都跳起身来，镇长也从他那把大椅子上蹦了起来。可是谁也不比那些坐在大厅下首的树精筏夫们更加惊奇，他们急忙挤到镇长跟前，大声说："他们是我们国王的俘虏，不知怎么逃了出来。这些四处流浪的矮神，说不清他们想干什么。他们鬼鬼祟祟穿过树林，骚扰我们的人！"

"这是真的吗？"镇长问。事实上他认为十有八九有这么回事，他不相信大山下国王回来的说法，也不相信真有这样一个人物。

"确实，在我们回自己家乡的路上，树精王恶劣地伏击了我们，还无缘无故把我们关押起来。"索林回答道，"但是我们从前说过要回来的，锁链和铁栏杆阻挡不了我们。树精王国里的牢房也同样阻挡不了。我在跟长湖人的镇长说话，而不是在跟树精王的筏夫讲话。"

镇长犹豫起来，看看矮神又看看树精。树精王在这些地区很有势力，镇长不想跟他作对，一想到贸易和通行费，想到货物和金子，想到他习惯拥有的地位，他觉得那些古老的歌曲就有点无足轻重了。然而别人的想法跟他不同，事情的发展也由不得他。消息迅速传出大厅的门，像火种一样传遍了整个市镇。大厅里和大厅外的人全都欢呼起来，码头上挤满了匆匆赶来的人群。有些人唱起一段段古老的歌曲，说起了大山下国王重归故土的传说，至于回来的不是斯劳尔本人而是斯劳尔的孙子，他们倒并不操心。许多人唱起了下面这首歌，歌声响彻整个湖面。

大山的国王，

石洞的圣君，

银泉的主人，

要重归他的故土！

王冠重新戴上，

竖琴改弦更张，

大厅重又金碧辉煌，

歌声重又响彻四方。

群山上树木振臂高呼，

阳光下青草点头欢笑，

财富像泉水喷涌，

把河水染得一片金黄。

大小河川在欢奔，

长湖在闪光沸腾，

大山国王回归故土，

忧伤烦恼一笔勾销。

他们多半就是这么唱的，只是唱得比这些多得多，其中还夹杂着欢呼声、竖琴和小提琴的乐声。这种激动的场面连镇上年岁最大的老人都不曾见过。树精们自己也大惑不解，甚至有些担惊受怕起来。他们不知道索林是通过什么途径逃出来的，他们开始认为国王可能犯了一个严重的错误。至于镇长，看得出来他除了服从全体镇民，由着他们去闹已经别无他法，至少暂时只能如此，因此也装作信了索林的话，让索林坐上了自己那把大椅，还让费里和基里坐在左右两旁的贵宾席上。甚至彼尔博也在高大的餐桌旁有了一个座位，然而在这一片闹哄哄中没有人向他解释他该做些什么，也没有一首歌提到他，哪怕最含糊的只言片语也没有。

不久其余的矮神也被带进了市镇，那热情洋溢的场面真是令人惊讶。镇里的居民有的给他们看病，有的给他们喂食，有的给他们安排房间，把他们当做孩子一样宠着，让他们一个个都心满意足，还特地给索林和他的伙伴腾了一幢大房子，船只和桨手随时供他们调遣，人们整天坐在外面唱歌，一有矮神露面就是一阵欢呼。

他们唱的有些是老歌，有些却是全新的歌，歌词中确信凶龙会突然死去，一条条满载礼物的船会顺流而下运到长湖镇来。这些歌都是镇长鼓动唱的，矮神们都不怎么喜欢听，不过他们暂时都心满意足，身体很快胖了，重新强壮起来。事实上不到一个星期他们都已经复原，穿着合身的细布衣服，大胡子也都梳理得有模有样，走起路来又趾高气扬了。索林看矮神们走路的样子仿佛他的王国已经恢复，斯莫格已经碎尸万段。

正如他自己早就说过的那样，矮神们对小矮人的好感正在与日俱增。呻吟和抱怨再也听不到了，他们举杯祝他身体健康，连连拍他的背，常常对他大肆吹捧，小矮人这时也正需要安慰，因为他并不觉得有什么特别值得高兴的事。他忘不了孤山的模样，也不禁会想到凶龙，除此之外还他得了严重的感冒，三天里他喷嚏咳嗽接连不断，都没法出门，三天以后他在宴会上的话也仅限于瓮声瓮气地说了声："非常感谢。"

这期间树精们已经带着他们的货物上溯到森林河了，树精王的宫里早就起了极大的骚动。我一点也不知道卫队长和管家会有什么遭遇。矮神在长湖镇逗留期间当然只字不提钥匙和市桶的事，彼尔博也格外小心从不隐起身来。不过既然巴京士先生身上无疑有种种神秘色彩，我敢说，尽管事情并不十分清楚，他们也能猜个大概。

总之现在国王知道矮神们有个为他们干事的小矮人，他以为自己没有估计错，他对自己说："很好！我们走着瞧！没有我说话，什么财富也休想通过黑森林运走。不过我希望他们全都没有好下场，这也是他们罪有应得！"他说什么也不相信矮神会跟斯莫格这样的龙搏斗，他怀疑他们会干偷窃之类的事。这也说明他是一个聪明的树精，比长湖镇所有的人都聪明，只是有时候不那么正直，这一点我们在结尾中可以看到。他在长湖的岸边和北去孤山的路上都布置了探子，在那儿守候矮神们。

快到两个星期的时候，索林开始考虑离开长湖镇的事。镇上的狂热还在延续，趁此机会提出要求帮助最为合适。再耽搁下去，什么事情都冷了，还提什么要求？所以他对镇长和镇上的官员们说他和伙伴们不久就得朝孤山方向进发了。

这下镇长头一次感到大吃一惊，也有点害怕起来，他不知道索林究竟是不是大山下国王的后代。他原先决不相信矮神真的敢靠近斯莫格，他相信他们只是一些骗子，迟早会露出马脚的。可是他错了，索林确实是大山下国王的孙子，而且一个矮神为了报仇，为了夺回自己的财富，是什么都敢干的。

不过镇长觉得他们就这样走也没有什么遗憾。让他们待在镇上开支太大，他们的到来使镇上一直像在过节一样，这期间所有正经的事都停顿了下来。"让他们去跟斯莫格见面吧，看看它会怎样欢迎他们！"他心里这么想，嘴上却说，"当然，当然，斯劳尔的孙子，斯兰的儿子索林，他应该要回自己的一切。时候已经到了，正如传说里说的那样。我们的东西就是你的东西。将来等你的王国恢复了，我们相信你一定会酬谢我们的。"

深秋的一天，风是冷的，树叶掉得很快，三条大船离开了长湖，载着桨手、矮神、巴京士先生和许多给养。马和短腿马绕道在他们预计登岸的地方等候他们，镇长和镇上的官员都走出市政厅到湖边的大台阶上跟他们告别。人们在码头上，在家家户户的窗口唱歌。白色的船桨插入水中溅起水花，他们的船朝北划去，踏上了长途跋涉的最后一段旅程。只有彼尔博一个人一点儿也快活不起来。

第十一章

在门前的石级上

他们已经走了两天水路，起先行驶在长湖上，后来又进入了奔腾河，现在他们都能看到阴森森高耸在前面的孤山了。水流很急，他们只能缓慢地逆水而上。第三天傍晚他们在左岸停靠，在那里他们和陆路来的马队会合，马队运来了给养和生活必需品，供他们使用的短腿马也跟着马队一起来了。他们尽可能让马多驮些东西，剩下的东西储藏在一个帐篷里。长湖镇的人因为那儿很靠近孤山，连跟他们一起过夜都不愿意。

"在我们歌里唱的都实现以前，我们说什么也不在这里过夜！"他们说。在这种荒凉的地方，相信龙的存在比较容易，相信索林的话却不那么容易了。护送的人离开他们，有的飞快地顺水而下，有的取道岸边的小路，这时夜色已经降临。

他们度过了一个寒冷寂寞的夜晚，情绪十分低落。第二天他们又重新出发，巴林和彼尔博骑马跟在后面，每个人旁边都牵着一匹驮了好多东西的短腿马，其余人走在前面，挑选好歹还能缓慢进行的小路，因为那儿根本没有什么路。他们朝西北方向去，越过奔腾河，地势便向上倾斜，距孤山巨大的山嘴越来越近。孤山突然出现在他们正南方。

这一段路长得令人厌倦，而且他们只能悄悄地潜行，没有笑声，更没有竖琴的乐声，长湖畔古老歌曲激起的自豪和希望，如今已经消失得无影无踪，代替它们的只是单调乏味的沮丧。他们知道旅途已接近终点，可那是一个非常可怕的终点。他们周围的土地越来越荒凉，索林告诉过他们以前这儿绿草如茵风景非常美丽。如今这儿草都很少见，没走多久连灌木丛和树都不见了踪影，光有一些开裂发黑的树桩，说明树木早就在这一带消失了。他们来到了凶龙肆虐过的荒地，这时又刚好是万物萧条的季节。

他们已经到了孤山的边缘，仍然没有遇到任何危险或龙出现的迹象，看见的只是龙在它巢穴周围造成的一片荒凉，阴森森的孤山静静地耸立在他们面前，显得越来越高。他们在南边大山嘴的西头扎了营，山嘴的尽头是一块高地，叫渡鸦山，过去上面有过一个古老的瞭望哨所。他们还不敢爬到上面去，因为这样做未免过于暴露。

他们的希望都寄托在孤山那扇隐蔽的门上，在着手搜索西边山嘴以前，索林派了一个侦察小队去探明前洞口去的路。他选了巴林、费里和基里，还让彼尔博跟他们一起去。他们在寂静的灰色山崖下行走，到渡鸦山下面去。奔腾河绕了一个大圈，穿过溪谷，拐离孤山向长湖流去，水流湍急而喧闹。西岸都是光秃秃的岩石，又高又陡，从高处向下望去，窄窄的河水在许多巨石中拍溅，泛起无数的水花，前面便是宽阔的山谷，孤山仿佛伸出两条遮蔽山谷的巨臂，那里有一些古老房屋、灰色塔楼的废墟和断壁。

"溪谷镇就剩下这些，"巴林说，"过去山坡上树市郁郁葱葱，富饶欢乐的山谷掩映其间，钟声响彻整个市镇。"他说这些话的时候神情非常忧伤，在凶龙没有来之前，他曾是索林的一个伙伴。

他们不敢沿着奔腾河而上过分靠近前洞口，但是他们还是朝前走了一段路，到了南边山嘴的尽头。他们隐蔽在一块岩石后面探头张望。只见孤山那两条巨臂之间的大崖壁上有一个黑乎乎、巨洞一样的口子，从里边奔涌而出的有奔腾河的河水，也有水蒸气和一股黑烟。在这荒凉的景色中，除了蒸汽、河水和一只不祥的黑乌鸦，似乎一切都凝固不动了。而且除了使人发冷的流水声和不时响起的乌鸦叫声，是一片可怕的寂静，巴林打了个寒战。

"我们回去！"他说，"待在这儿没有什么好处！我不喜欢那些黑乌鸦，它们看上去像是魔鬼的探子。"

"龙还活着，在山底下的大洞里，根据那股黑烟，我的猜测多半不会错。"小矮人说。

"光凭这点还不能证实，"巴林说，"但是我不怀疑你的猜想是正确的。不过有时它也可能出去，也可能躺在山坡上守卫。但愿黑烟和蒸汽能从洞口出来，要不然里边所有大洞里全是它那种难闻的恶臭啦。"

怀着这些念头，他们闷闷不乐地通过那段令人厌倦的路回到了营地，一路总有呱呱乱叫的乌鸦在他们头上跟踪。他们在埃尔朗德美丽的小庄里做客时刚进六月，现在也才临近冬天，可记忆里这段愉快的时光仿佛已经是多年以前的事了。他们孤零零地在这片危机四伏荒无人烟的土地上，别想指望得到什么援助。他们已经到了旅程的终点，但是距离他们的追求，似乎还是跟从前一样遥远。原先那种气概谁都所剩无几了。

说来奇怪，巴京士先生却比谁都好得多。他常向索林借地图仔仔细细地看，沉思那些神秘的符号和埃尔朗德从月亮字母里所读到的那些内容。他让矮神们冒险搜索西山坡上那扇神秘的门。他们把帐篷搬到另一条很长的山谷里去，那条山谷由较低的山嘴环绕，比南边河口所在的大溪谷要狭窄一点。其中两条山嘴在西边从主体伸展开，成为长长的山脊，两旁十分陡峭，渐渐向平原倾斜下去。在这两边较少有龙的脚印，还有几片草地可以让短腿

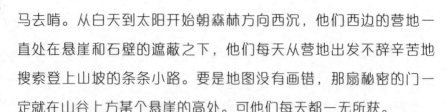

马去啃。从白天到太阳开始朝森林方向西沉，他们西边的营地一直处在悬崖和石壁的遮蔽之下，他们每天从营地出发不辞辛苦地搜索登上山坡的条条小路。要是地图没有画错，那扇秘密的门一定就在山谷上方某个悬崖的高处。可他们每天都一无所获。

但他们终于无意之中发现了要寻找的东西。有一天费里、基里和小矮人回到山谷里，爬在山谷南边角落里一些起伏不平的岩石中。大约中午时光，遇到一块像是独立柱子的石头，彼尔博爬到后面，只见有一些粗糙的石级通向上面。他跟矮神激动地拾级而上，发现有一条窄径时隐时现，在南边的山脊顶部弯弯绕绕，最后把他们带到一个更加狭窄的岩石突出部，突出部转向北边横穿孤山的正面。向下看时他们才知道自己正站在山谷前部悬崖顶上，下面就是他们的营地。他们悄悄地排成一行紧贴右边的石壁，沿着突出部走去，走到一个石壁开口的地方，转进去便是一个陡壁围绕的小山凹，那里绿草如茵，一片寂静。他们发现的入口在下面是看不见的，因为悬崖的突出部在上面，从远处也看不见，因为它小得很，不仔细看还以为那无非是一条暗黑的裂缝。它不是一个山洞，因为上面是天空，但在尽头，从贴近地面的底部开始竖起一堵平整的石壁，笔直向上，非常光滑，像是用砖瓦砌出来的一样，但是上面看不出一点接缝。

没有门柱、门楣、门槛，也没有门杠、门栓或钥匙孔，但是他们毫不怀疑自己终于找到了那扇门。

他们对那扇门又是打又是撞又是推，还向它苦苦哀求，断断续续念了几段咒语，但是门仍然纹丝不动。最后他们精疲力尽坐在门边的草地上休息，到了傍晚才开始往下爬，回去的路还远着呢。

那天晚上他们在帐篷里激动不已。早上他们准备再一次转移营地，博弗和邦布尔留下守护短腿马和他们从水路运来的物资，其余人先下山谷，然后又攀登着新发现的小路，到了那狭窄的岩石突出部位。突出部十分狭窄，又高得让人眩晕，旁边就是一百五十英尺的深渊，掉下去摔在尖削的石头上就会粉身碎骨，因此走在上面无法携带行李。他们都在腰上紧紧系上一圈绳子，然后相互绑在一起，所以到达那个绿草如茵的小山凹之前始终没有发生什么不测。

他们在那儿扎了第三个营。所需的东西是用绳子从下面吊上来的，用同样的方式，他们有时派像基里那样身手灵活的矮神下到第二个营地去，一则跟下面的人通些消息，二则更替一下守卫。博弗被替换下来，吊到了第三个营地上，邦布尔既不能从小路攀登上来，也无法用绳子把他吊上来。

"我太胖，不能在半空中行走，"他说，"我会头晕眼花踩在我的大胡子上的，那时你们又只剩十三个人了。那些打结的绳子也太细，撑不住我的重量。"这一点对他究竟是祸是福，下面你们会看到的。

这个时间里有几个矮神察看了山凹口那边的岩石突出部，发现有条小路高高地盘旋上去通向孤山，但是他们不敢走得太远，再说那条小路也没有多大用处。上面一片寂静，除了风在石缝里呼呼作响，没有其他声音打破寂静。他们低声说话，不敢叫喊更不敢唱歌，因为每一块石头里都可能潜伏着危险。其余人都忙着对付那扇秘密的门，可还是一无所获。他们太着急了，没有费心去想那些神秘的符号或月亮字母，而是一门心思想在那块光滑的石面上发现门究竟藏在哪里。他们从长湖镇带来了鹤嘴锄等工具，起初他们想使用这些工具，不料他们凿石的时候，手柄裂了，虎口震得火辣辣地痛，钢口不是裂了便是像铅一样卷了口。他们这才清楚开采的工具无法对付这扇门的魔法，再说他们也越来越怕因此而响起的一片回声。

彼尔博发现自己坐在荒凉而令人生厌的门前石级上，那里实际上没有什么门前石级，只不过他们开玩笑说那石壁围绕的一小片草地和山凹是门前的石级。他想起很久以前，他们这些不速之客还在小矮人洞穴里聚会时，他说过要是他们守候在门前石级上，一定能想出办法来。如今他们不是坐在那里想，就是毫无目的地在周围走来走去，一个个越来越闷闷不乐。

刚发现小路的时候他们的情绪高涨了一点，这时又低落到了极点。然而他们不肯就此放弃一走了事，小矮人这次也不比矮神们好多少，他什么也不肯干，背靠在石面上从山凹朝西望去，目光越过悬崖，越过宽阔的土地，望着黑森林的屏障，望着黑森林以外更遥远的地方，有时他以为自己能瞥见远处变小的云雾山脉。矮神们问他在想什么，他便回答道："你们说过，坐在门前石级上动脑筋是我的活，你们可没有提到要我进去，所以我坐在这里想。"不过我看他并没有多考虑他要干的活，而光在想远处蓝天下的西方故土以及下面有小矮人洞穴的那座小山。

草地的中央有一块灰色的大石头，彼尔博忧郁地盯着它看，或者是盯着一些大蜗牛看。它们似乎喜欢这个封闭的小山凹，喜欢阴凉的石壁所以数量很多，一个个奇大无比，黏在上面慢慢爬动。

"明天就是秋天的最后一个星期了。"索林说道。

"秋天过去冬天就到了。"彼弗说。

"冬天过去便是新一年了，"特伐林说，"看来有什么名堂的话我们的胡子早就长得可以挂在悬崖下面的山谷里去了。我们的窃贼在为我们干什么？他有一个可以隐身的戒指，这回可以好好露一手了。我想起来了，他可以走到前洞口，去探听点什么嘛！"

彼尔博都听在耳朵里，他坐在山凹的石壁旁，矮神们正好站在他上面的石头上。"天哪！"他想，"他们竟想到了这个念头？难道几次使他们摆脱困境的不正是可怜的我？至少自从巫师离开以后我没少帮他们。现在我该怎么办呢？我早就知道自己不会有好结果的，总有一些可怕的事落到我的头上。我看我再也不用去看那倒霉的溪谷和那个雾气腾腾的出水口了！"

那个晚上他痛苦极了，几乎没有睡觉。第二天矮神都四散开，有的在下面骑短腿马锻炼身体，有的在附近山坡上游荡。彼尔博整天闷闷不乐地坐在山凹的草地上冲着那块石头发呆或通过窄窄的山凹口眺望西方，他有一种奇怪的感觉，他在等候什么东西。"说不定巫师今天会突然回来。"他想。

抬起头便能看到遥远的森林。当太阳偏西的时候，远处森林的顶上有种黄色的微光，像是斜阳照在未凋落的树叶上发出的暗淡反光。不久他看见太阳像一个橘红的球从远方沉落下去，他向山凹口走去，那儿有淡淡的新月苍白无力地挂在大地边缘的上空。

正在这时他听到后面发出一个尖尖的开裂的声音。草地中的灰色石头上有一只奇大无比的乌鸦，黑得像炭一样，它那淡黄色的胸脯上有些深色的斑点。嘎！又是一声！它捉到一只蜗牛，正在石头上敲碎那只蜗牛。嘎！嘎！

彼尔博恍然大悟。他忘记了危险，站在岩石的突出部上招呼矮神们，一边叫喊，一边挥手。附近的矮神们都翻过岩石，尽快沿着突出部走到他身边来，其余的矮神也哇哇叫喊着放下绳子把他们吊上来（当然邦布尔是例外，他睡着了）。

彼尔博匆匆作了一番解释，他们全都鸦雀无声。小矮人站在灰石头旁，矮神们晃着大胡子在不耐烦地看着。太阳越沉越低，他们的希望也随着往下落，它沉入一团抹红便不见了。矮神们在呻吟，彼尔博却依然站在那儿一动不动，那小小的太阳向地平线沉落下去，夜幕正在降临。在他们希望沉到极点时，突然太阳的一缕红光像伸出手指戳破了云，打裂缝里逃了出来。一道余晖射入山凹口，照在光滑的岩面上。那只老乌鸦一直居高临下用珠子般的眼睛望着，这时它头翘向一边，冷不丁啭鸣起来。嘎啦一声！一片石头裂开了，从石壁上掉了下来。离地三英尺的地方突然出现了一个洞。

矮神们唯恐错过机会，浑身哆嗦起来，急忙冲向石门用力推——可是无济于事。

"钥匙！钥匙！"彼尔博叫道，"索林在哪儿？"

索林急忙上前。

"钥匙！"彼尔博吼道，"那把跟地图放在一起的钥匙！趁还有时间赶快试试吧！"

索林走上前去，一把拽下挂在项链上的钥匙，塞进了洞里。正合适！转动一下！啪的一声！落日余晖不见了，太阳沉了下去，月亮也走了，夜色仿佛一下子跳入了天空。

这时他们齐心协力一起推，石壁的一部分慢慢地退后，出现了又长又直的裂缝，接着裂缝渐渐变宽。一扇五英尺高三英尺宽的门露出轮廓来，缓慢而无声息地向里打开。黑暗也仿佛是一股烟雾从洞里溢出来弥漫在山坡上，洞里一片漆黑，他们看不见任何东西，只知道那是通向里面和下面的一个大裂口。

第十二章

勇探龙穴

矮神们久久地站在门前的一片黑暗中争论不休,最后索林说:

"尊敬的巴京士先生在长途跋涉中已经证明他是我们的好伙伴,他浑身是胆足智多谋,这个小矮人远远不能以他的身材来衡量。而且我还要说,他的好运气也远远不是普通人所具有的。现在是他作出贡献的时候了,他就是为了这点才加入我们的,现在也是他赢得那份酬金的时候了。"

你很熟悉索林的作风,在这种重要的场合,他的说话还远远不止这些,我不想把它们一一记下来。那无疑是一个重要的场合,但是彼尔博觉得很不耐烦。现在他也相当熟悉索林，知道他的话到底是什么意思。

"你要是以为头一个进秘密通道是我职责的话，哦，斯兰的儿子索林·奥根希尔得，祝你的胡子永生，"他毫不客气地说，"并且请你免开尊口吧！我完全可以拒绝。我已经两次让你们从困境中脱身，都是原先讲好的条件中所没有的，因此我认为自己已经赢得了一些酬金。不过我父亲常说'好事做到底'，好歹我也不想拒绝。恐怕现在不像从前，得指望运气好才行。"他指的是春天离家以前，不过好像是几百年以前的事了，"不过说什么我还是准备去一趟，我马上去侦察一下，把这件事了结。你们谁跟我一起去呢？"

他并不期望许多人异口同声自告奋勇，费里和基里看上去很不自在，跷起一只脚站在那儿，其他人毫不掩饰地表现出根本不想去，只有担任警戒的老巴林例外，他很喜欢小矮人，他愿意陪他进去，至少陪他一段路，在必要的时候可以随时喊他帮忙。

对矮神多半只能这样说，他们确实打算付给彼尔博一笔可观的酬金，他们带他来干这件难上加难的事，他们并不在乎可怜的小家伙乐意不乐意。但是他一旦遇到了什么麻烦，他们还是会全力以赴救他出来的，就像他们刚刚开始冒险时遇到巨人一样，那时他们并没有什么特殊理由要对小矮人表示感激。应该说，矮神并不是什么英雄好汉，而是一些把钱看得很重，精于计算的家伙，

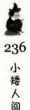

有些还是诡计多端、背信弃义、十足的坏蛋。索林一伙人都很正派，不过你也别对他们期望过多。

小矮人爬进中了魔法的石门进入大山深处的时候，身后暗淡的天空出现了星星，贴在地面的天空黑暗一片。里边的路出乎意料，非常容易走。那不是妖魔的洞口，也不是树精马马虎虎凿出来的洞。那是矮神凿出来的通道，高度与他们的财富和技艺相称，直直的像一把大尺，地面平整，洞壁光滑，微微向下倾斜，斜度却始终保持不变，一直通向黑洞洞的下面——某一个遥远的尽头。

过了一会儿巴林对彼尔博说了声："祝你好运！"就停了下来，那儿他还能看到石门模模糊糊的轮廓，还能靠隧道里错综复杂的回音听到外面其他矮神窃窃私语的声音。这时小矮人套上了戒指，由于有回声，小矮人比以往更加小心，尽量不发出一点响声来，他无声无息地在黑暗中往下爬呀，爬呀。由于恐惧，他的身体在发抖，不过他脸上的表情是坚定不移的。他跟很久以前那个身边不带一块手帕慌里慌张跑出来的小矮人已经完全不同了。他将小剑抽出剑鞘，紧了紧皮带，继续向前爬。

"现在你终于进来干这件事了，彼尔博·巴京士，"他自言自语地说，"那天夜里的聚会上你一脚插了进去，现在你不得不为此付出代价！天哪，过去和现在我都是一个大傻瓜！"他说这个话时，身上托克家族的气质简直少得可怜，"有龙守着宝藏，我说什么也不会有所作为，整个宝藏还不是永远留在那儿。但愿我一觉醒来，发现这个倒霉透顶的隧道就是我自己家的前厅！"

当然他并没有做梦，也谈不上一觉醒来。爬到后来门的影子越来越淡，终于完全消失，他完全孤独了。不过他觉得空气越来越暖和。他想："我仿佛看到前面右下方有个什么东西，是不是一道红光？"

确实是一道红光。他继续往前，那光越来越亮，到后来就再也不用怀疑了。那道光越来越红，与此同时，隧道里也越来越热。一缕缕水蒸气升腾起来，从他面前飘过去，他开始出汗。有一种声音开始在他耳朵中震动，像是一大锅水放在火上沸腾冒泡的响声和一只奇大无比的雄猫打呼噜的呜呜声交织在一起。现在能确定那无疑是某种巨大的动物睡觉打鼾时发出的咯咯声，声音来自他前面的那片红光中。

就在这一霎，彼尔博停了下来。从那儿继续往前是他从未做过的壮举。他以后遇到的可怕事情都无法跟它相比。在他还没有看清潜伏在那里等着他的巨大危险，他就在隧道里单独进行了一场不折不扣的战斗。尽管如此，他稍停片刻还是继续往前推进了，他到了隧道的尽头，那儿有个口子跟上面的门大小和形状都十分相像。彼尔博从这个口子里探出小脑袋张望。前面是古代矮神一个最底层的大地窖或作地牢用的大洞，位于大山脚下的正下方。里边几乎没有一点光亮，因此究竟多大只能作大概的推测。靠近石壁的地方泛起一大片红光，那是斯莫格的红光！

它躺在那儿，那是一条赤金的龙，正在熟睡，从它的口鼻中发出单调的响声和冒出一缕缕烟来，不过它在酣睡中喷出的火焰还是很低的。它的身体在看不见的地上伸展开，身体的四周，上肢下面以及盘起来的大尾巴下面，堆积着无数贵重的东西，有黄金制品和未加工过的黄金，有美玉珍宝和银子银器，无不在红光下闪烁着红色的亮斑。

斯莫格收拢翅膀躺在那里，活像一只庞大的蝙蝠，这半个身子侧向一边，所以小矮人能看到它的下半身以及它那苍白的长肚皮。由于它在那豪华的床上睡得久了，它的肚皮上沾上了厚厚一层玉石和黄金的碎块。在它后面靠得最近的洞壁上还可以模模糊糊看到挂着许多铠甲、头盔、斧子、宝剑以及矛枪，地上还有一排排瓶瓶罐罐，里边都装满了无价之宝。

恐怕说彼尔博当时气都不敢透一口还不足以描写他当时的震惊。人的语言是从精灵那儿学来的，当初整个世界是那样神奇，语言也丰富得多，然而人改变了那种语言，没有留下可以惟妙惟肖形容他当时情景的言词。彼尔博以前听人说过也听人唱过龙的宝藏，可那些从来没像今天这样打动过他的心，原来宝藏竟是这样灿烂夺目光怪陆离。他的心也着了魔，充满了矮神的那种欲望，他目不转睛地凝视着，几乎忘了那个可怕的守护者就躺在无法数清无法估价的财宝旁边。

他仿佛凝视了一百年，这才身不由己地偷偷爬出门口的阴影，穿过一块空地，慢慢靠近那堆山一样的财宝。龙就睡在他上面，但即使它在睡觉，灾难性的威胁依然存在。彼尔博抓起一只双柄的大杯，试试轻重正好可以带走，他用恐惧的目光朝上偷看了一眼，斯莫格的一个翅膀动了一下，一只爪子张开了，咕咕作响的鼾声也变了调。

这时彼尔博逃走了。龙并没有醒——这时还没有醒，它换了个姿势，躺在被它强占的大厅里，又做起别的残暴贪婪的梦来，而小矮人也已经费劲地爬回了那个长长的隧道。他的心还在怦怦直跳，两条腿像在高烧中抽筋，比刚才他下来时还厉害，但是他还紧紧抓着杯子，心里只有一个念头："我偷到手了！这可以给他们看看！还说我不像窃贼倒像杂货商吗？好吧，从此以后这种话我再也不要听了。"

确实如此。巴林看见小矮人重新回来欣喜若狂，或者应该说是又惊又喜。他抱起彼尔博，把他带到了外面。那时已经是午夜，云遮住了所有的星星，彼尔博闭上眼睛躺在地上，大口大口喘着气，享受着重新呼吸新鲜空气的快感，几乎没有去注意矮神们的激动。他们连连称赞他，连连拍他的背后，说了许多矮神世世代代都要为他效劳的话。

矮神们还在把杯子传来传去，眉飞色舞地谈着重新夺回他们财宝的事。这时山下面突然响起了一个巨大的隆隆声，仿佛是一座久已休眠的火山，此时已经打定主意要再爆发一次了。他们身后的门差点关上，幸亏掉下一块石头卡住了它。可从那长长的隧道里传来了回声，声音来自地下深处，那是吼叫的声音和沉重的脚步声，这几种声音使他们脚下的地面都在颤抖。

这时矮神们忘记了他们刚才还在兴高采烈、信心十足地大吹大擂，竟一个个惊恐万分畏畏缩缩起来。斯莫格还得跟他们算账呢。你就在它身旁，不把活生生的它计算在内是不行的，一般龙并不知道怎样使用它们的财富，但由于它们长期拥有这些财富，对财富的一点一滴都十分清楚，斯莫格也不例外。它做了个噩梦，梦见一个武士，虽然身材矮小不足为惧，却有一把利剑和非凡的勇气，使它胆战心惊，于是它的酣睡变成了昏昏沉沉的瞌睡，又从瞌睡中清醒过来。洞里有股奇怪的气味，难道是从那个小洞里吹来的穿堂风吗？那个洞虽小，它却一向觉得很别扭，这会儿它疑心重重地盯着小洞看，不知道为什么以前自己没有把小洞堵死。最近它还疑神疑鬼，仿佛听到上面有敲打的回声模糊不清地传到下面来。它活动活动身子伸长脖子嗅了起来，于是这才发现一个杯子不见了！

有贼！着火了！杀人了！自打它到大山以后，这种事还从来没有发生过呢！它的愤怒简直无法描述，只有财宝不计其数，享用都享用不过来的富人一旦突然失去一样早就拥有却从未使用从未需要的东西，才会这样大发其火。它的火猛烈地喷发起来，山洞里浓烟滚滚，地在动山也在摇。

它的头向小洞猛冲过去，然而无济于事，它进不去。于是它盘起身子，吼声像地下闷雷滚滚，接着他从洞穴深处窜了出去，窜过洞口，进入大山的地下宫殿和巨大的过道，向前洞口冲去。

它唯一的念头就是搜遍大山，找到那个贼，把他撕成碎片，踏个稀烂。它从前洞口出来，洞口的水气猛烈升腾，呼啸作响。接着它飞入高空，火光冲天。它在山顶停下来，喷出绿色和红色的火焰。矮神们听到它飞过去的可怕响声，蜷缩在草地四周石壁旁的巨砾下，希望能好歹躲过龙四处搜索的可怕眼睛。

这一次要不是彼尔博，他们一定会在那儿让龙杀死。"快！快！"他气喘吁吁说，"到门里去，到隧道里去！待在这里可不行。"

他们被这句话唤醒，刚想爬到隧道里去，彼弗突然大叫一声："我的表兄弟邦布尔和博弗还在下面山谷里，我们忘了他们！"

"龙会杀死我们，也会杀死所有的马，所有的给养和备用物品又要丢了，"其他矮神都呻吟起来，"我们却毫无办法！"

"胡说八道！"索林说，他又恢复了尊严，"我们不能撇下他们。巴京士先生，巴林，还有费里和基里，快到里边去。不该让龙把我们全都杀了。余下来的听着，绳子在哪儿？快！"

那可能是情况最恶劣的时刻，他们还从来没有经历过呢。斯莫格发怒的声音好可怕，在上面远处的一个石穴里响起一片回声。火光冲天的龙会随时下来或在空中盘旋，发现他们在险峻的悬崖峭壁上用绳子发疯般地把下面的人拉上来。博弗被拉了上来，那时还没有出事。邦布尔也被拉了上来，尽管绳子格格直响，吓得他直喘气，那时也还没有出事。一些工具和一包包给养也被吊了上来，正在这时危险降临到了他们头上。

只听得一阵呼呼作响的声音，一道红光照在耸起的岩尖上，凶龙过来了。

他们刚飞逃进隧道，把一包包东西生拉硬拽进去，斯莫格就从北边猛飞过来，它的火舌舔到了山坡，扑扇的翅膀发出响声像是狂风的怒吼。它那炽热的气息烤焦了石门前的青草，从他们留下的缝道里直逼进来，烤得他们几乎没有藏身之处。摇曳的火焰到处蹿起，石头的黑影仿佛金蛇狂舞。龙飞了过去，一片黑暗重又降临。短腿马吓得尖声长嘶，挣脱绳索，四散狂奔。龙掉头飞掠下去追逐它们，危险总算暂时过去了。

"我们那些可怜的牲口算是完蛋了，"索林说，"一旦给斯莫格看见，什么都休想逃脱。我们到了这儿就得待在这儿，有龙守在那里，谁都别痴心妄想走过几英里一无遮蔽的路回到奔腾河边去。"

想到这点可真不是个滋味！他们又往下爬了一阵，这才躺了下来，尽管隧道里又热又闷，他们还是不停地哆嗦。后来他们透过门缝终于看到了灰蒙蒙的黎明。整个夜里每隔一会儿他们总能听到咆哮的龙渐渐飞来又渐渐远去，它不停地在山坡上空盘旋搜索。

它根据短腿马和营地猜测到有人从奔腾河和长湖到这儿来过，

还从马所在的山谷里往山坡攀登过。但是那扇石门并没有落入它搜索的目光，它没有看到那个四面有高高石壁的小山凹，它猛烈的火焰挡住了它的视线，搜索了好久一无结果，到了黎明它的狂怒终于冷却了下来。为了积聚力量，它又回到那张黄金铺就的大床上睡觉去了。它不会忘记或原谅偷窃，哪怕一千年以后它变成石头也不会，而且它有时间，等得起。它悄没声息地一点点爬回洞穴，半闭着眼睛。

早晨到来以后矮神们的恐惧减少了。他们了解到要对付这样一个守卫，不可避免会遇到这种危险，觉得就此放弃他们的追求太不像话。而且正如索林指出的那样，他们现在也不能就这么出去。他们的短腿马有的逃走，有的被杀死，所以还得等斯莫格的搜索放松下来，他们才有可能步行穿过开阔地带。好在他们救出了不少给养，还能维持一些时候。

他们又争论开了，究竟怎么办呢？争了好久还是想不出摆脱斯莫格的办法——那一直是他们计划中的一个弱点，彼尔博早就想告诉他们。正如人的天性中有许多茫然不解的东西一样，他们又开始抱怨起小矮人来，责备他把杯子带了回来，这么快就激怒了斯莫格，竟忘记了他们自己起初是怎样欣喜若狂来着。

"你们还能指望一个窃贼做什么呢？"彼尔博生气地问，"事先没说要我去杀龙，那是勇士的任务，我的任务只是去偷财富。我已经尽力而为，开了个好头，难道你们希望我把整个斯莫格秘藏的珍宝全都背回来？要是你们抱怨完了，我倒也想发发牢骚。你们应该带五百个窃贼来，而不是光带一个。我相信宝藏曾经使你们的祖父增添无上光荣，但是他的财富究竟大到何种程度，你们有没有给我说清过呢？这一点装也装不过去，要是我的身体大上五十倍，我也需要几百年工夫才能把它全都弄上来，斯莫格还得驯服得像兔子一样。"

经他这么一说，矮神们自然也说了一大通话，请求他原谅。"巴京士先生，我们该怎么办，你有什么建议吗？"索林很有礼貌地问。

"要是你们一心想搬财宝，我一时也想不出什么主意来。很明显，得靠某种新的转机才能摆脱斯莫格。可摆脱龙这种事根本与我无关，不过我愿意尽量设法考虑一下。就我自己而言，我只希望能平平安安回到家里。"

"这点暂时别去管它！我们此时此刻该干些什么呢？"

"那好，如果你们一定要我提什么建议的话，我说我们什么也干不了，只能在原地。白天我们无疑比较安全，能爬出去呼吸新鲜空气。可能过不了多久能挑选一两个人回到河边的营地去，补充一些给养。但在这段时间晚上人人都得乖乖地待在隧道里。"

"现在我去替你们做一件事情。我有戒指，一到中午就爬下去看看斯莫格在干什么，是不是在睡午觉。说不定我能发现一些事情。'每条蛇总有它的弱点。'我父亲经常这样说，不过我可以肯定，那不是他的个人经验之谈。"

矮神们自然巴不得接受这个建议，他们早就对小彼尔博很尊敬了，如今他简直成了他们冒险中真正的领袖。他开始有自己的主意和计划，到了中午他已经做好准备再次到大山底下去冒险。他并不喜欢冒险，不过他认为自己这样去做也糟糕不到哪里去。要是他事先对龙的诡计多端一清二楚的话，他可能就会对利用龙睡午觉的机会去刺探情况更加战战兢兢并且不抱什么希望了。

他动身的时候外面阳光灿烂，可隧道里还是像黑夜一样，石门里透进来的光不起什么作用，他向下没有爬多远就什么也看不见了。他爬动起来无声无息，就是和风托起一缕青烟也不会那样轻，当他靠近下面那个门洞时，真有点为自己感到骄傲。大洞里只能看到十分微弱的红光。

"老斯莫格疲倦了，在睡觉，"他想，"它看不见我也听不见我。彼尔博，打起精神来！"他多半忘了要不就是从来没有听人说过龙的嗅觉。事实上它们还有一点非常难以对付，那就是一旦起了疑心，它们睡觉时还能张着半只眼睛注视周围。

斯莫格看上去确实在熟睡，几乎像死过去一样暗淡无光，仅仅每打一次鼾鼻孔里喷出一股看不见的蒸汽来。彼尔博又在入口的地方探头张望一下，刚想踏出去，只见斯莫格左眼低垂的眼皮底下突然闪出一道细小而刺眼的红光。它原来只是在装睡！它注意着隧道的出口！彼尔博急忙朝后退，他的戒指再一次保护了他。

这时斯莫格开了口："哼，贼！我闻到了你，感受到了你的气息，我听到你在呼吸。来！你再来拿吧，这里多得很，而且都用不着。"

毕竟彼尔博对龙的传说不是一无所知，所以斯莫格想轻而易举把他骗到跟前去，总难免要失望。"不，谢谢你，奇大无比的斯莫格！"他回答道，"我到这儿来不是为了礼物。我只希望来看你一眼，看看是不是真的跟传说中的一样大，我不大相信传说。"

"那你现在相信了吗？"虽说龙一个字也不相信，却不免有点得意。

"那些歌和传说描写得一点也不逼真，你斯莫格可算是一切灾难最了不起的罪魁祸首呀！"彼尔博回答道。

"作为一个贼和说谎的人，你的态度挺不错，"龙说，"看来你很熟悉我的名字。可我记不起来以前什么时候闻到过你的气味。请问，你是谁，你从哪儿来？"

"你尽管问嘛！我从山下来，山上山下都有我的路。我还能从空中来。我来的时候谁也看不见。"

"这一点我完全相信，"斯莫格说，"不过这总不见得就是你的名字吧？"

"我是猜谜大王、割网好手和舞刺大师。我是被选来凑那个吉利的数字的。"

"一大堆挺可爱的头衔，"龙嘲笑道，"但吉利的数字结果不一定吉利。”

"我把朋友活埋起来淹在水里，又重新把他们一个个活着从水里拉出来。我从一个口袋底里来，却没有一个口袋蒙在我头上。"

"这些听上去都不大靠得住。"斯莫格又冷笑道。

"我是熊的朋友，鹰的客人。我是戒指的获得者，我是福星高照的人，我还是骑市桶的人。"彼尔博继续说下去，谜语越出越起劲。

"这倒不错！"斯莫格说，"不过别让你的想象像脱缰的野马！"

要是你不想透露真正的名字（这样做是很聪明的），又不想一口拒绝使龙激怒（这种想法也是非常聪明的），那么跟龙谈话就用这种方式。没有一条龙能抵御谜语般谈话的迷惑力，浪费好多时间也要想办法弄懂它。这里边有许多东西斯莫格根本不懂（我希望你能弄懂，因为你知道所有有关彼尔博的冒险），可它自以为懂的很多，它那凶残的内心正在暗暗发笑。

"昨天夜里我就是这样想的，"它得意地对自己说，"长湖人，一定是那些进行市桶贸易的长湖人，这些可怜的家伙也想搞一些恶劣的阴谋。一定是长湖人，要不我是一条蜥蜴。下面那条路我已经好久没有去过了，不过我会很快改变这种情况的！"

"很好，骑市桶的人！"它大声地说，"市桶可能是你那匹短腿马的名字，不过也可能不是，总之它一定很胖。你走路的时候人家看不见你，但是你不是一路走来的，让我告诉你，我昨天晚上吃了六匹马，不久我会把其余的全都抓来吃掉。为了报答这顿出色的美餐，我给你一个忠告，只要有办法，别再跟矮神搅和在一起！"

"矮神！"彼尔博装出惊奇的样子说。

"别这样跟我说话！"斯莫格说，"我知道矮神的气味和滋味，比谁都清楚。别以为我吃了一匹矮神骑过的马，竟闻不出味道来！你跟这些朋友交往不会有好下场，骑木桶的贼。你要是从我这儿回去告诉他们，我也不在乎。"不过它没有告诉彼尔博，有一种气味它根本分辨不出来，那就是小矮人的气味，在它的经验中从未闻到过的这种气味，使它感到大惑不解。

"我看昨天晚上你偷走杯子一定得了一大笔钱吧？"它继续说，"告诉我，你得到了吗？什么？一个子儿也没有！哼，他们就是这个样子。我看他们偷偷摸摸躲在外面，你的差使却是干一切危险的活儿，趁我不注意的时候替他们偷一些能偷到的东西，然后他们跟你平分？你千万别信！你要是能活着出去就算你运气好了。"

彼尔博这时才真正感到浑身不自在起来。斯莫格游动的目光在黑暗里搜索他，目光投到他身上时，他浑身发抖，而且有一种无法解释的欲望抓住了他，要他冲出去，暴露自己，把真相全都告诉斯莫格。实际上他已经处在一种极大的危险之中，已经受到了斯莫格魔力的影响。不过彼尔博还是鼓了鼓勇气重新说话。

"你并不知道一切，强大的斯莫格，"他说，"带我们到这儿来的不光是黄金。"

"哈！哈！你承认了，我们，"斯莫格扬声大笑说，"为什么不干脆说'我们十四个'呢？数字吉利的先生？我很想听听除了想弄走我的黄金，你们到这一带来还有何贵干？要真有别的贵干倒也不至于完全浪费时间了。"

"我不知道你究竟有没有想过，即使你能一点一点偷出黄金——那也得偷上一百多年，偷到手你能把它运出去吗？在山上没有多大用处吧？在森林里没有多大用处吧？天哪！你从来没想到过这些？据我推测，分成十四份什么的就是条件吧？可交货怎么办？运费怎么办？武装警卫和通行费怎么办？"斯莫格又在扬声大笑，它有一颗恶毒和诡计多端的心，它知道自己的猜测八九不离十，不过它怀疑长湖人是不是在幕后策划，大多数赃物是不是打算运到岸边的镇上去，那个镇在它年轻的时候叫做埃斯戈洛斯。

你只怕很难相信，可怜的彼尔博确实非常后悔。到目前为止他的思想和他的精力全都集中在到达大山，找到入口这一点上，他从来没有费心想财宝该怎样转移出去，当然也从未想过得到那份财宝他如何一路带回小山下"口袋底"的家里去。

这时他的脑子里开始出现一种恶意的猜疑：会不会矮神们也忘了这一要点，还是他们始终在背后偷偷地笑他？龙说的话在没有经验的彼尔博身上起了作用。当然彼尔博应该早有防备，但是斯莫格自有制服人的办法。

"我告诉你，"他一边说，一边努力迫使自己仍然忠诚于朋友，并且振作起精神来，"黄金只是一个留待以后考虑的问题。我们翻山越岭，乘风破浪前来，为的是报仇。一点也不错，财富无法估计的斯莫格，你必须懂得你的成功，使你树立了一些死敌。"

这回斯莫格真正扬声大笑起来，那声音像山崩地裂，震得彼尔博跌倒在地，远处隧道里的矮神挤成一团，都以为小矮人遇到意外完蛋了。

"报仇！"它鼻子哼哼道，眼睛里射出的光像红色的闪电照亮了山洞的上上下下，"报仇！大山下的国王已经死了，他那敢来报仇的亲属在哪儿？溪谷镇的吉利昂死了，我像一头狼闯进了羊群，把他的人全都吃了，他那儿子的儿子们敢靠近我吗？我高兴杀向哪儿就杀向哪儿，谁敢反抗？我打败了昔日的勇士，这类人当今世界上再也没有了。我那时还很年轻，很软弱。现在我老了，却非常非常非常强壮，黑影里的贼！"它的眼睛里闪出贪婪的目光，"我的铠甲比盾坚固十倍，我的牙齿是一把把利剑，我的爪子是一根根矛枪，我的尾巴一扫像电闪雷鸣，我的翅膀能掀起一阵狂风，我呼一口气就意味着死亡！"

"我一向听说，"彼尔博用害怕的支吾声说道，"龙身体的下面部分比较软，特别是，呃，胸部那个位置，不过毫无疑问，你早就想到了要加固那个地方。"

龙暂停了一下自我吹嘘，"你的消息已经过时了，"它怒气冲冲地说，"我浑身上上下下都用铁片和坚硬的宝石保护起来，刀枪不入。"

"我猜也是，"彼尔博说，"斯莫格刀枪不入确实天下无敌。它还有一件镶嵌大颗金刚宝石的背心，多了不起呀！"

"是的，它确实非常稀有非常神奇。"斯莫格变得非常荒唐可笑，竟洋洋得意起来。它不知道小矮人上次访问时已经偷看到它的特殊秘密，为了某些原因，他还渴望看个仔细。那龙翻了个身，"看！"它说，"你瞧怎么样？"

"令人眼花缭乱，真了不起！真是完美无缺，令人惊叹！"彼尔博大声叫道，可他心里却在想，"老傻瓜！它左胸凹陷进去的地方明明有一大块光秃秃的，跟出壳的蜗牛一个样！"

看到了龙的这个弱点以后，巴京士先生的下一个念头便是准备脱身。"啊，我真的不能再缠住高贵的您了，"他说，"不能再耽搁您的许多大事了。我看抓短腿马得费些事，路准近不了。您还要抓窃贼呢。"他把这当做最后告别的话甩出去，便掉头像箭一样朝隧道里窜去。

最后一句话说得真不是时候，因为龙立即在他身后喷射起可怕的火焰米，尽管他飞快地上爬，可还没有跑远，恶魔般的龙头便冲向后面的洞口。幸亏它整个头和口鼻挤不进去，但是它的鼻孔可以把火和蒸汽喷向前去追逐他，差点把他吓得灵魂出窍，他忍着疼痛盲目地向前跌跌撞撞。他刚才跟斯莫格对话一番，还对自己的机智挺得意呢，可最后犯的错误，终于使他头脑清醒下来。

"千万别去嘲笑活生生的龙，彼尔博你这个傻瓜！"他自言自语道，这句话后来成为他最喜欢的口头禅并且进入了谚语。"你的冒险还没有结束呢。"他又补充了一句，这一点也是事实。

终于逃了出来，他跌倒在门前石级上昏了过去，那时已临近黄昏。矮神们使他苏醒过来，想尽一切办法护理他的烧伤，不过要让他后脑勺的头发和脚后跟的毛重新长齐那就要好些日子了。那些毛发全都烧焦蜷曲了起来，皮都露了出来。与此同时他的朋友也尽力使他振作起来，他们也都急于听听他的故事，特别想知道为什么龙会发出那样可怕的声音，彼尔博是怎么逃走的。

但是小矮人忧心忡忡很不舒服，他们很难从他嘴里套出什么话来。他把事情前前后后重新思索一遍，很后悔自己对龙说了一些不该说的话，因此并不急于重复这些话。那只老乌鸦正落在附近一块石头上昂着头侧耳细听所有的谈话。彼尔博拾起一块石子朝它丢去，这也说明他当时心情有多坏，可那鸟只是在一边扑扇了几下翅膀，又回来了。

"这只鸟真讨厌！"彼尔博很生气地说，"我相信它是在偷听，我也不喜欢它的模样。"

"别去管它！"索林说，"乌鸦是益鸟，而且很友好。这只鸟非常老了，很可能一直住在这儿，我父亲和祖父还亲手饲养过呢。那是古老血统留下的最后一个后代。它们以长寿和神奇著名，这一只很可能就属于那个血统，一二百年或更久以前还活着一些别的乌鸦。溪谷镇人一向懂得它们的语言，还利用它们跟长湖镇人和其他地方的人互通信息呢！"

"哼，它要是想这样干的话，它已经有新闻可以带到长湖镇去了，"彼尔博说，"不过我并不认为那儿有什么人曾经费心学过乌鸦的语言。"

"为什么？究竟发生了什么事？"矮神们叫道，"讲讲你的故事吧！"

彼尔博把能记起来的对话全告诉了他们，他承认自己有种不祥的感觉，龙从他的谜语中猜到的东西太多了，它不光是猜到了帐篷和短腿马。"我断定它已经知道我们来自长湖镇，并且在那里得到了帮助。我有一种非常可怕的感觉，它下一步很可能会对那个地方采取行动。天哪，我没有说骑市桶的人就好了，在这一带就是一只瞎了眼的兔子也会马上想到那是长湖镇人。"

"好了，好了！那是没有办法的事。我常听别人说，跟龙谈话要滴水不漏那是很难做到的。"巴林急忙安慰他，"要问我的话，我就说你做得很好。不管怎么说你发现了一件非常有用的事，而且活着回来了。跟斯莫格之类的龙说过话，做到这一点就很了不起。知道那条老龙金刚钻石的背心上有块光秃秃的地方，那也是件天大的喜事。"

这样一来话题就转移了，他们全都讨论起从前杀龙的事来，有的有根有据，有的让人半信半疑，有的全是虚构。他们讨论到刺戳击砍各种手法，以及在杀龙时所采用的各种不同技艺、设想和策略。普遍的意见是趁龙打盹把它抓住不那么容易，企图趁它睡熟进行刺杀似乎比正面进攻会造成更加沉重的后果。乌鸦始终听着他们的谈话，直到星星开始露面，它这才悄悄展开翅膀飞走了。在这期间，日影越长，彼尔博的不安和不祥的预感也随之增长。

最后他打断了他们。"我们在这儿肯定非常不安全"，他说，"我看不出有什么必要还坐在这儿。龙已经把所有赏心悦目的绿色变成了一片焦土，再说夜色已经降临，天又那么冷。我的骨头里也预感到这个地方将再次受到袭击。斯莫格现在知道了我是从哪儿到下面大山洞里去的，相信它也一定会猜到隧道的另一头在什么地方。必要的话，它还会把这片山坡捣个粉碎，阻止我们进入山洞，而且在捣毁山坡的同时把我们也捣个稀烂。"

"你太悲观了，巴京士先生！"索林说，"既然它那么急于赶走我们，那它为什么不把下面的口子堵住呢？它没有堵呀，要不然我们会听见的。"

"我不知道，不知道。可能它想再引诱我进去，我是这样想的，也有可能它想等到今天晚上搜索以后再干，也有可能它想尽量不毁掉它的卧室。不过我希望你们不要再争论了。斯莫格随时都会出来，我们想得救唯有躲在隧道里把门关上。"

他态度非常坚决，矮神们终于照他说的去做了，但是他们没有马上把门关掉。他们觉得那样做未免有点像孤注一掷，因为谁也不知道他们还能不能从里边把门重新打开，想到关在里边，出路唯有穿过龙的洞穴，他们谁也不大乐意。再说这时似乎还相当平静，隧道外面和隧道下面都没有什么动静。他们到了里边，坐在离那扇半开半闭的门不远的地方，没过多久又继续谈起话来。

话题转到了龙说矮神的那些恶毒言语。彼尔博真希望自己从来没有听到过这种话，至少现在他能十分肯定了，矮神们的态度绝对真诚，他们声明赢得财宝后究竟会发生什么事情他们以前根本想都没有想过。"我们知道这是一件铤而走险的事，"索林说，"这一点我们现在仍然非常清楚，我还想，如果真的得到财宝了，还有足够的时间去考虑怎样处置。至于你的一份，巴京士先生，一旦我们到手了，可以分了，你可以挑选其中的十四分之一，我们对你的感激远远不止这些。我很抱歉让你担心运输的问题，我得承认，困难是巨大的，随着时间的流逝，这些土地荒凉的程度不仅不会减少，恐怕还会增加。但是我们将为你尽一切努力，到时候我们承担一切费用，信不信由你！"

后来话题又转到巨大的宝藏本身和索林、巴林能记起来的一些东西上。他们不知道这些东西是否完好无损躺在下面的大山洞里。他们为伟大的已故国王布拉道辛的军队打造过矛枪，那种矛枪枪头经过三次锻造，枪杆都镶有精巧的黄金，那批枪从未交过货，他们从未收到过付款；他们还为早就死去的勇士制造过盾牌；斯劳尔那个双柄的大金杯，上面有锻打或雕刻的花鸟，花瓣上和鸟的眼睛里都嵌有宝石；还有一些镀金镀银的铠甲，刀枪不入；溪谷镇的吉利昂有一条项圈，用五百颗祖母绿宝石制成，他在自己的长子长大成人时，把这个项圈跟一件矮神的锁子甲一齐给了儿子，那件锁子甲还是有史以来最出色的杰作，因为它由纯银锻造，却比三层钢还坚固。不过最最精美的要算矮神在大山脚下发现的一块大白玉，那是大山的心脏，斯兰的镇山石。

"镇山石！镇山石！"索林在黑暗中嘟嘟囔囔，似醒非醒地把下巴搁在膝盖上，"它像个球体，有一千多个棱面，火光里它像银子一样闪烁，太阳底下它像水一样明亮，星光底下它像雪一样白，月亮底下它像一道道雨丝！"

但是彼尔博身上已经没有这种对宝藏如痴如醉的欲望，整个谈话他都似听非听。他坐在最靠近门的地方，竖起一只耳朵听门外有什么动静，另一只耳朵则警惕着矮神们嗡嗡谈话以外的回声，下面远处是否有异常的声息传来。

黑暗越来越浓重，他也越来越感到不安。"把门关上！"他向他们苦苦哀求，"我怕龙，怕得要死。我不喜欢这样的安静，安静并不比昨天晚上天翻地覆好多少。把门关上，再不关就迟了！"

他的声音中有种东西使矮神们产生很不自在的感觉。索林慢慢站起身来踢掉插在门里的石头。他们用力推门，门无声无息关上了，门里边并没留下钥匙孔的痕迹。他们被关在了大山中！

说时迟那时快，他们还没有往隧道深处走几步，山坡上便传来一下重击声，像是巨人们在挥舞橡树的市夯，重重地砸了下来。岩石隆隆作响，石壁裂了开来，洞顶的石子纷纷落在他们头上。假如门那时还开着，会发生什么事情，我想都不愿去想。他们往隧道下边逃去，庆幸自己还活着。只听身后的洞外传来斯莫格狂怒的咆哮和隆隆的脚步声，它把岩石打成碎片，它猛烈甩动巨大的尾巴，撞击石壁、悬崖和高耸的小小营地。烧焦的青草，乌鸦落脚的石头，爬满蜗牛的石壁和狭窄的突出部全都不见了，只剩下乱七八糟的碎片，纷纷崩落下去，越过悬崖，掉入下面山谷。

斯莫格刚才鬼鬼祟祟悄无声息地离开了洞穴，又不声不响飞入高空，然后像一只巨大的乌鸦在黑暗中沉重而缓慢地摆动着翅膀，朝大山四边的盘旋下来，希望能抓到一些它不知道的东西或不知道的人，探明那个贼所用通道的出口。可它什么也没有找到，什么也没有看见，甚至到了它猜想那儿一定是出口必定在那儿的地方也仍然一无所获，于是就爆发了一阵狂怒。

它用这种方式出了气，这才觉得好多了，它心想别再在这个方向多费事了。它暂时还要进行另一个报仇。"骑市桶的人！"它鼻子里哼哼说，"你的脚来自水边，而且无疑是逆水上来的。我不知道你的气味，但你要不是长湖镇的人，就一定得到过他们的帮助。得让他们看看并记住谁是大山下真正的国王！"

它在一片火海中升起，朝南边奔腾河方向而去。

第十三章

龙不在家里

　　这时矮神们坐在黑暗中，一片寂静笼罩着他们。他们吃得少说得也少，时间过去多少，他们都计算不出来了。他们几乎动都不敢动，因为即使是轻声细语也会在隧道里引起一片瑟瑟作响的回声。有时他们打个盹儿，醒来也依然是漆黑一片，依然是无法打破的寂静。这时即使下面传来龙回家的声音，他们多半也会欢迎的。在这片寂静中他们反而担心它会耍什么诡计或魔法，再说他们也不能老在这里坐着呀。

　　索林说："让我们试着推推那扇门！我得让风吹吹我的脸，要不快憋死了。我看在外面让斯莫格踩个稀巴烂，也比在里边闷死强。"几个矮神起身摸索到门边，可是他们发现隧道的上半部已经被震坏，让碎石堵死了。如今即使有钥匙和魔法也无法把门重新打开了。

"我们陷在里边了！"他们呻吟道，"结果竟然是这样，我们要死在这里了。"

但是不知怎么的，矮神最失望的时候，小矮人却反觉轻松得出奇，好像背心下面去掉了一块大石头。

"来，来！"他说，"'只要活着就有希望！'我父亲经常这样说，他还说'好事做到底'，所以我准备再一次到隧道下面去。这条路我已经走过两回了，那两次我知道另一头有一条龙在，这一次我吃不准它在不在，所以我要冒第三次险去访问一下。不管怎么说，唯一的出路在下面，我看这回你们最好全都跟我一起去。"

他们硬着头皮答应下来。索林头一个走上前来，到了彼尔博的身边。

"现在小心！"小矮人悄悄说，"尽量不要弄出声音来！斯莫格可能不在底下，不过也可能在。我们不要进行不必要的冒险。"

他们往下走啊，走啊。矮神们潜行起来当然没法跟小矮人相比，他们弄出一大片呼哧呼哧嗒啦嗒啦的声音，经过回声一放大就更让人提心吊胆，尽管彼尔博不时惊恐地停下来侧耳细听，下面依然没有丝毫动静。彼尔博仔细估计一下，快到底下了，他便套上戒指走在了前面。其实他没有必要这样做，因为在漆黑一片

第十三章

259

中他们谁也看不见谁，事实上因为黑得厉害，小矮人走到洞口还不知不觉，突然他的手摸了个空，打了个趔趄，头朝前滚入了大山洞。

他的脸贴在地上不敢起来，甚至不敢呼吸。但洞里还是没有动静，没有一丝微光。只有当他最终缓缓抬起头来时，才觉得在远处的黑暗之中似乎有一个苍白的亮点在隐约闪烁。他可以肯定那不是什么龙火的闪光，尽管那儿龙的恶臭依然十分浓重，他的舌头上都能舔到一股蒸汽。

巴京士先生终于再也不能忍受。"斯莫格，你这条该死的爬虫！"他大声发出短促的尖叫，"别玩捉迷藏的游戏了！给个亮光，要是你能抓到我，就把我吃掉！"

微弱的回声在漆黑的大山洞里回荡，但依然没有回答。

彼尔博站起身来，发觉自己东南西北都分辨不出来。

"我真不知道斯莫格在玩什么花样，"他说，"它今天不在家（说不定该说今晚，谁知道呢），我可以确信，要是奥英和葛劳英没有丢掉他们的打火匣，我们说不定能点个火，在噩运降临以前转一圈看个仔细。"

"给点光！"他叫道，"谁能拿来打火匣？"

彼尔博跌下石级，砰然有声摔进大山洞里，矮神们当然非常惊慌，他们在原地挤成一团，坐在隧道的尽头。

"嘘！嘘！"他们听到他的声音，连忙向他发出嘘声。这样一来倒帮小矮人确定了他们的方位，但好一阵子他从他们那儿得不到任何反应，最后彼尔博竟然在地上跺起脚来，并且扯大嗓子放声尖叫"给点光"，索林才让了步，打发奥英和葛劳英到隧道顶上去拿他们的包。

过了一会儿有个闪烁的微光照着他们一路回来。奥英手里举着一个小小的松明火把，葛劳英的胳膊下还夹着一大包火把。彼尔博很快跑到门前拿了火把，不过他无法说服矮神们把其余的火把全都点起来，跟他一起去。正如索林小心解释的那样，巴京士先生是他们正式的窃贼专家和侦察员，如果他要冒险点亮火把，那是他的事情。他们愿意待在隧道里等他回来报告，所以他们都坐在门边看着。

他们看见小矮人小小的黑影高高举起小小的火把，开始在大山洞里穿行。起初他离得还比较近，他们时常看见忽明忽暗的微光，他老绊在一些金器上。他在巨大的山洞里走开，火光越来越小，接着那火光仿佛在空中跳起舞来，原来彼尔博爬上了堆得像小山一样的财宝。很快他站在了那小山顶上，继续在上面走着。接着他们看见他停了下来，弯了一阵子腰，却不知道为了什么。

那是为了镇山石，大山的心脏。彼尔博是根据索林的描写猜出来的。事实上即使在这么一大堆宝藏，甚至在全世界的宝藏中都找不到第二颗这样的宝石。他一路爬上去，总有一个白色的微光在前面闪亮，吸引他的脚朝它走去。它渐渐变成了一个小小的

第十三章

261

苍白的球体。当他靠近时，它的表面忽隐忽现发出多种色彩的亮光。最后他望下去时，差点气都透不过来。他的脚边有一颗硕大的宝石，那宝石本身能够发光，它是很久以前矮神从大山中央开掘出来的，经过琢磨和加工，它还能吸收所有的照射在它上面的光线，变成成千上万白光四射的火星，白光中还隐隐约约呈现出彩虹的颜色。

突然彼尔博的胳膊被它的魔力拉了过去。他的小手握不住它，因为这块宝石又大又重。但是他还是闭上眼睛，把它拾了起来，放在了最里边的口袋里。

"现在我是真正的窃贼了！"他想，"不过我看到了一定时候，还得把这件事告诉矮神们。他们说过我能挑选我的那一份，那我就挑这个，他们把其余的都拿去也行！"尽管如此，他依然有一种不舒服的感觉，挑选并没有说一定包括这颗奇异的宝石，这是一个以后必然会遇到的麻烦。

他又继续查看，他从那一头爬下了财宝的小山。正在上面观看的矮神只见火把的亮光消失了。但是不久他们看到他又重新出现在更远的地方。彼尔博正在穿过大山洞走到另一头去。

他继续向前，来到了最远一头的大门旁，那儿有股空气使他精神一爽，但也差不多吹灭了他的火把。他小心翼翼朝外张望，看到许多巨大的通道，还有一些模糊的影子，像是宽大的楼梯口，通向黑洞洞的上面，那里仍然没有斯莫格的影子和声音。他正准备转身走回去，突然一样黑乎乎的东西向他飞扑过来，擦过他的脸。他尖声惊叫，向后一个趔趄倒在地上。火把的头子掉下来骨碌碌滚走了。

"但愿那只是一只蝙蝠！"他可怜巴巴地说，"可现在怎么办呢？我连东南西北都分不清！"

"索林！巴林！奥英！葛劳英！费里！基里！"他扯着嗓子喊——不料在广阔的山洞中他的声音变得那样细小，"火把熄灭了！派个人来找找我，救救我！"那个时候他的勇气一下子全都没有了。

矮神们隐隐约约听到细小的声音，只分辨出"救救我"几个字。"肯定不是龙，要不然他不会不断尖声大叫。"

他们又等了好一阵，仍然没有龙的响声，除了彼尔博在远处喊叫，没有一点声音。"快来个人！再拿个火把来！"索林下起命令来，"看来我们不得不去帮帮我们的窃贼了！"

"这回轮到我们去帮他了，"巴林说，"我很愿意去，不管怎么说我希望这会儿别出事。"

葛劳英又燃起几支火把，然后他们一个个全都爬出了隧道，沿着洞壁尽快匆匆赶去。他们没有走多远就碰到了彼尔博，他自己在朝他们走回来。他一看到火把的火光，就很快恢复了理智。

"不过是只蝙蝠，我掉了一支火把，没什么大事！"他回答他们七嘴八舌提出来的问题。尽管他们大大松了口气，但无缘无故受了一番惊吓，难免想埋怨几句，要是这时彼尔博把镇山石的事情告诉他们，我真不知道他们会说些什么。他们刚才一路过来，看到了堆在那里的财宝，仅仅眼睛这么一扫，矮神们心里的火全都重新点亮了。而矮神的心，哪怕最高贵的，只要被金子和宝石唤醒，他就会突然变得勇往直前，同时也非常凶狠残忍。

果然矮神们不再需要任何鼓励，这会儿他们全都渴望抓紧时机考察一下整个山洞，全都愿意相信斯莫格此刻正出门在外。这会儿他们人人举着点亮的火把，从这一边仔细打量到那一边，忘了恐惧，甚至忘了谨慎。他们大声说话，互相扯着嗓子嚷嚷，不是从财宝山上拿起一些古老的宝贝，就是从洞壁上取下一些宝贝，拿到亮光下，反复地抚摸。

费里和基里简直欣喜若狂，他们找到了许多挂在那里的金竖琴，上面都是银子做的琴弦。他们拿起来弹了弹，真是奇迹，居然还没有走调（龙对音乐没什么兴趣，也就从来没有碰过竖琴）。黑暗的大山洞里沉寂了好久，如今充满了音乐声。不过大多数矮神比较实际：他们收集宝石塞满他们的口袋，那些不能带走的，他们只能叹口气，让它们从手指缝里漏下去。索林很少跟他们一起，他从这一头走到那一头，搜索一样他找不到的东西。他在找镇山石，不过他跟谁也没说。

这会儿矮神们从洞壁上取下了铠甲和武器，把他们自己武装了起来。索林看上去确实神气，他穿了一件镀金的锁子甲，镶嵌红宝石的腰带上插着一把银柄的斧子。

"巴京士先生！"他大声叫道，"这是给你的头一笔报酬！脱掉你的旧衣服，穿上这件！"

说着他给彼尔博穿上一件小锁子甲，那是很久以前为一个年轻的小精灵王子制造的。材料是小精灵们称为银钢的合金，配一条镶嵌珍珠和水晶的腰带，一顶很轻的头盔也戴上了小矮人的头，头盔由花纹皮革制成，下面有钢箍加固，边上装饰着镶嵌白玉的钉子。

"铠甲很华丽，"他想，"不过穿在我身上很可笑，小山下的父老乡亲会笑话我的！要是手边有一面镜子就好了！"

巴京士先生仍然比矮神们头脑清楚，他故意避开，以免受宝藏迷惑，在矮神们终于对考察财宝疲倦以前，他早就厌烦了，坐在地上，忧虑起结局究竟会如何。"为了痛痛快快喝一顿，我宁可用许许多多贵重的高脚杯来换取别昂的一只市碗！"

"索林！"他大声叫道，"下一步怎么办？我们武装了起来，不过随便什么铠甲在抗击凶龙上都毫无用处。这些宝藏我们还没有赢回来呢。现在还不到欣赏黄金的时候，关键是要寻找一条逃跑的路。我们不能老是指望运气帮忙呀！"

"你说得对！"索林回答道，他也恢复了理智，"让我们走！我来替你引路。这个宫殿里的路径再过一千年我也不会忘记。"于是他招呼其余的人聚集过来。他们把火把高高举在头顶上穿过豁开的门，一路走一路依依不舍地频频回头。

　　他们闪闪发光的铠甲上依旧罩着他们的旧斗篷，耀眼的头盔上也还是破破烂烂的兜帽。他们一个跟一个走在索林后面，黑暗中亮起了一长排小小的火光。他们常常停下来提心吊胆地仔细倾听有没有龙来的动静。

　　根据这些久已崩裂或毁坏的古老装饰以及龙进进出出弄脏弄坏的东西上，索林认出每一个通道和每一个转弯。他们登上长长的楼梯，曲曲弯弯走下一些因宽阔而回声隆隆的路，又曲曲弯弯登上一些楼梯，接着又爬上更多的楼梯。梯级都很光滑，都是从又宽又大的岩石上开凿下来的。矮神们往上走呀走呀，没有遇到任何有生命的东西，只有穿堂风中忽闪的火把照到之处，似乎有些鬼鬼祟祟的黑影四散逃去。

　　那些石级可不是按照小矮人腿的长短制造的，彼尔博正觉得他再也无法迈步时，洞顶仿佛突然往上跳了好多，火把的亮光怎么也照不到了。上面远处有一个口子透进白色的微光来，空气也变得清新起来。前面有两扇大门歪歪斜斜挂在铰链上，有一半已经烧掉，从门里射进来朦朦胧胧的光线。

　　"这是斯劳尔的大殿，"索林说，"也是宴会和议事的大厅。现在离前洞口已经不远了。"

　　他们走过那个严重毁坏的大殿。桌子已经腐烂，椅子和凳子翻倒在地，有的烧焦了，有的烂掉了。满地都是骷髅，散布在一大堆大酒杯、破碎的角杯和尘土之间。他们又走过好几扇门，耳朵边传来了水流的声音，灰色的亮光也突然到处都是。

"这就是奔腾河的源头，"索林说，"从这儿它匆匆流向大洞口。我们就沿着它走吧！"

石壁上一个黑乎乎的口子里出现了一股翻腾的水，它打着旋流入一条窄窄的水槽，那是古人用灵巧的手开凿并且挖直挖深的。水槽旁边有一条石子铺成的大路，宽得好多人并排一起走也不成问题。他们飞快地沿着那条路奔去，又绕过一个大弯，瞧，白天的阳光就在前面。那儿有一个高高的拱门，拱门里可以看到许多古老石雕的碎片，那门也破旧不堪，有的地方开裂了，有的地方被熏黑了。雾蒙蒙的太阳在大山的两臂弯之间射来苍白的光线，却在门槛的走道上洒下金色的光芒。

烟味惊醒了酣睡中的蝙蝠，蝙蝠们像一阵旋风似的朝他们纷纷扑来。当他们朝前跳开的时候，脚老在石头上打滑，那些石头由于有龙经过弄得又黏又滑。这时他们面前的水泛起无数的泡沫，十分喧闹地流出去，落到下面的山谷里。他们扔掉了暗淡无光的火把，站在那儿眯着眼睛朝外打量。他们到前洞口，下面的溪谷一览无遗。

"啊！"彼尔博说，"我从来没想到过竟能从这扇门向外眺望，也从来没有想到过能重新见到太阳，感觉到风拂在面孔上会有这么快活。不过，这风好冷！"

确实如此，从东方吹来一股刺骨的寒风，那是冬天即将来临的威胁。它在大山的双臂附近盘旋，又吹入山谷去，在岩石中间叹息。龙盘踞的山洞深处异常闷热，在那里待久了，到太阳底下他们反而有些瑟瑟发抖。

彼尔博突然意识到他不仅非常疲倦，而且饿得厉害。"好像早晨都过去了，"他说，"不过我盼望早餐时间好歹还没过去，还能吃顿早饭什么的。我觉得斯莫格前门的石级上可不是个能太太平平吃饭的好地方，我们不能找一个能安安静静坐一会儿的地方吗？"

"对极了！"巴林说，"我知道我们该往哪儿去。我们应该去大山西南角的老哨所。"

"离这儿有多远？"小矮人问。

"我想要走五个小时，路很不好走。从前洞口出去，沿河左边的路看样子全都断掉了，不过你们朝下看那儿！河突然朝东打了个弯，就在毁掉的市镇前面穿过了溪谷。那个地方从前有座桥，爬上右岸是一些陡峭的石级，上面有条路直奔渡鸦山。路的左边应该有条小径可以爬上哨所去。不过即使旧石级还在，爬起来也相当困难。"

"天哪！"小矮人嘟囔道，"不吃早饭还走那么多路，爬那么多山！洞里没钟，不知道白天黑夜，我们有多少顿饭没吃过了？"

事实上从龙毁掉那扇门算起已经过去了两夜一天，这段时间里他们并不是一点东西也没吃过，只是彼尔博已经无法计算，说不出究竟过了一夜还是过了七夜。

"来吧！来吧！"索林哈哈大笑说。他的情绪又高昂起来，把口袋里的宝石弄得哗哗直响，"别把我的宫殿叫做倒霉的山洞！重新清理一下装饰一下，你等着瞧吧！"

"等斯莫格死了再说这话，"彼尔博闷闷不乐地说，"这个时候它在哪儿呢？为了知道这一点我宁可不吃早饭。但愿它别在大山上俯视我们！"

这个念头搅得矮神们心神不宁，他们很快断定彼尔博说的是对的。

"我们必须挪个地方，"多里说，"我总觉得它的眼睛盯着我的后脑勺。"

"这地方寂寞得让人心寒，"邦布尔说，"想要喝水倒不难，可食物就连影子也没了。一条龙待在这种地方少不了要经常挨饿。"

"来吧！来吧！"其余人叫道，"让我们跟巴林走吧！"

石壁右边根本没有路，因此他们在河左边的石子堆里艰难地行走着。他们发现巴林所说的那座桥早就塌了，桥上的石头多半都散落在喧闹的浅水流中。不过这下他们涉水过去倒没有多大困难，他们也找到了古老的石级，爬上了对面高高的堤岸。又走了很短一段路，他们发现了古老的大路，没多久便来到一个隐蔽的又小又深的山谷。他们在那里休息了一会儿，设法吃了顿早饭，主要是吃填饥饼泡水（你要是问填饥饼是什么，我只能告诉你，我也不知道怎么个做法，只知道跟饼干有些相似，可以长期保存，吃了以后很耐饥，当然不是什么美味佳肴，事实上吃起来索然无味，只是一种单纯的咀嚼罢了。那是长湖镇人为长途旅行准备的食物）。

吃完早饭他们又继续往前走。这时那条大路开始朝西，依然在河的左边，大山南面尖坡的大尖角越来越近。最后他们到了那条小径上。小径十分陡峭，他们迈着沉重的步子一个接一个慢慢攀登上去，终于来到了山顶上，只见秋末冬初的太阳正在向西边沉落下去。他们在那儿找到一个平整的地方，三面没有石壁，却背靠北坡，岩石的表面上有一个像门一样的口子。从这个口子里可以眺望东边、南边和西边，视野十分开阔。

"我们过去经常在这儿布置放哨，"巴林说，"这扇门通向一个石头里开出来的小房间，那就是昔日的哨所。大山的周围还有几个这样的哨所。在我们繁荣发达的年月里似乎不大需要放哨，看守的日子也许过得太舒服了，要不然有龙来我们早些得到警报，事情可能就大不一样。不过现在我们可以在这儿过夜，隐蔽一些时候，从这儿可以瞭望很大一片区域，却不会暴露自己。"

"要是它现在看到我们到这儿来，那就没多大用处了。"多里说，他老在抬头眺望孤山的峰顶，好像希望看到斯莫格像鸟一样栖息在尖顶上。

"我们必须冒冒这样的险，"索林说，"我们今天再也没法往前走了。"

"说得好！"彼尔博扑在地上大声叫道。

石室里足够容纳上百人，往里还有个小石室，外面的寒气根本进不去。这个地方也完全荒废了，在斯莫格统治期间，甚至野兽都没有使用过这两个石室，他们在那里卸下了行李，有几个一倒在地上就睡着了，其余的人坐在外面门边讨论他们的计划。谈来谈去他们老是回一个话题上：斯莫格在哪儿。他们朝西眺望，西边没有影踪，东边也没有，南边也没有，只看到南边聚集着许许多多鸟，他们朝那边目不转睛地望着，心里直纳闷。直到天边出现头一批寒星，他们还是想不出个所以然来。

第十四章

水 与 火

你一定跟矮神们一样,很想听听斯莫格的消息。那就让我们回到两天前的那个晚上,说到它捣毁了那扇魔法门,在狂怒中冲天而去。

长湖镇埃斯戈洛斯的人们大多数都待在屋里,因为从漆黑东方吹来的风虽然不大却十分寒冷,但也有少数人在码头上散步和眺望星空倒映在支离破碎的湖面上的波影,那是他们最喜欢的一种消遣方式。从镇上望出去,孤山大部分被湖那头远处的一些小山挡住,在那些小山的一个缺口中,奔腾河从北边一泻而下。孤山高高的山峰在天气好的时候能够看到,但他们很少去看它,因为它在早晨的阳光下也显得那么阴郁和不祥。这时它完全消失不见了，融入了一片黑暗中。

突然一片火光清晰地衬托出它的黑影来，一道红光在山峰上闪过，又消失了。

"瞧！"有一个人说，"又有火光！昨天半夜里看守看见它们升起，直到黎明才消失。那儿一定出了什么事！"

"可能大山下的国王正在炼金，"另一个人说，"他到北边去已经过了很长时间。也该听到一些歌声证明他们已经重返大山了。"

"你说的是哪个国王？"另一个人声音很严厉地说，"倒好像那不是龙在干坏事时喷的火。我们一向只知道大山下唯一的国王就是它。"

"你老是预言一些不吉利的事！"其余人说，"什么洪水啊，中毒的鱼啊你都要瞎说一气。你就不会想些开心的事？"

突然那些小山的下部出现了大火，长湖北边的尽头一片金黄。"大山下的国王！"他们欢呼起来，"他的财富像太阳，他的银子像泉水，他的河一片金黄！山里的金子从河里流出来了！"他们大声嚷嚷着，家家户户的窗子都打开了，匆匆的脚步声也纷至沓来。

镇上又一次出现了狂热和巨大的骚动。但是那个声音很严厉的人却火急火燎地跑到镇长那儿去。"龙要来了，要不我就是傻瓜！"他大声喊道，"砍断大桥！准备战斗！准备战斗！"

于是警戒的号角突然吹奏起来，回声在岩岸四处回荡。欢呼戛然而止，载歌载舞变成了惊恐万状。正因为如此，龙来的时候没有预料到他们已经有所准备。

它的速度非常快，不久他们就看到它像一团闪光的大火向他们扑来，而且越来越大越来越亮，就是最愚蠢的人也知道预言出了毛病。镇上条条船上都装满了水，勇士个个都武装起来，标枪和弓箭都已准备齐全，通向陆地的桥已经推倒拆毁。这时斯莫格的咆哮声越来越近，越来越响，好不可怕，它那扑扇的翅膀下烈焰滚滚，映红了满湖的涟漪。

在人们一片尖声喊叫和号啕恸哭中，它朝大桥飞掠下来，朝他们袭来，然而它的阴谋没有得逞。桥不见了，它的敌人都在一个深水包围的小岛上，那水太深、太黑也太凉，它不喜欢。要是它跳入水中，升起的水汽和迷雾会弥漫整个大地好几天都不会消散。但长湖比它更为强大，还没等它重新上岸就会把它的火全都熄灭掉。

它咆哮着掠过长湖镇的上空。一阵黑压压的箭雨点般射上来，噼噼啪啪、嗒啦嗒啦地射在它的鳞甲和宝石上，箭杆被它喷出来的火烧着了，纷纷掉在湖里嘶嘶作响。没有任何焰火可以与那天的夜景媲美。听到箭的嗖嗖声和号角的尖声长鸣，龙的怒火越来越旺，它气得发疯，气得昏天黑地。好几百年了，没有一个人敢跟它作战，要不是那个声音严厉的人（他的名字叫巴德）跑来跑去为弓箭手欢呼喝彩并鼓动镇长命令他们战斗到最后一支箭，他们今天也同样不敢跟它开战。

火从龙的嘴里喷出来，它在他们头上的高空中盘旋，火光照亮了整个长湖，岸边的树像铜或像血一样闪闪发光，他们的脚下跳跃着一片浓黑的影子。它在狂怒中已经不顾一切，飞掠下来径直穿过一片箭雨，也没注意将有鳞甲的侧面对着敌人，光想把他们市镇烧成一片火海。

它猛冲下来，飞过去又绕回来，火点着了茅草的屋顶和房梁，它的火碰到的这些东西浇了水也不管用。龙又飞回来了，它的尾巴一扫，市政厅的屋顶掉了下来，接着房子也塌了。无法扑灭的火焰在夜空中蹿得老高。随着龙一次又一次飞掠下来，一所又一所房子着了火坍塌下来。没有一支箭挡得住它，没有一支箭伤得了它，射在它身上还没有沼泽里飞来的苍蝇叮它一口更厉害。

四面八方都有人在跳入水中，妇女和儿童挤在小港湾里的市船上，把市船挤得满满当当。到处是哀号声和哭声，谁能想到呢，这些刚才还是一片欢声笑语，还唱着有关矮神的古老歌曲！

现在人们正在诅咒他们，镇长市人也上了他那条镀金的大船，想在 片混乱中划出去逃生。很快整个长湖镇会空无一人，整个烧毁在湖面上。

那正是龙求之不得的。在它的算计中他们都会登上船去，那时就有它的拿手好戏了，它可以追猎他们，或把他们活活困死，让他们没法登上岸去。这点它早就做好了准备，它可以很快点着岸上所有的树市，让田野和草地成为一片焦土，这时它正在玩着引诱长湖人的游戏，玩得好不开心，已经好多年没有这样痛快过了。但是还有一伙弓箭手在熊熊燃烧的房屋中坚守着一块阵地。他们的队长便是巴德，他的声音很严厉，表情也很严厉，他的朋友都指责过他预言洪水和中毒的鱼，不过他们都知道他的价值和勇气。他是源远流长的吉利昂血统的后代，吉利昂是溪谷镇的首领，他的妻子和一个孩子很久以前顺奔腾河而下逃脱了溪谷镇覆灭的灾祸。巴德用一张紫杉市做的大弓射箭，射到最后只剩下一支箭了。火已经烧到他的近旁，他的伙伴正在离他而去。他弯起弓准备射这最后一箭。

黑暗中突然有样东西扑到他的肩头上。他吃了一惊，定神一看，原来是一只老乌鸦。它一点也不害怕，停在他耳边，给他带来了消息。因为他是溪谷家族的后代，他很惊讶自己竟然听得懂它的话。

"等一下！等一下！"乌鸦对他说，"月亮正在升起来，趁它飞在你头上转身的时候，寻找它左胸凹陷下去的地方！"巴德十分纳闷，停住了手，它便把山上的消息以及它所听到的一切全都告诉了他。

巴德把弓弦一直拉到耳朵旁。龙正在盘旋回来，飞得低低的，当它回来的时候，月亮从东岸升了起来，照得它的大翅膀一片银光。

"箭呀箭!"弯弓的人说,"我的黑箭!你是我最后一支箭。你从来没有辜负过我,我也每次把你重新找回来。我从父亲那儿得到了你,我父亲又是从老一辈那儿得到你的。如果你真是大山下真正的国王亲手锻造的,你就快快不偏不倚地射出去!"

龙又一次飞掠下来,飞得比哪次都低,而且当它转身的时候,它的肚子往下降,在月光下非常耀眼,而肚子上的宝石又像闪烁的流火,但月亮并不光照在宝石上。大弓嘎嘎作响,黑箭嗖的一下离开弓弦直飞出去,那时龙的前腿刚好荡开,暴露出左胸凹陷的地方,箭刚好射在这上面。那箭真有千钧之力。猛钻进去,连倒钩、箭杆和羽毛全都钻进去不见了。随着一声震耳欲聋的尖叫,树倾倒了,石头开裂了,斯莫格向空中喷出一口东西,接着便翻身从高空猛栽下来。

龙的身子压在整个长湖镇上,它的垂死挣扎又让长湖镇化成了无数迸溅的火花和燃烧的炭块。一股巨大的蒸汽冲天而起,白茫茫一片。一时嘶嘶声不绝于耳,烟雾也隆隆有声,可过了一会儿又突然寂静下来。斯莫格完蛋了,埃斯戈洛斯镇也完蛋了,但是巴德没有完蛋。

渐渐变圆的月亮越升越高,寒风越刮越猛。寒风把白雾卷成一根根弯弯扭扭的柱子或扯成一朵朵匆匆飘去的云,又把它们赶向西边的黑森林,让它们成为零星的碎片散布在沼泽地上,这时湖面上可以看到星罗棋布的船只黑压压一大片,也可以听到随风飘来的人声了。埃斯戈洛斯镇的人在悲叹他们失去了市镇、货物和房屋。不过要是他们静下来想一想（这一点在当时固然很难做到），他们确实应该庆幸才是，因为镇上至少四分之三的人活了下来，他们的森林、田野、牧场、牛群和大部分船只都完整无损，而且龙死掉了。这一点意味着什么他们现在还没有理解呢。

这群悲痛的人聚集在一起，在寒风中瑟瑟发抖，他们的抱怨和愤怒全都冲着镇长而来，说他在有人还想保卫市镇的时候就早早地离开了。

"他可能做生意很有头脑，特别是做自己的生意，"有人嘟嘟囔囔说，"可真正遇到重大的事情，他的脑子就不管用了！"接着他们称赞起巴德的勇气和他力大无穷的最后一箭。"要是他没被杀死的话，"他们都这么说，"我们推举他当国王。巴德是杀龙的英雄，又是吉利昂血统的后代！可惜他失踪了！"

正在他们谈话时，一个高高的身影从黑水里踏出来。他湿淋淋的黑发挂在脸上和肩上，眼睛里露出狂热的光。

"巴德没有失踪！"他大声嚷道，"杀死敌人以后，他潜水离开了埃斯戈洛斯。我是拥有吉利昂血统的巴德，杀死龙的人正是我！"

"国王巴德！国王巴德！"他们欢呼起来，不料镇长咬紧了他那上下打战的牙齿。

"吉利昂是溪谷的首领，不是埃斯戈洛斯镇的国王，"他说，

"在长湖镇上我们一向在年长的智者中选举镇长，从来不容忍军人的统治。让'国王巴德'回到他自己的王国去吧。由于他的勇猛，溪谷镇现在已经解放，什么也阻止不了他回归自己的王国。谁要是喜欢孤山阴影里冷酷无情的石头而不喜欢湖边的绿岸，愿意跟随他的都可以去。聪明人都愿意留在这儿重建我们的市镇，到时候重新享受和平和财富。"

"我们要国王巴德！"镇长近旁的人们大声回答道，"那些老人，那些管钱的人让我们受够了！"喧嚷声响彻整个湖岸。

"我一向很看重弓箭手巴德。"镇长谨慎小心地说，因为巴德这时就站在他身旁，"他今晚赢得了一个杰出的地位，担当起本镇恩人的角色。他不比许多不朽歌曲中颂扬的人物逊色。但是，请问大家。"说到这里镇长站起身来，说得非常响亮非常清楚，"为什么我就该受到你们的指责？为了什么过错我就该被罢免？谁从龙的酣睡中唤醒了它，请问？谁得了我们大量的礼物和慷慨的资助，让我们相信古老的歌曲能够实现？谁利用我们的心软和那些想入非非的幻想？他们从河上游送来了什么样的金子报答我们？他们只送来了龙和我们镇的毁火！我们该向谁去索取损失的补偿，索取孤儿寡妇的赡养费？"

你瞧，镇长并不是无缘无故就得到这个位置的。他说这番话的结果使人们暂时忘了推举新国王的念头，而把一腔怒火全都转移到索林和他的伙伴身上去了。四面八方都响起了粗野和激烈的

第十四章

279

叫嚷声，有些过去古老歌曲唱得最响的人现在也叫喊得最凶。他们骂矮神们蓄意吵醒凶龙来与他们作对！

"你们这些傻瓜！"巴德说，"为什么要对那些不幸的家伙说那么多废话，发那么多没用的火？不用说，在斯莫格到我们这儿来以前，他们早在大火里丧身了。"他在说话的时候，脑子里出现了一个念头，传说中的宝藏如今还在大山里并且没有了守卫或主人，因此他突然沉默不语了。他也想起了镇长的话，要重建溪谷镇，让它到处都是洪亮的钟声。

最后他又说起话来："镇长，现在不是说气话的时候，也不是考虑重大改建计划的时候。有许多工作要做。我仍旧为你效劳。不过过一阵子我说不定会考虑你的话，带愿意跟随我的人到北边去。"

然后他大步走开去帮助安排帐篷、照顾生病和受伤的人。镇长怒视着他远去的背影，依然坐在地上。他想得很多却说得很少，只高声招呼人给他拿火和食物来。

巴德每到之处都发现关于巨大宝藏无人守卫的谈话正像燎原之火一样在人们中间传开了，人们谈到他们很快就能从中得到一笔财富，可以补偿他们的损失，余下来的他们还可以用来到南方去购买东西，这种谈话使他们在困境中受到了极大的鼓舞。当时他们的情况确实很糟，因为夜里寒气逼人，帐篷只能容纳少数人（镇长有一顶），食物也很少（镇长的食物甚至也不够）。那些从这次灾难中逃出来的人中有许多因为那天夜里过于潮湿、寒冷和悲伤都得了病，后来就越来越严重。

在这期间巴德担当了领导，大家都按照他的意思安排事情，不过用的还是镇长的名义，他担当起管理小镇的艰巨任务，指挥大家为住房做准备工作。秋天过去严冬就会接踵而来，要是没有来自其他地区帮助，大多数人很可能会死去。不过帮助来得很迅速，因为巴德立刻派了信使走小路飞快地去森林请求树精王前来援救。这些信使发现一支军队正在向孤山行军，虽说那时只是斯莫格死后的第三天。

树精王自有他自己的信使和爱树精的鸟给他带来消息，已经了解到大部分情况。龙死的消息在凶龙荒地边缘居住的那些有翼动物中引起了极大的骚动。空中尽是盘旋的鸟群，那些飞得特别快的信使更是穿越天空飞到东也飞到西。森林上空一片啁啾声，有的叫，有的唱。消息越过黑森林远远传播开来："斯莫格死了！"树叶沙沙作响，一双双吃惊的耳朵竖了起来。树精王还没有骑马前去察看，消息已经传到云雾山脉的松林中去了，别昂在他的市头房子里听到了，妖魔在他们洞中的议事厅里也听到了。

"只怕这是我们听到索林·奥根希尔得的最后消息了，"树精王说，"他还不如留下来做我的客人呢。不过不管怎么说，"他又补充道，"世上没有对人人都不利的事情。"他也没有忘记斯劳尔财富的传说。因此巴德的信使发现他带着许多持矛的士兵和弓箭手在行军，乌鸦密密麻麻聚集在他们头上，因为它们以为这一带长达一百年没有打仗，如今又要打起来了。

但是国王接到巴德的求救倒也十分同情，因为他是一个对百姓非常善良的君主。起先他在向孤山方向进军，这时他下令沿河的行军赶往长湖镇。他没有足够的船或木筏运送他的军队，他们不得不步行走艰难的路。不过大量货物已经走水路赶运到长湖去，森林与长湖之间尽是些沼泽和泥泞的土地，尽管树精们不太适应，但是他们的脚步依然十分轻松，行军也十分迅速。龙死后的第五天他们就来到了长湖岸边，看到了市镇的废墟。

他们受到了热烈的欢迎，这一点不难预料，长湖镇人准备用以后的各种贸易抵偿树精王的援助。

他们很快制定了种种计划。妇女、儿童以及年老体弱者跟镇长留在后面，跟他们一起的还有一些工匠和手艺高超的树精。其余人忙着砍伐树木、汇集原木，从森林里顺流而下送到长湖。然后他们在岸边开始造起一些小屋以抵御严寒，同时他们在镇长的指挥下开始设计一座更好更大的新镇，不过并不建在原来的地方。他们移向北边比较高的湖岸上去。因为他们对龙躺在那里的一块水域总是有些心惊胆战。它再也不会回到它那张金床上去了，只会像石头一样，歪歪扭扭躺在水里，身子一直伸展到浅滩上。以后好几百年只要天气晴朗都能看到旧镇的废墟堆里有它巨大的骨骼。但很少有人敢穿越这个可恶的地方，也没有人敢潜入毛骨悚然的水里，取回从它那腐烂的尸体上掉下来的宝石。

尽管很忙，长湖人还能抽出所有武装人员跟着树精王军队的大部分，做好向北边孤山进军的准备。因此市镇毁掉以后不到十一天，他们军队的先头部队已经通过长湖尽头的石门进入了荒土地带。

第十五章

风起云涌

现在我们再回头说彼尔博和矮神们。他们整夜都在警戒，到早晨来临他们还没有听到或看到任何危险的迹象，只是天空的鸟越来越多。许多鸟群是从南边飞来的，那些一直住在孤山附近的乌鸦老在上空盘旋叫个不停。

"出了什么怪事，"索林说，"候鸟再迟也早该飞走了，有些鸟是一年四季栖息在这块土地上的。可那儿还有椋鸟和一群群燕雀，再远处有许多吃腐肉的鸟，好像这儿就要打仗似的。"

彼尔博突然指着天空。"又是那只老乌鸦！"他叫道，"斯莫格捣毁山坡时它似乎逃走了，它来干吗，现在不会有什么蜗牛了！"

正如彼尔博指出的那样，老乌鸦确实在天空中朝他们飞来，停在附近一块石头上。它拍拍翅膀唱了起来，接着又昂起头侧向一边，好像在听什么动静，它就这样唱一阵，听一阵。

"我看它想告诉我们什么事，"巴林说，"不过我听不懂，它们说得很快很难懂。巴京士，你能听得出来吗？"

"听不大懂，"彼尔博说（实际上他一点儿也听不懂），"不过那老家伙看上去很激动。"

"它是只渡鸦就好了！"巴林说。

"我还以为你不喜欢它们呢！上次我们走过这条路的时候，你似乎很厌恶它们！"

"那是乌鸦！那种家伙贼头贼脑，一看就让人讨厌，而且非常粗鲁。它们在我们后面追赶，用难听的名字叫唤我们，你一定听到过吧。渡鸦就不同，它们与斯劳尔的人民之间有很深的友谊，它们常常带给我们秘密的新闻，因此我们酬谢它们一些闪闪发亮的东西，它们最喜欢把这种东西藏在它们的巢里。

"它们都很长寿，记性也好，而且总是把它们的智慧传给它们的孩子。我还是矮神孩子的时候就认识许多渡鸦的孩子，它们的巢都筑在岩石上。那个高地从前叫渡鸦山，因为那儿有一对非常聪明非常有名的渡鸦，老卡克和它的妻子，就住在这儿哨所的上面。不过我看这种古血统的渡鸦现在再也不会在这儿逗留了。"

他刚说完这些话，老乌鸦高叫一声立即飞走了。

"我们不懂它的话，那只老鸟却懂我们的话，准不会错，"巴林说，"现在瞧着会发生一些什么！"

不久就传来一阵扑扇翅膀的声音，乌鸦又回来了，不过还有一只十分衰老的鸟跟它在一起。那只鸟的眼睛差不多瞎了，飞也飞不动，头顶已经秃了。它是一只上了年纪的渡鸦，个儿相当大。它费了好大劲降落在他们面前的地上，慢慢地扑扇几下翅膀，朝索林行了个屈膝礼。

"斯兰的儿子索林和芬丁的儿子巴林，"它呱呱地说起话来（彼尔博听得懂它说话，因为它用的是普通的语言，而不是鸟语），"我是卡克的儿子洛阿克。卡克已经死了，它从前跟你很熟。我从蛋里孵出来到现在已经有一百五十三年了，但是我没有忘记父亲告诉我的话。现在我是孤山大渡鸦的首领，我们数目不多，但都还记得过去的国王。我的同胞大多数都在国外，因此从南方传来了一个了不起的消息——这个消息一定会使你们非常高兴，那是一个你们怎么也料想不到的好消息。

"你们听着！许许多多鸟从南方、东方和西方飞回来，聚集到孤山和溪谷镇来了，因为有一个消息已经传开，那就是斯莫格已经死了！"

"死了？死了？"矮神们大声叫喊，"死了！这样说来我们不必再惧怕了，宝藏都归我们了！"他们全都雀跃欢呼起来。

"是的，死了，洛阿克乌鸦亲眼看见它死的，你们可以相信它的话，祝它的羽毛永不脱落。三天以前，月亮刚升起来时，它看见斯莫格在跟埃斯戈洛斯人打仗中摔下来死掉了。"

索林费了好大劲才使矮神们安静下来听渡鸦说话。最后洛阿克讲完了战斗的全过程，又说道："让你高兴的消息就这些，索林·奥根希尔得。你可以平平安安回到你的大厅里去，所有的宝藏都是你的，至少暂时是如此。不过除了鸟群，聚集到这儿来的人还真不少。守护宝藏的龙已经死了的消息传得很远很广，这么多年来人们还始终在流传关于斯劳尔财富的传说，许多人都急于分到一份宝藏。一支树精的军队已经在路上，一些吃腐肉的鸟跟他们在一起，希望互相屠杀以后有大批死尸。长湖镇的人也在抱怨损失是矮神造成的，他们无家可归，死了很多，斯莫格毁了他们的市镇。他们也想从你的宝藏中得到补偿，不管你们是死是活。

"你的智慧一定会决定你的行动方针，多林家族过去确实居住在这儿，不过十三个人总是庞大家族遗留下来的少数子孙，现在这个家族都分散在远方。你要是听我劝告的话，就别去信任长湖镇的镇长，而应该信任那个用箭射下龙来的人。他就是巴德，他属于溪谷镇家族，是吉利昂的后代，他是个严厉的人，但非常正直。我们愿意看到经过长期破坏以后矮神、人和小精灵之间会再次出现和平，不过那得付出大量黄金作为代价。这点我有话在先。"

这下索林勃然大怒起来："我们很感谢你，卡克的儿子洛阿克。我们不会忘记你和你手下的渡鸦。但是只要我们活着，谁也休想偷走或用武力抢走我们的金子。你要是还想赢得我们的感激之情，请把这个消息带给任何靠近这儿的人。你要是年纪还轻，翅膀还硬，我也会求你送信给我的亲属，他们住在北方的群山中，也有住在西方和东方的，告诉他们现在我们的处境非常困难。你还要专程到铁山去一次，通知我的表兄弟戴恩，他有许多人，武器也十分精良，住得离这儿最近。我命令他火速前来！"

"这个办法是好是坏我也不去说它，"洛阿克呱呱地说，"不过我能做到的一定去做。"说罢它就慢慢地飞走了。

"现在回孤山去！"索林大声叫喊道，"一刻也不能耽误。"

"可我们剩下的食物已经不多了！"彼尔博大声说，他在这类问题上总是比较讲究实际。他以为随着龙的死亡，冒险严格说来已经过去了，正是在这点上他犯了一个大错。他愿意放弃大部分收益取得和平，不想再卷入种种麻烦。

"回孤山去！"矮神们大声嚷嚷，好像没有听见他的话，所以他也只得跟他们一起回去。

因为你已经听到过一些事情，你一定晓得矮神们还有几天工夫不会遇到麻烦。他们又一次考察了大山洞，正如他们希望的那样，他们发现只有前洞口是开着的，其他洞口（当然那扇秘密的小门例外）很早以前就被斯莫格破坏和堵死了，连痕迹也没留下。

所以他们开始进行艰苦的劳动，加固这主要的入口，还开了一条通向里边的新路。他们发现了以前矿工、采石工和建筑工使用的大量工具，而且矮神们干起这种活来还相当在行。

在他们干活的时候渡鸦们经常给他们带来消息，因此他们知道树精王转向长湖去了，他们还有喘息的机会。不仅如此，他们听到有三匹短腿马死里逃生，正在远处奔腾河的河岸上到处游荡，那个地方离他们留在河边的给养不远，于是其余人继续干活，费里和基里在一只渡鸦的带领下前去寻找短腿马，想办法把所有的给养都带回来。

四天过去了，他们得知长湖人和小精灵的联合部队正在迅速朝孤山挺进。但是这时他们希望又增高了，因为他们的食物够维持几个星期，当然主要是填饥饼。他们早就厌倦了这种食物，不过总比什么也没有强得多。前洞口已经被一堵垒在干处的方石墙堵了起来，那堵墙又厚又高刚好把口子堵死。墙上有些洞孔，可以张望外面或向外射箭，就是没有入口。他们用梯子爬进爬出，用绳子把东西吊进去，为了让水流出去，他们在这堵新墙下面造了一个又矮又小的拱洞。但由于靠近入口的地方将窄窄的河床作了变动，形成一个宽阔的池塘，从孤山的石壁那儿伸展过去，一直到瀑布的上头，河水便在那儿泻入溪谷。现在靠近洞口不是游水过去的话，唯有沿着悬崖上一条窄窄的壁架折向右边。里边的人通过那堵新墙可以严密监视靠近洞口的人，他们把那三匹短腿

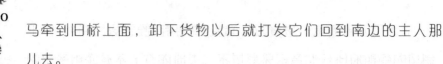

马牵到旧桥上面，卸下货物以后就打发它们回到南边的主人那儿去。

一天晚上，他们的前面，溪谷镇的南边突然出现了许多篝火和火把的亮光。

"他们来了！"巴林大叫道，"他们的营地大得很，他们一定是在暮色掩护下沿着奔腾河两岸进入山谷的。"

那天晚上矮神们睡得很少，晨光熹微的时候他们就看到一伙人正在走近。矮神们在墙后监视，只见他们来到山谷尽头，慢慢往上爬。不久他们就看清这伙人中有全副武装的长湖人，也有树精的弓箭手。终于一些走在最前面的人已经爬过起伏的山岩，出现在瀑布的顶上。他们看见前面竟是一片池塘，洞口已经被开方石垒成的墙堵死，都感到十分惊讶。

就在他们站在那儿指指点点的时候，索林向他们大声喊道："你们是什么人？这里是大山下的国王，斯兰的儿子索林的大门，你们这副样子像是要来打劫，你们究竟想干什么？"不料他们并不回答，有些转身飞快地走了，有些朝前洞口和它的防御设施打量一阵子以后也跟着走了。那天营地被移到河东边大山的两条前臂当中。山岩间响起了一片大声说话和唱歌的回音，他们已经好几天没有这么干了，其中还夹杂着小精灵的竖琴声和其他悦耳的音乐声。当这些声音飘荡到矮神们那儿来时，寒冷的空气也暖和起来，他们仿佛还闻到了林地春天的淡淡芬芳。

这时彼尔博渴望逃出这座黑暗的堡垒，下去参加篝火旁过节般的宴会，有些年轻的矮神也心动了，他们嘀嘀咕咕说他们希望事情的结果是另外一种样子，矮神们能作为朋友而受到下面人们的欢迎。可索林却还是吹胡子瞪眼的。

这时矮神们也拿来宝库里的竖琴和其他乐器，奏起了音乐，想让索林的情绪好起来。但是他们的歌跟小精灵的歌不一样，倒跟很久以前在彼尔博的小矮人洞穴里的歌十分相像。

> 黑黑的高山下，
> 国王来到他的大厅，
> 可怕的爬虫已经杀死，
> 谁想作对谁就来试试。
> 长矛尖尖，宝剑锋利，
> 箭弩如飞，大门坚固，
> 面对金子心无畏惧，
> 矮神们告别不公的待遇。
> 从前矮神们神通广大，
> 链子敲打像钟声叮当，
> 在矿藏深睡的深山里，
> 在荒野底下空洞里。
> 银项链串上星星的光亮，
> 金王冠挂上龙火的烈焰，

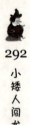
金丝银线全都纺入，

竖琴悦耳的歌唱。

大山解放，宝藏归主，

游荡四方的故人，

快来快来，穿过荒地，

国王需要朋友和亲人。

召唤越过寒冷的高山，

"快快回到古洞深穴！"

国王在门前翘首相望，

双手黄金宝石闪闪发光。

黑黑的高山下，

国王来到他的大厅，

可怕的爬虫已经杀死，

谁想作对谁就来试试！

这个歌似乎很中索林的意，他又面带微笑变得快活起来，他开始计算到铁山去的距离，戴恩要是接到音信马上动身，多久才能到达孤山。但是彼尔博的心却沉了下去，他们唱的歌，他们谈的话全都显得那么好战。

第二天一大早矮神们就看见一队持矛的士兵渡河，朝山谷进发过来。他们打着树精王的绿旗和长湖镇的蓝旗，一直走到前洞口石墙的正前方才站定。

索林又大声向他们喊话:"你们是什么人,全副武装来到大山下的国王门前,想来打仗?"这回有人回他的话了。

一个高个子站到前面来,他的头发黑黑的,长着一张非常严厉的脸。他叫喊道:"好啊,索林!你为什么像个强盗守在龙的老巢里?我们还不是敌人,我们没想到你还活着,很为你高兴。我们原以为这里一个活人也找不到了,既然我们现在相遇了,那就不妨谈判谈判,商量商量。"

"你是谁,你想谈判什么?"

"我是巴德,是我亲手杀死了龙,你的宝藏才得到解放。这难道不是一件跟你有关的事?况且我是溪谷镇吉利昂名正言顺的继承人,在你的宝藏中也混有许多镇上的财富,都是老斯莫格偷去的。这难道不是我们要谈的一件事?还有,斯莫格在它最后的战斗中毁掉了埃斯戈洛斯人居住的地方,我还是他们镇长的一个仆人,我要为他说话,问一问你有没有想到他的人民有多悲伤和痛苦。你们遭难的时候,他们支援了你们,你们报答他们的只是家破人亡,尽管你们并没有故意这样做。"

这些说话尽管有些傲气,有些声色俱厉,却说得很实事求是。彼尔博以为索林会马上承认其中公正的说法。他当然并不指望别人还会记得是他发现了龙的弱点,这一点末来也应该公平指出的,因为以前确实没有人发现过。但是彼尔博没有仔细想一条龙为什么像孵蛋一样守着那堆金子,为什么矮神们日思夜想那堆金子,

第十五章

293

他低估了金子对他们的吸引力。过去几天里索林在那堆金子旁边一站就是好几个小时，贪欲对他的影响越来越大。虽然他主要是在搜寻镇山石，但他的另一只眼睛也放在其他许多奇妙的东西上，这些东西无不跟他家族辛勤劳动和对悲伤往事的回忆纠缠在一起。

"你把最后一条最站不住脚的理由放在了首要地位，"索林回答说，"对我人民的财宝谁也休想提出什么要求，因为是斯莫格把它从我们那儿偷去的，当然它也弄得其他人家破人亡。但那财宝不是斯莫格的，不能拿财宝的一部分去抵偿它的恶行。长湖镇人给我们的货物和援助我们在适当的时候会以公平合理的价格偿还的，但在武力的威胁下，我们什么也不给，哪怕只值一块面包的东西也不给。你们把全副武装的军队带到我们面前，我们只把你们看成是敌人和盗贼。我的脑子里只想到一旦你们发现我们被杀，财宝无人保管，你们应该付给我们亲属应得的遗物。"

"这个问题提得很公平，"巴德回答道，"但是你们并没有死，我们也不是强盗。况且富有的人除了权利之外也应该怜悯穷困的人，况且他们在紧要关头也曾经伸出友谊之手。还有我的另外一些要求你还没有回答。"

"我早就说过，有全副武装的人站在我的门口，我不会谈判的。树精王怎么对待我们的，我们至今还记忆犹新，跟你的人我们也根本没有什么好谈的。赶快离开，否则别怪我们的弓箭无情！你要是想再跟我说话的话，首先把树精的军队打发回他们的森林中去，然后回来放下你们的武器，再走近门口。"

"树精王是我们的朋友，他在长湖镇人遭到不幸的时候支援了他们，他们并没有为他提出什么要求，只想对他表示一下友谊，"巴德说，"我们给你时间反省一下你说的话。希望我们回来以前你的头脑能冷静下来！"说完他就回营地去了。

过了几个小时，有一个人举着旗回来了，还有几个号手踏上前来吹了一阵号角。

"以埃斯戈洛斯和森林的名义，"一个人高声喊道，"我们向斯兰的儿子索林·奥根希尔得说话，称他为大山下的国王，命令他认真考虑之前提出的种种要求，不然就宣布他为我们的敌人。他至少要将宝藏的十二分之一交给杀龙者和吉利昂的继承人巴德，但如果索林跟昔日的君主一样尊敬周围的土地，打算跟那些土地上的人和睦相处，他还应拨出一部分财宝安抚长湖镇人。"

索林抓起一把角弓，朝那个喊话的人射了一箭，那箭砰然有声射在他的盾牌上抖了几下。

"既然这就是你的回答，"那人又喊道，"我宣布大山受到了围困。你们不能离开大山，直到你们宣布休战和愿意谈判为止。我们不用武器进攻你们，让你们跟金子待在一起。如果你们愿意的话，尽可以把你们的金子当做粮食！"

说完这话信使飞快地离去了，撇下矮神们去考虑他们的事情。索林板着脸闷闷不乐，即使有人想指出他的错误也不敢开口，更何况大多数矮神都在担心同一件事，恐怕只有胖胖的老邦布尔跟费里、基里是例外。彼尔博当然不赞成把事情弄成这个样子，他现在觉得孤山越来越让他受不了了，被围困在孤山里一点也不合他的胃口。

"这个地方到处都是龙的臭味，"他嘟嘟囔囔自言自语，"真让我恶心。还有填饥饼简直哽在喉咙口咽不下去。"

第十六章

黑夜贼影

日子一天天令人厌倦地熬，好慢好慢。许多矮神都把时间花在整理财宝上，索林提到了斯兰的镇山石，一再吩咐大家在角角落落里寻找这颗宝石。

"我父亲的镇山石比一河的金子还要值钱，"他说，"对我说来，它更是无价之宝。在所有这些财宝中我把这颗宝石归在了我的名下，谁要是找到了它不肯拿出来，我跟他没完。"

彼尔博听到了这些话，心里有些害怕起来，不知道一旦这颗宝石被发现会发生什么事情。他把宝石裹在一只旧包里，他把那只包当做枕头，里边塞满了破布条之类七零八碎的东西。不过他还是闭口不提这颗宝石，因为在这令人厌倦和越来越难捱的日子里，他的小脑袋中开始酝酿着一个计划。

在渡鸦带来消息以前的一段时间里，事情就像这样继续下去。渡鸦说戴恩跟五百个矮神正在从铁山赶来，现在已经到了溪谷镇东北角，还有两天便能到达。

"但他们不可能神不知鬼不觉地进入孤山，"洛阿克说，"只怕山谷里会打起仗来。我认为这不是个好办法，尽管他们坚强不屈，却不见得能战胜围困你们的军队。而且即使他们战胜了，你们又能得到什么呢？严冬和冰雪在紧紧追赶他们，周围的土地上没有友谊，没有食物，你们拿什么来喂饱肚子？尽管龙已不复存在，宝藏对你们仍然意味着死亡！"

但是索林依然听不进去。"严寒和冰雪会冻僵人也会冻僵树精，"他说，"他们也会发现住在这荒山野地里日子难以忍受。有我的朋友在他们后面，又有严冬的袭击，他们可能会改变态度来进行谈判的。"

那天夜里天空很黑，没有月亮，彼尔博下定了决心。等到天全黑下来，他便走进靠近门口的一间里屋，在一个角落里打开旧包，抽出一根绳子和包在破布里的镇山石。然后他爬到了那堵石墙顶上。只有邦布尔在那儿，因为正好轮到他放哨，矮神们一次只安排一个人放哨。

"冷得厉害!"邦布尔说,"希望我们这儿也生堆篝火,像他们那边的营地一样!"

"里边暖和得多。"彼尔博说。

"可不,不过我不得不在这儿待到半夜,"那个胖矮神抱怨道,"这些事真是腻烦透了。我不想冒险对索林说三道四,愿他的胡子永远生长下去,不过他确实算得上脖子最硬的矮神了。"

"没有我的腿那样僵硬,"彼尔博说,"那些石级和石头的过道让我厌烦透了。要是我的脚趾头能碰到草地就会好受得多。"

"要是我的喉咙口碰到烈酒,美美地吃顿晚饭,有张软软的床也会好受得多!"

"围困还在继续,这些我可给不了你。不过我已经好久没有放哨了,我可以替你值班,只要你说一声就行。今天晚上我睡不着。"

"你真是个好伙伴,巴京士先生,我一定接受你的好意。要是有什么异常,记住,首先叫醒我,我就躺在左边的里屋里,离得不远。"

"你就走吧!"彼尔博说,"我半夜叫醒你,你再去叫醒下一班的看守。"

等邦布尔一走,彼尔博就戴上戒指,系好绳子,滑下石墙,离开了前洞口。他有五个小时的时间。邦布尔去睡了,他随时都能睡着。自从那次森林历险以后,他老想重温那些美丽的旧梦。

其余人都跟索林一起在忙着整理那些财宝。看样子任何人，甚至费里和基里没有轮到放哨是不会到石墙上来的。

周围非常黑，彼尔博离开新开辟的小路，朝河下游爬去。他终于到了拐弯的地方，不得不在那里趟过水去，因为他想到对面的营地里去。可在黑暗中涉水过河对一个小矮人来说可不是一件容易的事。他快到对岸时一不小心踩在一块石头上，哗啦一声跌在冰冷的水里。他还没来得及抖抖水就爬上了岸去，一些树精便举着明亮的灯笼过来查看水里为什么有响声了。

"那不是鱼！"一个树精说，"附近有一个探子。把灯笼藏起来！灯笼只会帮他的忙，却帮不了我们的忙。会不会就是那个古怪的小家伙？据说那是他们的仆人。"

"仆人，瞧他们说！"彼尔博哼了一声，这时他打了一个响亮的喷嚏，树精们马上根据声音围了上来。

"照个亮！"他说，"你们要找我的话，我在这儿！"他脱掉戒指，从一块石头后面冒了出来。

尽管他们吃惊不小，还是很快就抓住了他。"你是谁？是不是就是矮神们的那个小矮人？你在这里干什么？你是怎么混过我们的哨兵走到这儿来的？"他们问了一个又一个问题。

"你们想知道的话，"他回答道，"那就听着，我是彼尔博·巴京士先生，索林的伙伴。我很清楚你们国王的长相，不过他很可能看见我也不认识。但是巴德一定记得我，我是特地来求见巴德的。"

"是吗?"他们说,"那你来见他有什么事?"

"别管为什么,那是我的事情。不过你们要是希望离开这个阴森寒冷的地方,回到自己的森林里去,"他瑟瑟发抖地回答道,"那么你们最好快带我到篝火旁去,我好烤干衣服,然后尽快让我跟你们的首领谈谈话,我只能在耽搁一两个小时。"这就是彼尔博从前洞口逃出来两个小时左右发生的事。这时他坐在一顶大帐篷前,旁边是热烘烘的篝火,树精王和巴德坐在那儿惊奇地打量着他。一个小矮人穿着小精灵的铠甲,半个身子还裹着一条旧毯子,这副模样对他们来说真是太新奇了。

"你们知道,"彼尔博俨然一副做生意的口吻,"事情确实难办,就我个人而言,我非常厌倦这件事。我巴不得现在待在自己的家中,那里的人通情达理得多。但我在这件事里是有利可图的,简单地说,大约能分到十四分之一,那是按照一封信上定下来的,那封信我碰巧保存了下来。"他从旧上装的口袋里掏出了那封信(旧上装依旧罩在铠甲外面),信已经皱皱巴巴的有点破了。五月的时候索林压在他火炉架上钟底下的就是这封信!

"请你们注意,那一份是从净利中分出来的,"他继续说道,"这一点我很清楚。就我个人来说,我很愿意仔细考虑你们所有的要求,把你们的所得直接从总数中扣除掉,然后再摊分我的那一份,但是你们对索林的了解没有我那样清楚。我可以断言,只要你们守在这儿，他就准备坐在金子堆上饿死。"

"那好，就让他饿死吧!"巴德说，"这样一个傻瓜饿死也活该。"

"的确是这样，"彼尔博说，"我现在明白你的观点了。与此同时，冬天来得很快，不久你们就会遇到大雪，而且我看你们的供应会变得非常困难，即使是树精也不例外。不仅如此，还有一些别的困难。你们有没有听说过戴恩和铁山的矮神们?"

"听到过，不过那是很久以前的事了，他跟我们又有什么关系呢?"树精王问。

"我看关系很大。我知道一些你们不知道的消息，不妨告诉你们。戴恩距离这儿只有不到两天的路程，他带来至少不下五百个坚强不屈的矮神，他们中大多数都经历过可怕的矮神与妖魔之战，这个战役你们一定听到过吧? 等他们来了就会有严重的麻烦了。"

"你为什么把这件事告诉我们? 你打算背叛你的朋友，还是打算威胁我们?"巴德铁板着脸问道。

"亲爱的巴德!"彼尔博尖声叫道，"别那么急嘛! 我还没碰到过这样多疑的人! 我只是想避免大家的麻烦。我可以向你提出一个提议!"

"说给我们听听。"他们说。

"给你们看一样东西!"彼尔博说，"就是这个东西!"他掏出镇山石。它像一个球，里边充满了月光，放在一个冷冷星光织成的网里。

"这是斯兰的镇山石,"彼尔博说,"大山的心脏,它也是索林的心肝。索林估计它比一河金子还要值钱。我把它交给你,它可以帮你讨价还价。"彼尔博把这颗神奇的宝石交给了巴德,他递过去的时候手不免瑟瑟发抖,眼睛也不免流露出依依不舍的目光,巴德接在手里也是一副手足无措的样子。

"那么你的那份他们会不会给你呢?"最后他定了定神问道。

"这个嘛,"小矮人很不自在地说,"还说不准。得了,我愿意让它抵消我所有的权利。你们知道,我可能是个窃贼,正如他们说的那样。但我个人从来不觉得自己像个真正的窃贼,我希望自己或多或少是个诚实的窃贼。现在我无论如何都要回去了,矮神们怎么对待我就随他们去吧,我只希望这块宝石对你们有用。"

树精王用一种新奇的目光看着彼尔博:"彼尔博·巴京士先生!"他说,"你最有资格穿小精灵王子的铠甲,比那些穿上它看上去更漂亮的人有资格得多。不过我不知道索林·奥根希尔得是否会明白这一点。一般说来我或许比你更了解矮神们。我劝你留下来跟我们在一起,你在这里一定会得到尊敬和受到热烈欢迎的。"

"我很相信,非常感谢,"彼尔博说着鞠了一躬,"不过我认为我不该就这样离开我的朋友,我们一起经历了许多事情。而且我还答应过半夜要去叫醒邦布尔!我一定得赶快走了。"

他们无话可说,也阻止不了他,因此特地派了护卫送他,他走的时候，树精王和巴德都恭恭敬敬向他告别。当他们穿过营地的时候，一个身裹深色斗篷的老人站起身来，踏出帐篷门朝他们走来。

"干得好！巴京士先生！"他说着在彼尔博的背上拍了拍，"在你身上总有一些谁也料想不到的东西！"那是冈达尔夫。

这些日子以来彼尔博还是头一次感到高兴。他想马上向冈达尔夫问长问短，然而时间已经来不及了。

"祝你一切顺利！"冈达尔夫说，"现在事情都快结束了，除非我估计错误。现在你就要面临一个很不愉快的时刻，你一定得振作起来，你会顺顺利利渡过难关的。现在有些风声甚至渡鸦都没有听到呢！晚安！"

尽管彼尔博有些迷惑但还是非常高兴，他匆匆地走了。护送的人把他送到一个可以安全涉水过河的地方，他到了对面没有弄湿衣服，然后他跟树精们告别，小心翼翼爬回到前洞口去。这时他才感到非常困乏，不过他等重新爬上绳子（那绳子依然跟他走的时候一样拴在石墙上），时间还不到半夜。他把绳子解下来藏好，然后坐在墙上，考虑下面究竟会发生什么事情。

半夜里他叫醒了邦布尔，自己则蜷缩在他的那个角落里去，也不去听老矮神的连声道谢（他觉得实在受之有愧）。他很快就睡着了，忘却了一切烦恼，而且一觉睡到天亮。说实在的，他还梦到了火腿蛋呢。

第十七章

冲破乌云

第二天一大早营地里就吹响了号角。很快有一个人匆匆沿着窄窄的小路跑来。他隔开一段距离站定身子向他们喊话，问索林是否愿意听听另一个使者前来传话，因为有新的消息需要转达，事情已经发生了变化。

"那是戴恩到了！"索林听见喊话说道，"他们听到了风声。我看他们这下会转变态度了！吩咐他们只能来几个人，不带武器，让我听听他们说些什么。"他对信使喊话道。

将近中午看到一些人举着树精和长湖的旗子走向前来。这伙人约有二十来个，他们在窄道那头放下宝剑和矛枪，这才走到洞口来。矮神们看见巴德和树精王都在里边，觉得非常奇怪，他们前面还有一个老人裹在斗篷和兜帽里，手里拿着一只看上去很结实的包铁小匣。

"好啊，索林！"巴德说，"你是不是还抱定宗旨不肯更改呢？"

"光有几个太阳升升降降我是不会改变主意的，"索林回答道，"这些--无用处的问题你们不是早就来问过我了吗？你们怎么没有按照我的吩咐把树精的军队打发回去？这样的话你们休想跟我讨价还价。"

"难道就没有东西能让你让出一部分金子来？"

"你和你的朋友再提出什么条件也不行。"

"那斯兰的镇山石也不行吗？"巴德说到这，与此同时那个老人打开了匣子，把宝石高高举起。光亮从他手里跳了出来，在早晨的阳光下亮得耀眼。

这下索林怔住了，他惊愕万分，也非常慌乱，半晌说不出话来。

索林终于打破了沉默，他的声音由于愤怒变得非常重浊。"那颗宝石是我父亲的，也是我的。我凭什么要买回我自己的东西呢？"但疑惑使他不得不添上一句，"你们是怎么把我的传家宝弄到手的，我不得不提这样一个问题，是不是你们偷去的？"

"我们不是贼，"巴德回答道，"我们是要将你的东西交还给你，换回我们的东西。"

"你们是怎么弄到手的？"索林火气越来越大，高声吼道。

"我把它交给了他们！"彼尔博用短促的尖声说道，他一直在朝墙外张望，这时吓得跟什么似的。

　　"你！你！"索林大声叫喊，转身向他扑去，双手紧紧地抓住了他，"你这个可怜的小矮人！你这个小不点儿的窃贼！"他哇哇乱叫，说不出一句完整的话来，他拼命地摇晃可怜的彼尔博，像摇晃一只兔子一样。

　　"凭多林的胡子发誓，但愿冈达尔夫就在这儿！我要诅咒他竟选上了你！让他的胡子全都掉光！至于你，我要把你摔在岩石上！"他叫着举起了彼尔博。

　　"等一等！你的愿望实现了！"这时传来一个声音，那个捧着匣子的老人把斗篷和兜帽丢在了一边，"冈达尔夫在这儿。看样子我来得还及时，你要是不喜欢我的窃贼，也请你别伤害他。把他放下来，先听听他说些什么！"

　　"看样子你们全都串通在一起了，"索林把彼尔博放在了石墙顶上，"我今后决不跟任何巫师的朋友打交道了。你有什么要说的，你这个耗子的后代？"

　　"天哪！天哪！"彼尔博说，"这整件事都让人很不好受。你还记得吗？你说过我可以挑选我的十四分之一。或许我是光照字面去理解这句话了——我常常听说矮神们有时说的比做得漂亮。不管怎么说，这回确实是这样，说这句话的时候，你以为我是做了一些事情的。说我是耗子的后代，真是的！这就是我为你跟你的家族做过一些事情，我得到的报答？索林，请记住，我按我自己的意思处置了我的那一份财宝，就按这个条件定下来吧！"

"我会的，"索林铁板着脸说，"我会按这个条件打发你的，但愿我们永不再见！"于是他转过身对墙下说，"有人背叛了我，"他说，"你们猜得一点也不错，我没法不赎回我的传家宝。为此我愿意出金银宝藏的十四分之一，宝石不计算在内，不过原先答应给这个叛徒的份额要计算在内，他可以带着这份报酬离去，你们怎么分悉听尊便。我毫不怀疑他能得到的为数极少。你们希望他活下去的话，把他带走，我跟他已没有友谊可谈。"

"现在下去，到你的朋友那儿去！"他对彼尔博说，"要不然我就把你扔下去。"

"那金银怎么办？"彼尔博问。

"这个以后可以安排，"他说，"下去！"

"那宝石暂时由我们保管。"巴德喊话道。

"你这样做可跟大山下国王的光辉形象不大相称，"冈达尔夫对索林说，"这样事情会变卦的。"

"确实可能变卦。"索林说，宝藏迷了他的心窍，他已经在想是否能借助戴恩的帮助夺回镇山石，同时留下付给报酬的那一份金银。

彼尔博从石墙上吊了下去，经历了那么多艰难险阻却两手空空地离开了，他只得到了索林早就给他的一副锁子甲。不止一个矮神对他的离去感到羞愧和惋惜。

"再见!"他对他们叫道,"我们还会作为朋友见面的。"

"快滚!"索林吼道,"你身上穿着铠甲,那是我的人制造的,你不配穿它,利箭射不穿它,不过要是你不赶快滚,我就射穿你那双可怜的脚。所以你滚得越快越好。"

"别那么着急!"巴德说,"我们明天还你宝石,中午我们来看看你们有没有把跟宝石交换的那份宝藏拿出来。要是你没有骗我们,果然拿了出来,我们就离开,树精军队会回到森林里去。现在我们暂时告别吧!"

说完他们回到营地去了。索林却派洛阿克去送信,告诉戴恩发生的事情,吩咐他火速赶来。

白天过去了,黑夜也过去了。第二天风向转了,刮着西风,天空很黑,阴沉沉的。一大清早营地里就听到一阵叫喊。有人跑来报告一支矮神的军队出现在大山东坡的拐角处,正在朝溪谷赶来。戴恩来了,他日夜行军,所以来得比预期更快。他手下的人一个个穿着钢做的锁子甲,一直挂到膝盖,脚上穿着细而柔韧的金属网眼长筒袜。这些矮神虽然不高,却非常强壮,大多数比一般的矮神还要强壮。战斗中他们双手挥舞鹤嘴锄作为武器,但是他们每人身边还带着一把阔叶的短剑,背上吊着一块圆盾。他们的胡子分成两股编在一起塞在腰带里,头上戴着铁帽,脚上穿着铁鞋,脸上没有一丝笑容。

号角召唤人们和小精灵们准备战斗。不久就看到矮神们大踏步进入了山谷。他们在河和东山嘴之间停了下来，不过一小部分仍然继续前进，过了河向营地靠拢，他们放下武器，举起双手表示和平。巴德出去迎接他们，彼尔博也跟随同行。

"我们受纳恩的儿子戴恩派遣前来，"他们回答巴德的盘问，"我们火速前来支援大山中的亲戚，我们得知昔日的王国已经重新恢复。你们是谁？"当然，这用的是一种比较礼貌比较老式的语言，它真正的含义很简单："你们在这儿毫不相干，我们要过去，所以赶快让路，否则我们就要跟你们开战！"他们打算推进到大山和河湾之间，因为这块狭长的地带看来防卫比较薄弱。

巴德当然不允许矮神们直接进入孤山。他决定等到里边拿出金银来交换镇山石才放行，他认为一旦里边的堡垒得到这么多好战的援军，交换的计划就会落空。他们带着大量的给养，因为矮神们都能背十分沉重的包。尽管戴恩的人都是急行军前来，个个背上除了武器还背着一个巨大的包。这样他们被围在里边也能支撑好几个星期，这期间就会有更多的矮神前来，而且会越来越多，因为索林有许多亲戚。到那时他们可以重新打开其他洞口加以防卫，这样一来围困的人就不得不守住整个孤山，显然到那时他们这些人是远远不够的。

事实上这正是矮神们的计划（因为渡鸦使者在索林和戴恩之

间往来非常频繁），但目前路被拦住了过不去，矮神的使者们气鼓鼓地说了一通之后，也只得嘟嘟囔囔退了下去。巴德马上派使者去前洞口，他们发现并没有矮神交付金银的迹象，而且他们一进射程，里边便有箭飞出来，他们无可奈何，只好赶紧回去。这时整个营地骚动起来，好像马上就要开战似的，因为戴恩的矮神们正沿着东岸向前推进。

"笨蛋！"巴德哈哈大笑道，"这样他们就会走到大山的臂弯下去的。他们不懂得如何在地面上作战，只晓得在坑道里打仗。我们有许多弓箭手和矛枪手正埋伏在岩石间，就在他们右翼的上面。矮神们的铠甲可能十分精致，不过很快他们会觉得穿在身上太重了。现在让我们从两翼向他们进攻，他们还没有完全站稳脚跟呢！"

树精王却说："在我开始为金子而战以前，还是尽量拖延一些时间为好。只要我们不愿意，矮神们没法从我们那儿过去，也无法做一些我们看不见的事情。但愿会发生一些转机能够让我们和矮神重新言归于好。万一最后不幸的灾难还是要降临头上，我们在数量上也有足够的优势。"

但是他这样想没有把戴恩的矮神们估计在内。知道镇山石在围困者手中，他们怒火中烧，而且他们也猜到了巴德跟他的朋友为什么犹豫不决，决定趁他们还在争论的时候发动进攻。

他们不发任何信号，突然悄悄地发起了攻击。弯弓嘎嘎，飞

第十七章

311

箭嗖嗖，眼看双方就要交手。

一片乌云来得匆匆，布满了天空。一片黑暗来得尤其突然，迅猛得让人毛骨悚然！冬天里竟然随着呼啸四起的狂风响起了隆隆的雷声，闪电照亮了它的峰巅。隆隆的雷声下只见另一片黑暗正在卷向前来，它并不是狂风裹挟来的，而是来自北边，像是一大片黑压压的鸟群，密密麻麻不透一点光亮，看不见它们之间的翅膀。

"停！"冈达尔夫高声喊，他突然出现，孤零零地站着高高举起了双臂，拦在向前挺进的矮神们与等他们冲上来的队伍之间。"停！"他的喊声犹如雷鸣，他的手杖像是闪电发出一道道白光。"死亡正降临在大家的头上！天哪！它来得比我预料的还要迅速，喔，戴恩，妖魔和战狼正在赶来。你们看！他们骑在狼背上，那些战狼都受过他们的训练。"

他们一个个都惊愕万分慌张之极。就在冈达尔夫说话之间，黑暗变得更加浓重了。矮神们停下来望着天空，小精灵们你喊我叫一片嘈杂。

"来！"冈达尔夫大声嚷嚷，"还有时间商量一下。让纳恩的儿子戴恩赶快站到我们这边来！"

一场谁也没有料到的战斗开始了，这场战斗被称为五军对垒，是一场很可怕的战争。一边是妖魔和野狼，另一边是小精灵、人和矮神。且说说它是怎么发生的。自从云雾山中的妖魔大王死后，他们种族对矮神们的仇恨又重燃了起来。信使走遍了他们的城市、他们的聚居地和他们的要塞，因为他们现在控制了北方的领土。他们用秘密的方式收集各种消息，所有的大山里都有锻造武器的工厂。他们在一座座小山、一个个山谷里集结行军，或走地道，或在夜色下行动，一直绕到北方的根达巴特大山下，那儿是他们的首都，他们聚集了一支庞大的军队，准备在起风暴的时候突然向南方猛袭过来。这时他们得知斯莫格已经被杀，心里都十分高兴，急忙没日没夜穿行在一座座大山中，最后终于突然从北边杀来，几乎跟戴恩接踵而至。甚至渡鸦都不知道他们的到来，直至他们通过将孤山跟后面小山分割开的一些零星土地时，它们才有所觉察。冈达尔夫究竟知道多少不好说，但有一点很清楚，他也没预料到袭击来得这样突然。

他跟树精王、巴德和戴恩商量了一个计划。这时矮神的君主也跟他们联合在一起了，因为妖魔是他们的共同敌人，他们一来，其他的争吵都忘掉了。他们唯一希望的是引诱妖魔进入大山两条双臂之间的山谷。而他们自己在大山嘴上配备兵力可以从东西两侧攻击敌人。但是这个计划有很大风险，万一妖魔有足够的兵力翻过大山，就能从后边和上边进攻他们，但是当时已经没有时间再制订其他计划或者去召集援军了。

很快雷鸣过去了，向东南方向隆隆远去，但蝙蝠像乌云一样压来，越飞越低，遮住了大山山尖的上空，在他们头上回旋，挡住了光线，使他们内心充满了恐惧。

"到大山去！"巴德吼道，"到大山去！趁现在还有时间让我们占领一些阵地！"

南边山嘴底下的斜坡上和山脚下的岩石中埋伏着小精灵们，东边的山嘴上则埋伏着人和矮神们。而巴德和一些最机灵的人和小精灵则爬上东山尖的顶点，在那儿可以一览无遗整个北边。不久他们就看到大山脚下的土地上一片黑压压的妖魔正在匆匆赶来。很快先头部队绕过山嘴的尽头，冲进了溪谷。这些都是骑在狼背上行动最敏捷的妖魔，他们的鬼哭狼嚎声老远就传了过来。少数勇敢的人在他们面前排成一行假装抵抗，更多的人争先恐后退下去，向两边逃遁。正如冈达尔夫希望的那样，妖魔的军队集结在遭到抵抗的先头部队后面，这时汹涌的怒潮中夹杂着无数黑红相间的旗子，显得非常混乱。

这场战斗可怕极了，在彼尔博的经历中，这是一场最惊心动魄的战斗，当时他对它深恶痛绝，后来却又最引以为豪，成为他最喜欢回忆的往事，尽管他在这场战斗中仅仅是一个微不足道的角色。我可以明确地说，在战斗中他早早地戴上了戒指，消失了影踪。不过这样做未必能躲过所有的危险，这样一枚魔戒在妖魔们发起冲锋的时候，并不能保护他万无一失，它无法阻止飞箭和发疯般投来的矛枪，不过它确实有助于躲避逃脱，可以防止你的头让妖魔武士选中，作为目标一刀砍来。

树精首先发起进攻，他们对妖魔憋着刻骨的仇恨。他们的矛枪和刀剑在阴云密布下闪着寒光，攥紧武器的双手里凝聚着无比的愤怒，一等到达山谷里敌人的军队密集起来，他们便开弓放箭，一支支箭像流星一样飞出去。放了一通箭，一千个矛枪手跳下去发起了冲锋。呐喊声震耳欲聋，岩石都让妖魔的血染黑了。

等妖魔刚从突然袭击中恢复过来，阻止了小精灵的冲锋，山谷另一边又响起了沙哑深沉的怒吼。铁山的矮神们高叫"莫里阿！"和"戴恩，戴恩！"插了进来，挥舞着鹤嘴锄，向另一边突破。他们的旁边长湖镇的人举着长剑乱砍。

妖魔们一片惊慌，他们刚全力迎击这个新的进攻，小精灵又增添新生力量重新发起冲锋。已经有许多妖魔掉头向河下游奔去，想逃出这个埋伏圈，许多狼也转身去扑他们，把战死和受伤的妖魔撕成碎片。眼看胜利已经在望，上面高处突然传来了一阵呐喊。

妖魔从另一边攀登大山，已经有许多到达了前洞口上面的山坡，还有另一些正在潮水般涌下来，有的尖声大叫从悬崖峭壁上掉下去，他们从上面向山嘴发起进攻。这些妖魔在中央占领了大川主体通往下面的各条小径，防御者数量太少，无法长时间封锁住，他们只有挡住这股黑潮的头一阵突然袭击。胜利的希望这时消失了。

这时已临近黄昏，妖魔们又重新集结在山谷中。一支战狼的大军穷凶极恶地冲下来了，随它们一起来的是博格的卫队，这些

316

小矮人闯龙穴

妖魔身材特别魁梧，使用的武器一律是钢打成的短弯刀。很快不折不扣的黑暗笼罩了乌云滚滚的天空，这时巨大的蝙蝠依然在小精灵和人的耳朵旁盘旋，有的像吸血鬼一般紧紧吸附在他们的伤口上。这时巴德正在保卫西山嘴，被迫渐渐后退，大山南臂，靠近渡鸦山哨所的山坳里小精灵的将领们簇拥在树精王的身边。

突然又听到一阵惊天动地的呐喊，从前洞口传来了响亮的号角声。他们忘了索林！部分石墙被杠杆撬开，轰然一声倒在外面的水池里。大山下的国王冲了出来，后面跟随着他的伙伴，兜帽和斗篷都脱掉了，他们穿着闪闪发亮的铠甲，眼睛里冒着红光。黑暗之中那个身材魁伟的矮神像快要熄灭的炼金炉中闪闪发亮的金子。

妖魔从上面高处猛掷下雨点般的石块来，但是他们没有后退，跳到瀑布的脚下，向前猛冲投入了战斗。他们前面的狼和狼背上的妖魔纷纷倒下或四散奔逃。索林猛烈挥舞着大斧，仿佛什么都伤不着他。

"向我靠拢！向我靠拢！树精和人们！向我靠拢！噢，还有我的亲戚们！"他哇哇大叫着，声音像一只号角在山谷里回荡。

戴恩的矮神们也顾不上秩序了，全都冲下来帮忙。许多长湖镇人也冲来了，巴德拦也拦不住；另一头许多小精灵的矛枪手也在过来，妖魔们在山谷里再次受到沉重打击，他们的死尸堆积如山，触目惊心，使溪谷更加阴沉。战狼已经纷纷逃走，索林径直朝博格的卫队冲去，但他无法突破他们的队伍。

在他身后的妖魔中间已经躺下了许多人和矮神，以及许多小精灵，他们本来应该在树林里再快快活活过上好几百年的。随着山谷的逐渐开阔，索林的突击也渐渐缓慢下来。他的人数实在太少。他的两侧更是防不胜防，很快他们受到了进攻，他们被迫围成一个大圈，面对来自各方面的攻击，那些妖魔和狼又回过头来发动了猛攻，把他们团团围住。博格的卫队鬼哭狼嚎着向他们压来，冲击着他们的队伍，就像一个个浪头冲上沙滩，撞在峭壁上。他们的朋友再也帮不了他们的忙，因为来自妖魔的猛攻力量在成倍增长，两边的人和小精灵都被慢慢地打退了。

彼尔博伤心地看着这一切。他站在渡鸦山上的小精灵中间，一来因为那个地方有更多逃跑的机会，二来以防万一他要作最后的拼死抵抗，大体上他也乐意保卫树精王。可以说冈达尔夫也是这样，他也在那里，坐在地上仿佛陷入了沉思，我看他准备在结束以前施展他一些最后的魔法。

看来距离结束已经不远。"要不了多久，"彼尔博想，"妖魔就会占领前洞口，我们不是被杀就是被打倒、被俘虏。经历了一切冒险竟是这样的下场，真让人想大哭一场。倒还不如让老斯莫格留下来跟那些倒霉的宝藏待在一起呢。这总比宝藏落到这些可恶的家伙手中强多了。可怜的老邦布尔，还有巴林、费里、基里和所有的人全都要遭到不幸了。还有巴德、长湖镇、可怜的我和快活的小精灵也都会遭到不幸，我听到过许多歌颂战斗的歌，一向懂得这样战败是光荣的。但这总让人感到浑身不自在，更别说多么让人悲痛了。但愿我没经历这场战争。"

这时风吹碎了乌云，一道落日的红光从西方穿过云层的缝隙。彼尔博在黑暗中突然看到这微光便抬头四顾，他扯大嗓子狂叫一声。他看到了一个情景，心顿时怦怦直跳，原来衬着远方的红光，出现了一些虽小却威严无比的黑影。

"鹰，鹰！"他连连叫道，"鹰来了！"

彼尔博的眼睛很少有看错的时候。鹰确实一行跟着一行顺风而来，这样庞大的一支鹰军，一定是北方的鹰倾巢出动了。

"鹰！鹰！"彼尔博叫着跳动着挥舞着双臂。小精灵们看不见他，却听到了他的声音，很快他们也欢呼起来，声音响彻了整个山谷。许多人都惊奇地翘首相望，尽管那时他们除了大山的南山肩什么也看不到。

"鹰！"彼尔博再次大叫，但同时有一块石头从上面猛掷下来，重重砸在他的头盔上，他砰的一声倒在地下，失去了知觉。

第十八章

归　途

彼尔博苏醒过来，而且确确实实是自己苏醒过来的。他躺在渡鸦山光滑的石头上，附近一个人也没有。那是一个万里无云的日子，但天气非常冷，天空格外浩瀚。他瑟瑟发抖，身体冻僵了，像石头一样，脑袋却像火一样发烫。

"不知道发生了什么事？"他自言自语说，"无论如何我还没有成为一个倒下的英雄，不过我想我还有机会成为这样一个英雄！"

他忍着痛坐起身来。他望望山谷，看不见一个活的妖魔。过了一会儿他头脑稍微清醒了一点，好像看见下面的岩石间有一些小精灵在走动。他揉了揉眼睛，果然远处的平地上仍然有着一座兵营，前洞口附近似乎还有人在走来走去。矮神们好像正在忙着搬掉那堵墙，但是四周是死一般的寂静。没有叫喊声，也没有歌声，似乎只有一片悲痛的气氛。

"我想，胜利毕竟是取得了！"他说着觉得自己的头很痛，"可看来结果非常让人丧气。"

突然他觉得有个人在向上爬，朝他走来。

"嗨，嗨！"他声音发抖地叫道，"嗨，嗨！有什么消息？"

"石头堆里像是有说话的声音。"那人说着停了下来，在离彼尔博不远的地方四处张望着。

这时彼尔博才想起了他的戒指！"我的天哪！"他说，"隐身也毕竟有它的缺点，要不然的话，我早在暖暖和和舒舒服服的床上过了一夜了！"

"是我，彼尔博·巴京士，索林的伙伴！"他急忙脱掉戒指叫道。

"这就好了！终于找到你了！"那人跨着大步走上前来说，"大伙都惦记着你，我们已经找了你好一阵子。要不是冈达尔夫那个巫师说在这个地方听到你最后叫喊过一声，早就把你计算在丧亡的人数里了。丧亡的人可真多啊，我这是最后一次到这儿来找你，你伤得很厉害吗？"

"我看是头上重重地挨了一下，"彼尔博说，"不过我头上戴着头盔，而且头颅生来就硬。尽管如此我还是觉得很难受，两条腿像棉花一样。"

"我带你到下面山谷里的营地去。"那人说着轻轻地把他抱起来。

那人脚步稳健走得飞快,不久彼尔博就被安顿在溪谷里的一座帐篷前,冈达尔夫一条手臂吊在绷带上站在那里,这场战争里残酷的巫师也免不了受点伤,整个军队里没有受伤的简直屈指可数。

冈达尔夫看到彼尔博打心里感到高兴。"巴京士!"他大声说道,"真没想到,你竟还活着!真让我高兴!我早就开始纳闷了,这回好运气怎么没照管着你!事情太可怕且听听还有一些什么消息。简直是场灾难。不过……来!"他非常严肃地说,"有人要召见你。"说着他在前面带路,把小矮人引进了帐篷。

"你好啊!索林,"他进了帐篷说,"我把他带来了。"

里边躺着的果然是索林·奥根希尔得,他身上有好几处重伤,他那破碎的铠甲和卷口的斧子丢在地上,彼尔博走到他身旁,他这才抬起头来。

"永别了,好窃贼!"他说,"我这就要到人厅里去,待在我先辈的旁边,直到世界的复兴。正因为我现在要离开所有的金银,去一个金银没有价值的地方,所以我希望跟你像朋友一样分手,我愿意收回在前洞口所说的话和所定下的条约。"

彼尔博单膝跪下,心里充满了悲伤。"永别了,大山下的国王!"他说，"没想到结果竟是这样，这真是一次痛苦的历险。一山的金子也弥补不了它的损失，不过我很乐意能分担你所受的风险，光是这一点对任何一个巴京士家的人来说都是一种受之有愧的荣耀。"

"不!"索林说，"你身上有许多长处连你自己都不大清楚，你这来自西方的友好的孩子，你有勇气也有智慧，而且善于思考。要是我们中的更多人看重食物看重愉快的生活和歌曲甚于密藏的金子，这个世界就会快活得多。不过悲伤也好，快活也好，我现在得走了。永别了!"

然后彼尔博独自转身走开了，裹在毯子中，孤零零地坐在那里，信不信由你，他哭得两眼通红，声音嘶哑。事实上他要隔很久才能重新有心情说笑。"幸亏我正好在那时醒来，我多么希望索林还活着，不过我很高兴我们能和和气气分手。你是一个傻瓜，彼尔博·巴京士，因为那块宝石你把事情弄得一团糟，尽管你做了种种努力，要换来和平和宁静，还是发生了一场战争，不过我想这件事也怨不得你。"

彼尔博后来才知道他被打昏以后所发生的一切，但这一切给予他的悲伤甚于欢乐，而且这时他已经厌倦了冒险，归心似箭。然而这件事总还要耽搁一阵子，因此趁此机会我来交代一些事情。鹰对妖魔的集结早有疑心，它们一向非常警惕，妖魔在群山间的行动不可能一点也不引起它们的注意。因此它们在云雾山鹰王的命令之下，也大量集结起来。最后它们觉察到远处打起仗来，便火速驾着狂风及时赶来了。正是它们把妖魔从山坡上赶下来，不是把它们摔下山崖去，就是让他们尖声大叫抱头鼠窜到敌人堆里。不久它们就把孤山解救出来，山谷两旁的树精和人也终于能来支援下面的战斗了。

但即使有了老鹰，他们的数量还是大大不如妖魔。在最后的时刻别昂出现了，谁也不知道他是怎么来的或是从哪儿来的。他是孤身一人以熊的姿态前来支援的，由于愤怒，他的身子变得高大无比。

他的吼声像鼓声咚咚炮声隆隆，他一路横扫狼和妖魔，把他们当做麦秆和羽毛一样抛掷出去。他从他们的背后袭来，像一声霹雳冲破了他们的包围圈，矮神们都站在圆形的小山头上，围着他们的君主停止了抵抗。索林身上已经中了好几支矛枪倒在地上，别昂弯下腰，背起索林带他离开了战场。

他很快又像旋风一般回到战场上来，这时他愤怒到了极点，因此什么都抵挡不住他，武器似乎根本伤害不了他，他打得妖魔卫队四散奔逃，把博格未人拉下狼背，踩得稀烂。这时妖魔完全丧失了斗志，只知道抱头鼠窜。而他们的敌人由于升起了新的希望，竟忘掉了疲倦，紧紧地追赶他们，使他们绝大多数都无处逃生。好多妖魔被赶入了奔腾河，那些往南或往西逃跑的妖魔也被追赶到森林河周围的沼泽中歼灭了。最后一批逃亡的妖魔绝大多数也被消灭，有的还没有进入树精王国就被杀死，有的被引诱进了暗无天日的黑森林深处再也没有出来。许多歌曲中都说北方三支妖魔队伍都在那一天全军覆没，从此群山太平了许多年。

胜利在夜色降临以前就成了定局，但追击妖魔仍在进行，彼尔博回到营地时，留在山谷里的人并不多，尽是一些重伤员。

"那些鹰在什么地方？"当他裹了许多暖和的毯子躺下时，彼尔博问冈达尔夫。

"有的还在搜索妖魔，"巫师说，"不过大多数已经回巢去了。它们不愿意待在这儿，早晨刚看见头一道阳光它们就飞走了。戴恩给鹰王戴上了金王冠，而且发誓世世代代跟它们友好下去。"

"很遗憾，我应该再见见它们才是，"彼尔博睡眼蒙眬地说，"说不定回家路上我会去看看它们。我大概很快就能回家了吧？"

"你想什么时候走就什么时候走。"巫师说。

事实上几天以后彼尔博才真正动身回家。他们把索林深埋在大山底下，巴德把镇山石放在他的胸口。

"让它就躺在那里直到孤山倒塌吧！"他说，"但愿它能给他的人民带来好运，以后世世代代在这儿居住下去！

树精王把劈妖剑放在索林的坟上，那把小精灵的剑自从索林被俘以后一直挂在树精王身上。许多歌曲里都说一旦有敌人靠近，这把剑就会在黑暗中闪闪发光。现在纳恩的儿子戴恩在索林的城堡里住了下来，成了大山下的国王。许多别的矮神们都及时赶来，聚集在古老大厅的宝座周围。费里和基里是索林母亲的长兄，他们在战斗中用盾牌和身体保卫索林，也倒下了。其余一些矮神都留在戴恩身边，戴恩公平合理地把自己的财宝分给他们。

这样一来，按照原计划分配宝藏当然也就没了问题，巴林、特伐林、多里、诺里、奥里、奥英、葛劳英、彼弗、博弗、邦布尔和彼尔博各得一份。其中十四分之一加工过和未加工过的金子银子给了巴德，因为巴德说："我们要尊重死者生前的协议，现在镇山石已归他保管。"

即使十四分之一金银也是一笔异乎寻常的大财富，比许多世间国王的财富加在一起还要多。从这笔财富中巴德拨出许多金子送给长湖镇镇长，巴德很慷慨地酬谢了他的随从和朋友，他把吉利昂的绿宝石给了树精王，那是吉利昂最最心爱的一块宝石，戴恩归还给了巴德。

戴恩对彼尔博说："这些宝藏既是我的也是你的。然而旧的协议已无法成立，因为在赢得和保卫这份宝藏中许多人都参加了进来，都有权得到一份。尽管你自愿放弃全部报酬我还是希望不要按照索林的话去做，这一点他自己也表示了后悔，说我们应该给你少量的报酬。我却要重重报答你，而且要超过所有的人。"

"你待我真是太好了，"彼尔博说，"不过这样对我来说倒真是一种解脱。把我所有的财宝全弄回家去，一路上真不知道会有多少战争和谋杀。而且我也不知道回家以后拿它们怎么办。我肯定它们在你手里要好得多。

他只肯带两个小箱子，一个装满金子，另一个装满银子，这样一匹强壮的短腿马就能驮走。"这些财富归我支配已经够了。"他说。

最后跟他朋友告别的时刻终于到了。"再见，巴林！"他说，"再见，特伐林、多里、诺里、奥里、奥英、葛劳英、彼弗、博弗和邦布尔！愿你们的胡子永不稀少！"然后他转向大山又添了几句，"再见，索林·奥根希尔得！再见，费里和基里！愿你们永垂不朽！"

这时矮神们在他们的前洞口深深地鞠躬，想说的话都堵在嗓子眼里说不出来。"再见，祝你无论到哪儿都称心如意！"巴林最后说，"下次你再来访问我们，大厅又会再次大放光彩，那时就可以举行名副其实的盛宴了。"

"要是你路过我的家乡，"彼尔博说，"请立刻光临我家！四点钟有茶点，欢迎你们随时光临！"说了这番话他才转身离去。

树精军队在列队行进。尽管人数减了不少，十分令人悲痛，但是许多人还是兴高采烈的，因为现在北方将长期成为快活的世界了。龙死了，妖魔被消灭了，他们的心已经在盼望冬天过去，迎来欢乐的春天。

冈达尔夫和彼尔博骑马跟在树精王的后面，他们的旁边别昂大步流星地走着，他又恢复了人形，在路上大声地笑，大声地唱。

他们到了黑森林的边缘地带，又从那儿往北来到森林河流出黑森林的地方。这时他们停了下来，因为巫师和彼尔博不愿意进黑森林，也没有接受树精王邀请，到他的大山洞里住上一阵子的建议。他们打算沿着森林边走，从大荒地中绕过黑林林北边，那片荒地就在黑森林与大黑山前端之间。道路非常漫长而且索然无味，但既然现在妖魔已经铲除，这条路似乎比树林里可怕的小径来得安全。更何况别昂走的也是这条路。

"再见！树精王！"冈达尔夫说，"愿绿树林永远快活，世界永远长青！祝你的人民永远快活！"

"再见！冈达尔夫！"树精王说，"愿你永远在最需要你却又最没料到你会来的地方出现！希望你经常在我的大山洞里露面，那是我最大的荣幸！"

"我请求你，"彼尔博结结巴巴说，跷起了一只脚，"接受这个礼物！"他拿出一条镶着珍珠的银项链，那是戴恩在跟他分别时送给他的礼物。

"我凭什么该收下这件礼物呢？小矮人？"树精王说。

"嗯，你瞧，你可能不知道，"彼尔博有点慌乱，"这是，呃，一点小小的回报，呃，酬谢你的款待，我的意思是说，即使一个窃贼也还是有感激之情的。我喝了你许多葡萄酒，吃了你许多面包。"

"我收下你这个礼物，高尚的彼尔博！"树精王庄严地说，

"我命名你为神圣的小精灵之友。愿你的影子不要再变淡下去（要不然偷东西就太容易了）！再见！"

于是树精们转向黑森林，彼尔博踏上了漫长的归途。

在到家以前，他还遇到过不少艰险，吃过不少苦。野荒地毕竟还是野荒地，在那些日子里除了妖魔还有许多其他怪物。但他有最好的向导而且得到了最好的保护，巫师跟他在一起，别昂陪了他大半的路程，所以他再也没有遇到过很大的危险。总之，冈达尔夫和彼尔博一路回去，绕过了黑森林，来到了别昂家门前。他们俩在那儿住了一阵子，那时正是圣诞节期间，气氛很热闹，别昂从大老远请来了许多客人。现在云雾山脉中妖魔已经为数不多，战狼已经从树林中消失，因此来来往往也不再担惊受怕。后来在那个地区里别昂俨然成了一个伟大的首领，统治着群山和丛林间的广大土地。据说许多他的后代都有能力变幻成熊，有的很残忍做了许多坏事，但大多数心地跟别昂一样，只是身材和力气都不及别昂。在他们统治的日子里，妖魔的残余被赶出了云雾山脉，野荒地边缘又出现了新的和平。

春天来临了，彼尔博和冈达尔夫终于在风和日丽的一天告别了别昂，尽管彼尔博非常想家，离开的时候却很遗憾，因为别昂的花园里百花齐放，春天的风景跟盛夏的风景一样奇妙。

他们终于又踏上了漫长的路途，到了妖魔俘虏他们的岔道上。早晨他们爬上岔路上面的尖顶，向后眺望，只见白花花的阳光照遍了远远伸展开的土地。那后面便是黑森林，在远处发着蓝光，甚至到了春天，它的边沿也还是深绿色的。极目的远处便是孤山，峰顶的积雪还没融化，闪烁着白光。

　　"这样说来龙火熄灭以后雪就来了，就算是龙也有它们的末日！"彼尔博说完，不再去想他过去的冒险活动。他身上托克家族的气质已经变得非常疲倦，巴京士家族的气质正在一天天增长。"但愿我现在就坐在我那张安乐椅上！"他说。

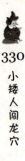

第十九章

最后阶段

5月1日他们终于回到了里温但尔山谷的边沿，最后一个（或第一个）宾客如归山庄就在那儿。他们到达时又是傍晚，他们的马都已十分疲倦，特别是驮行李的那一匹。他们都感到有必要休息了。他们骑着马顺着陡峭的小路下来，彼尔博又听到小精灵们在树林里唱歌，仿佛这歌声从他离开以后就没有停歇过。当这两个骑马的人到了下面的林中空地上时，精灵们又突然唱起了跟以前那首大同小异的歌，歌词是这样的：

> 凶龙凶龙一命呜呼，
>
> 风吹雨打白骨成土，

铠甲头盔碎片无数，

昔日威风今在何处？

人君人君何等光荣，

财富无数力量无穷，

然而利剑也会生锈，

宝座王冠也要腐朽。

只有这里，

青青绿草依然如烟如茵，

摇摇枝叶依然细语声轻，

淙淙泉水依然清波粼粼，

快活精灵依然高歌低吟。

来吧！忒啦——啦——啦——啦哩，

快回到山谷里来吧！

天上星星何等灿烂，

远非宝石能够相比，

天上月亮何等清朗，

远非银子可以比拟，

就是那黄昏的篝火，

也比金子更加明亮。

为什么还要到处流浪？

哦！忒啦——啦——啦——啦哩，

快快回到山谷里来吧!

哦,你要到哪里去,

为什么归来这样迟?

小河在流淌,

星星在流火!

哦,这样心事重重这样忧伤,

还能去何方?

这里有精灵的少男少女,

高歌忒啦——啦——啦——啦哩,

欢迎疲倦的旅人,

回到山谷里来,

忒啦——啦——啦——啦哩,

忒啦——啦——啦——啦哩。

　　哗啦!这时山谷里的小精灵全走出来迎接他们,领他们过河到埃尔朗德家里去,在那里他们又受到了热烈的欢迎。那天晚上有多少人都竖起了耳朵听他们讲冒险故事!讲故事的是冈达尔夫,因为彼尔博一声不吭,已经昏昏欲睡。大部分故事他都知道,因为他都亲身经历过,而且多半是他在回家路上和在别昂家里亲口告诉巫师的。不过他还时常要睁开一只眼睛来仔细听听那些他并没有经历还不知道的故事。

　　就这样他无意中听到了巫师对埃尔朗德说的话,这才知道当初冈达尔夫离开他们究竟到什么地方去了，原来冈达尔夫是去参加了一个善良巫师的大会，那些巫师全都有渊博的知识和高超的巫术，他们最后把妖术师赶走了，他原来住在黑森林南边一个黑暗的洞穴中。

"不久以后，"冈达尔夫说，"黑森林好歹会更加太平了。但愿北边从此摆脱长期以来的恐怖，不过我还是希望他从此销声匿迹！"

"这样确实会好多了，"埃尔朗德说，"不过恐怕世界太平在这个世纪里还不会到来，说不定还要过好几个世纪。"

他们的旅行故事讲完以后，又讲了许多其他的故事，有很久以前的故事，讲到后来彼尔博的脑袋耷拉在胸口上了，他舒舒服服地坐在一个角落里打起鼾来。

一觉醒来他发现自己睡在一张雪白的床上，月光从一扇敞开的窗户倾泻进来。窗下河边许多小精灵正在引吭高歌。

> 唱吧，大家快快活活地唱吧，
> 风在树顶上吹过，风在篝火旁吹过，
> 星星和月亮像盛开的花朵一样绚丽，
> 黑夜在她的高塔里，窗户多么明亮。
> 跳吧，大家快快活活地跳吧，
> 草地多么柔软，我们的脚步轻如羽毛！
> 小河银光闪闪，黑影正在飞逝而去，

五月时节多么快活，相聚多么快活。

我们轻轻唱支歌替他编织美梦，

让微风送他入眠，我们悄悄离去，

流浪的人儿在睡觉，头枕软软的枕头。

棺木杨柳快替他催眠，

不到晨风再起松树不要叹息，

月亮落了下去，大地黑暗沉沉！

嘘，嘘，橡树、搭木和荆棘！

嘘，嘘，小河和小溪，黎明还没来临。

"嗨，快活的人们！"彼尔博探头张望说，"看看月亮，都什么时候了？你们的催眠曲都能把醉倒的妖魔唱醒！不过我还是要谢谢你们。"

"你的鼾声都能把一条石龙吵醒，"他们哈哈大笑回答道，"不过我们也要谢谢你。天也快亮了，你晚上老早就睡了，一直睡到现在。明天说不定你的疲劳就全都过去了。"

"在埃尔朗德家睡上一觉是治愈疲劳最好的良药。"他说，"这帖药我要好好吃下去。跟你们第二次道个晚安，快活的朋友们！"说完他又回到床上，一直睡到早上很晚才起来。

在那幢房子里他果然很快消除了疲劳，跟山谷的小精灵们从早到晚一起说说笑笑唱歌跳舞。然而即使这样一个地方他也不愿意待得太久，他时刻在想念自己的家。因此一星期以后他告别了埃尔朗德，送了埃尔朗德一些他肯接受的小小礼物，便跟冈达尔夫一起骑马离去了。

他们离开山谷的时候，前面西方的天空已经暗下来了，这时他们遇到了风雨。

"五月时节真是快乐！"雨打在彼尔博脸上，他还是这样说，"让我们把过去留给传奇吧，我们正在回家去。我想这是我们头一次尝到回家的滋味。"

"路还远着呢。"冈达尔夫说。

"不过这是最后一段路了。"彼尔博说。

他们来到了一条河边，这条河标志着野荒地的边缘已经到了尽头，他们下了陡峭的河岸向涉水过河的地方走去，那个地方你大概也还记得。河水在猛涨，交汇着将近夏天大山上融化下来的雪水和日夜不停的雨水，尽管遇到一些困难，他们还是过了河，因此夜色降临时，他们又匆匆地往前赶，想尽早结束归程的最后阶段。

这回跟上回有许多相似之处，只是同行的人只有一个，因此旅途更加寂寞，还有这回也没了巨人。每到一处彼尔博都能回忆起一年前在那儿发生过什么事，说过什么话，不过这些对他说来似乎都是十年前的事了。他很快认出短腿马落水的地方，他们也特地绕开那个曾经跟汤姆、伯特和威廉有过不愉快遭遇的地方。

在路旁不远的地方他们找到了巨人的金子，金子依然埋在那里，十分隐蔽，无人碰过。"我的金子到死也用不完,他们把金子挖出来时彼尔博说:"你最好把它们拿去，冈达尔夫，你肯定能派上用场的。"

"我确实有我的用场！"巫师说,"但我们一定要平分！过不了多久你就会发现你有一些意想不到的开支。"

然后他们把金子装进了口袋，扔在马背上，这些马压根儿就不乐意。打这以后它们走得更慢了，大部分时间他们都是步行的。但是这儿的土地都是绿的，到处都是绿草，小矮人走在上面十分心满意足。他用红绸巾擦了擦脸——不，那可不是自己唯一的一块手帕，而是从埃尔朗德那儿借来的一块。那时已是六月，夏天已经来临，天气又变得晴朗和炎热起来。

凡事总有个结束，这个故事也不例外。那天终于来到，他们看到了彼尔博的故乡，那里土地的形状和树市的形状都是那么熟悉。他登高一望，远处他家的那座小山已经看得见了。他突然停了下来，说道:

> 路啊路连绵不断长又长，
>
> 越过岩石穿过树丛，
>
> 绕过暗无天日的山洞，
>
> 趟过从未遇见过的溪流，
>
> 踏过冬天撒下的白雪，
>
> 走过快活的六月花朵。

在群山的月色下，

也曾踩过草地和石头。

路啊路连绵不断长又长，

在那白云下，在那繁星下。

四处漫游的脚呀，

终于踏上遥远的归途；

见过龙火，见过刀光剑影，

见过石洞里恐怖的眼睛，

终于看到了自小就熟悉的，

绿原、小山和树丛。

冈达尔夫打量着他。"天哪，彼尔博！"他说，"你是怎么回事？你不再是从前那个小矮人了！"

他们走过那座桥，经过河边的磨坊，就直奔彼尔博家的大门。

"天哪！出了什么事？"他大声嚷嚷道。那儿一片混乱，有各种各样的人，有受人尊敬的，也有不受人尊敬的，把大门围得水泄不通，还有许多人在进进出出，甚至不在蹭脚垫上擦擦脚，彼尔博特别恼怒地注意到了这一点。

要说他感到惊奇的话，这些人就更感到惊奇了。他竟在拍卖中回来了！大门口挂着一块有黑字又有红字的大布告，宣布 6 月 22 日格拉勃礼布鲁斯先生将主持拍卖已故彼尔博·巴京士老爷的财产，"口袋底"和山下花园以及小矮人洞穴。拍卖会十点正式开始。这时已近午饭时间，大部分东西已经拍卖出去，价格各不相同，最便宜的是那些半卖半送的旧歌曲集（这种事在拍卖中是经常有的）。彼尔博的表兄弟萨克维尔·巴京士正在丈量彼尔博的房间，看看他们的家具放进去是否合适。总之彼尔博被"假定死亡"了，而且不止一个人说发现假定出错真是个莫大的遗憾。

彼尔博·巴京士回来，在小山下、小山那边和"水"那边发生了极大的骚动，比轰动一时的新闻还要轰动得多。事实上那个法律上的兄弟闹别扭闹了好些年。巴京士先生居然要过好长时间才被承认又重新活了过来。那些在拍卖中得了好多便宜的人更需要苦口婆心去说服，结果彼尔博为了节省时间不得不出钱买回自己的许多家具。他的许多钥匙不知怎么不见了，这些还不计算在内。他私下里猜测那是萨基克维尔·巴京士干的好事。他们有些人从不承认回来的是真正的巴京士，以后一直对彼尔博很不友好。他们确实非常非常想搬进他那舒服的小矮人洞穴里去。

说实在的，彼尔博发现他不但丢掉了钥匙而且丢掉了他的名声。确实，以后他一直是小精灵之友，得到许多人的尊敬，包括矮神们、巫师以及所有在历险中遇到过的人，只是他以前体面的名声在家乡已不复存在了，邻近的小矮人都认为他是个怪物，只有托克家族的外甥和外甥女是例外，不过即使是他们也受到长辈的管束，不许他们跟彼尔博接近。

我很抱歉地说彼尔博并不在乎。他相当心满意足，他觉得水壶放在炉子上水开的声音简直像音乐一样美，这种感受比在不速之客聚会以前的那些安安静静的日子里更为强烈。他的剑挂在壁炉架上面，他的锁子甲在大厅里有一个专门的架子（后来他把这借给了博物馆）。他的金子和银子大部分都花费在礼物上，这种花费既奢侈也很实用，在某种程度上它是为了影响他的外甥和外甥女。他的魔戒被他秘密地保存起来，只在遇到不速之客来访时才再使用。

从此以后他只写写诗歌，拜访拜访小精灵。尽管许多人看见了之后在他背后摇头，用手碰碰前额，总要说一声"可怜的老巴京士！"尽管少数人根本不相信他的故事，他一直到死都非常快活，而且他活得非常长。

几年以后秋天的一个晚上，彼尔博坐在书房里写回忆录，标题他想用《一个小矮人的节日重又回来》。这时门铃响了起来，原来是冈达尔夫跟一个矮神来了，那个矮神是巴林。

"进来，进来！"彼尔博说，很快他们在火炉旁的椅子上坐下来。巴林注意到巴京士先生的背心绷得更紧了（而且背心上都钉着真金的纽扣），彼尔博也注意到巴林的胡子又长长了几寸，而且他那镶宝石的腰带华丽极了。

当然他们又重提了他们在一起的许多旧事，彼尔博也问起大山附近的情况，看来那边的情况非常好。巴德重建了溪谷镇，许多来自长湖和南边西边的人聚集在他周围。整个山谷开荒耕作重又富裕起来，野荒地现在禽鸟成群，春天百花盛开，秋天果实都是宴会上的佳品。长湖镇也已重建，比以前更加繁荣，许多货物在奔腾河上运来运去。在这些地区小精灵、矮神和人之间都非常友好。

那个老镇长的下场却很坏。巴德给了他许多金子帮助长湖镇人民，看来他这种人很容易染上跟龙一样贪婪的毛病，他吞没大部分金子逃跑了，结果被他的伙伴们抛弃，饿死在大荒地里。

"新镇长是个聪明人，"巴林说，"他很受人爱戴，当然他得到大多数人的信任主要是由于现在的繁荣。他们编了许多歌，说在他做镇长期间，河里送来了金子。"

"这么说来古老歌曲里的那些预言终于实现了，只是稍微有些走样！"彼尔博说。

"当然！"冈达尔夫说，"它们为什么不该实现呢？我敢说你不是不相信这些预言，因为你在这些预言中同样有份，不是吗？你不会真的以为你屡次遭到危险都能逃脱，那仅仅是命运的安排，而且命运仅仅对你一个人另眼相看吧？你是一个非常好的好人，巴京士先生，我非常喜欢你，但是你在这广大的世界里毕竟只是一个相当小的小家伙！"

"谢天谢地！"彼尔博哈哈大笑说，把烟丝罐递给了巫师。